まぐだら屋のマリア

原田マハ

まぐだら屋のマリア

目次

第一話　尽果(つきはて)

水平線はどこまでも続いていた。

海岸沿いの道を走るバス、表面が白っぽく擦り切れた座席に座って、及川紫紋(おいかわしもん)は尽きることなくまっすぐな水平線を眺めている。

それにしても長い海岸線だ。バスに乗ってこんなにどこまでも海に伴走したことは、生まれてこのかた一度もない。

紫紋の生まれ故郷は東北の盆地の中心にある町で坂道ばかりだった。当然、海など見えるはずもない。

生まれて初めて海を見たのは大人になってからだ。地元の高校卒業後、調理師専門学校へ行くために出てきた東京で、築地の魚市場の建物の向こうにちらりと見えた灰色。それが、初めての海だった。

始発の港町からこのバスに乗りこむと、すぐに海景が始まった。秋の終わりの朝の海は、想像以上にまぶしく、力に満ちていた。

海は凪(な)いでいて、透き通った日差しを反射してちらちらと蠢(うごめ)いていた。じっとみつめていると、それはどうも生きもののように感じられるのだった。紫紋は中腰の姿勢になると、窓を思い切って開けた。たちまち潮風が吹きこみ、体を透過していく。

すぐさま「ちょお、兄さん。閉めてごぜ」と、背後で声がした。皺くちゃのスカーフを首に巻いた老女が、陰気な目でこちらを見据えている。紫紋はあわてて窓を下ろし、すみません、ともぞもぞ口を動かした。老女は何事もなかったように窪んだまぶたを閉じている。

道はところどころカーブし、バスはときおりトンネルの闇をくぐった。そのつど、このトンネルを出たらもう海景は終わっているだろう、と想像してみた。ところが海はまた現れた。なんの脈絡もなく、永遠、というふた文字が脳裏に浮かんだ。その言葉の意味を実感したこともなければ探したこともない。けれどいまの紫紋には、その言葉は不思議に心地よかった。それは、このさき自分を待ち構えているであろう「死」を意味しているからかもしれなかった。

永遠のふた文字に、おれもうすぐ死ぬのかな、死んでしまったほうがいいのかな、との思いが被さってくる。死ぬことについて考え始めたのは今日になってからだ。

きのうの夜、最後の有り金をはたいてうらぶれたホテルに、それでもネットカフェよりはずっとましなビジネスホテルに泊まった。東京では一週間、ネットカフェに寝泊まりした。もちろくに眠れなかったし何もしなかったから、正確に言えば横になり続けていただけだ。

ろん、ネットなんて一度も見なかった。携帯電話にも一度も触れなかった。ネットカフェに籠城を始めて最初の三日間、携帯は数分おきにブルブルと振動を繰り返していた。それが故郷の母からの電話であることは、液晶画面を見ずともわかっていた。

どこか、自分にはなんの関係もない場所まで行こう。知り合いがひとりもいない、誰とも会話しなくてもいい土地へ行こう。唐突にひらめいた。決めたとたんにその通りに実行できる自由さに気づいたとき、初めて自分が職を失ったのだと実感した。同時に少しわかるような気がした、犯罪者の心理が。

紫紋は犯罪者ではなかった。けれど取り返しのつかないことをしてしまった。殺人や窃盗を犯したわけではない。けれど間接的に人を死に追いやり、社会を欺（あざむ）いたに違いなかった。

犯罪者ではない。けれど、つみびとだ。

名も知らぬ町のビジネスホテルの一室で明け方目覚めたとき、そう思った。そしてこのさき、そう自覚しながら生きていけるかどうかよくよく考えてみた。たぶん、生きていけるだろう。何事もなかったようにふるまって、つらつらと呼吸し、腹が空けば食べ、眠くなれば眠り、おかしいときには笑うのだろう。意思はどうあれ、生物としての自分はきっとそうやって生きていく。生き延びてしまう。

でも、人らしく暮らしていけるかといえば、どうだろう。

もう所持金は千円と少ししかなかった。暮らしていくためには働かなければならない。働くためには就職活動をしなければならない。就職活動をするためには東京へ戻らなければならない。東京へ戻ったよ、と母に連絡をしなければならない。母に連絡をして、いろいろあったけど生きてるよ、生きていくよと告げなければ。

生きていくよ、と母に告げることが、いまの紫紋にはどうしてもできる気がしなかった。

ふいに、もうおれは完全にいなくなってしまったほうがいいのかもしれない、という考えが浮かんだ。

二十五年間生きてきて、死を身近に感じたことなど一度もない。七歳の頃父が他界したときですら、死は遠いところにあった。紫紋の父に関する記憶はおぼろげなものだ。父はいつも留守がちで、気の向いたときに帰ってくる、という感じだった。だから、お前のお父さんは死んでしまった、もうこの世にいないんだよ、と母に告げられても、少年の心にはたいした影を落とさなかった。父と母がいったいどういう関係だったのか、紫紋はいまだに知らずにいる。

ところが突然、「死」が目の前に姿を現した。職場の後輩、十九歳の浅川悠太に化身して。

悪いのは、及川さんじゃありません。——自分です。

小箱のようなホテルの部屋の中を明け方の薄明かりが満たしていく。悠太の最後の言葉が耳の奥に繰り返し蘇(よみがえ)る。

悪いのは——自分です。

紫紋はゆっくりと起き上がり、しみだらけのカーテンを開けた。隣の雑居ビルのベランダが見えた。物干しピンチにぶら下がった雑巾が一枚、薄汚れた長方形を風によじらせている。強く吹きつけているのは海風に違いない。

この一週間の自分を、くるくると風にあおられる雑巾に重ねてみた。あんなふうに、自分は、厳しく責め立てる世間の風にさらされていた。目に見えない「世間」、一度も意識したことのなかった「世間」というものが、息が詰まりそうなほど一気に押し寄せてくるなんて。

もう、いなくなってしまったほうがいいのかもしれない。完全に。

それがすなわち「死」なのだと気づくのに少し時間がかかった。さらに時間をかけて、紫紋は自分で自分の人生を終わらせることについて考えてみた。二週間まえに、誰かに「自分で死ぬことを考えてみろ」と言われたら、ばかばかしいと思っただろう。けれどいま、窒息しそうな現実感を伴って、そのことは紫紋をとらえた。いずれにせよ、自分は知ってしまったのだ。思いがけず死はすぐ近くにある、ということを、悠太の自死によって。

いなくなってしまうのだ。完全に。

一度考え始めると、そうする以外にはあり得ないような気がした。同時に、母のことを考えた。郷里にひとり暮らす母はどんなにか悲しむだろう。けれど世間を騒がせた息子がこの世からいなくなれば、世間は彼女を憐れみ、そっとしておいてくれるだろう。長い目で見れば、それは決して悪いことではない――だらしなく生き延びてしまうよりは、ずっといい。

まだ六時半だったが、紫紋は身支度を始めた。いなくなってしまえばいい、という思いがぐるぐると頭の中で回っている。けれど、どうやっていなくなってしまえばいいのか、さっぱりわからなかった。

外へ出ると、強く吹きつけているはずの海風は止んでいた。

弱々しい朝日が照らす町中をしばらく歩き、途中でコンビニエンスストアに立ち寄った。昨夜から何も食べていなかったからか、自然と足が弁当のコーナーに向かった。けれど、もう所持金がいくらもない。できるだけ遠くへ行くのにバス代を残しておかなければならない。それに、もし死んだったら胃袋に何か残して死ぬのはカッコわりいな、と思ったりもした。結局缶コーヒーを買って、それで手を温めながら駅前に向かったのだった。

駅前のバスターミナルまで行き、最初に来たバスに乗った。そしていま、こうして、いつまでも終わらない水平線を眺めている。

次は、つきはて、つきはて。

停留所名を告げる車内アナウンスが、ふいに耳をとらえた。紫紋は運転席の上にある電光掲示板の料金表を見た。整理券番号と料金がびっしり並んでいる。数字の横に、縦書きで「尽果」と停留所名が出ている。

つきはて。

握りしめてふにゃふにゃになった整理券を見る。「1」とピンク色の番号がある。料金表を見ると、「1200」とある。紫紋は反射的に降車ブザーを押した。

次、停まります。

アナウンスが流れてまもなく、バスは緩やかに停車した。紫紋は立ち上がると、急ぎ足で運転席に近寄っていった。そして、「すみません、あの」と運転手に話しかけた。

「うっかりしていて……このひとつ前のバス停で降りるつもりだったんですが。あの、お金が……千百円しかなくて」

ほんとうのことだった。コンビニでコーヒーを買い、百二十円使ってしまったのだ。料金が千円を超えたら降りよう、とだけ決めていたのだが、うっかりしていた。尻ポケットから財布を取り出して中を開いて見せようとすると、「ああ、ええよええよ」と運転手が手を振ってさえぎった。

「帰りに乗ったときに、百円余分に払ってくれたらええけ」

のんきな調子でそう言った。紫紋はちょっと面食らったが、財布から千円札と百円玉を出して料金箱に入れた。それからひとつ頭を下げて、急いでステップを下りた。

灰色の排気ガスを噴き出して、古びたバスは海沿いの道を行ってしまった。それが見えなくなるまで見送ってから、期せずして降り立った場所の風景を見渡した。

広々と秋の終わりの海が広がっている。ほんのり肌寒さはあったが、身を屈(かが)めたくなるほどの風はなかった。海岸沿いの道から少し下がったところは岩場で、波に洗われた大小の岩がしらじらと午前中の日差しにさらされている。たったいま世界が生まれたようなまっさらな景色を眺め渡してから、紫紋はすぐ隣に突っ立っているバス停の丸い表示を見上げた。

「尽果」の二文字、手書きのペンキ文字だ。その下に時刻表のプレートがある。八時四十分、十一時四十分、十五時四十分。一日三本しかない。帰りもおそらくそんなものだろう。さっき、気のいい運転手が「帰りに乗ったときに」と言っていたが、紫紋には帰りのバスに乗る所持金もなければ、バスに乗って帰る予定もないのだった。親切を無にするようで、申し訳なかった。

それにしても、尽果とは。

ペンキ文字をつくづく見上げて、紫紋は不思議な感情にかられた。バス停の名前としては、あまりにも悲惨で、あまりにも滑稽だ。どうしてこんな名前をつけたのだろうか。もともとの土地の名前なのか、それとも誰かが意図的につけたのだろうか。

いずれにしても、やるせない名前のバス停だ。

ぐるりと頭を廻らせてみる。空と海と山と道路以外、何もなかった。

バスが去っていった道は、ずっと向こうのほうで緩やかにカーブして、かすみがかった空中にふっつりと消えるように見えた。道路が丸く膨らんでいるところが海に向かって少しせり出し、小さな崖のようになっている。その崖っぷちに小屋が立っている。紫紋は目を細めてその家のかたちをみつめた。

崖っぷちぎりぎりに立つ様子は、いまの自分のようだった。少し強い風が吹けば、海に向かって身を投げてしまいそうな。朝見た雑巾にしても、あのおんぼろ小屋にしても、自分の身の上に引き寄せて考えてしまうのが我ながらおかしかった。道路わきにぼんやりと立ったまま、紫紋はしばらく小屋を眺め続けた。いまにも転げ落ちそうな瞬間を見逃すまいとでもするように。

潮騒が遠く近く響いている。どのくらいのあいだ小屋を眺めていたかわからない。紫紋は心の中で、次に車が通りかかったらそのとき歩き始めよう、と決めた。とにかく歩き始めよう、あの小屋に向かって。

もしかすると、あの小屋が自分の人生が終わる場所になるかもしれない。埃を被りクモの巣がかかった誰もいない小部屋を紫紋は思い浮かべた。海に向かってひとつだけ開いている窓の内側に、頭も心も胃袋も空っぽの自分を座らせてみた。からからに干からびたミイラのような自分の肉体を鎮座させる。潮騒と風の音以外は聞こえない薄暗い小部屋の中で、次第に命が尽きていく。

紫紋の意図に反して、車はなかなか通らなかった。ようやく、かすみの中のカーブに車影が見えた。反対車線に現れたのはバスだった。紫紋が一時間と少しまえにバスに乗りこんだ駅の名前が行き先に見えた。バスは「尽果」には停まらず、唸り声を上げて紫紋の目の前を行き過ぎた。空っぽの車窓に老人の顔がひとつ、ぽつりと浮かんで見えた。反対側のカーブで見えなくなるまで、バスをもう一度見送ってから、紫紋は歩き始めた。

とりあえず、あの場所へ。——自分の人生が終わるであろう場所へ。

紫紋の足は、着実に「終わり」に向かっているはずだった。それなのに、ちっとも現実的ではなかった。あんなに近づいたはずの死が、いまはまた遠ざかった気がする。もっとも、死ぬ、ということは、すべての人間にとってその瞬間まで他人ごとなのかもしれない。そのくせ他人に見せつけられると、自分のことのようにリアルに感じるものなのかもしれない、「死」という圧倒的な力は。

つい二週間まえまで紫紋が勤めていたのは、東京・神楽坂にある「吟遊」という老舗料亭だった。

二十歳のときに見習いで板場に入って五年間、いまだに下っ端から脱出できずにいた。最初の十年はそれでいい、と覚悟していた。石にしがみついてでも勤め上げなければ。それほどまでに紫紋が「吟遊」の板場にこだわるのには理由があった。

何しろ創業は江戸時代末期で、歴代首相も贔屓にしていた店だ。ここの板場に勤めたというだけで箔がつく。いつの日か腕を上げて独立しても、前職を語って顧客の確保もできる。実際、そういう料理人が各地で活躍していた。「吟遊」出身というだけで、料理人としての格が保証されるのだ。

当然、就職するには極めて狭き門だった。紫紋が板場に入ることができたのは幸運だったとしか言いようがない。料理人を目指して上京し、下町の小料理屋の下働きのアルバイトをしながら調理師の専門学校に通った。卒業が近くなった頃に、学校があっせんする中途半端な料理屋に就職するのがどうしてもいやで、名だたる料亭の門をかたっぱしから叩いて回った。吟遊では、たまたま板場見習いに欠員が出たタイミングだった。ほかに見習い希望は十数名いたが、技術とセンス——何より意欲は紫紋がほかの志願者を上回っていた。実技試験で、大根の桂剝(かつらむ)きとかつおだしの取り方がほかの志願者にくらべてずっと手際がよかったし、面接で、十年の下積みを覚悟する、と自分から約束したことも功を奏した。採用を知らせる電話を受けて、どんなに嬉(うれ)しかったかわからない。すぐに母に電話をした。母が電話口に出るやいなや、母ちゃん、おれ合格しだよ！　日本一の料亭で働ぐよ！　と、子供のように大声を出してしまった。

　ほんどがね、紫紋？　日本一の料亭さで働ぐか？　ああ、よがっだよがっだ、ほんによっぐやっだなし。

　母の笑顔が目に浮かんだ。ほんとうに嬉しいとき、母は顔をくしゃくしゃにして、泣いているような笑い顔になる。その顔が見たくて、紫紋はがんばってきた。運動会の徒競走で一番になったとき、テストで満点を取ったとき、工事現場で働く母のために夕食を作ってあげたとき。そして、料理人になると決心を打ち明けたとき。母は日焼けした顔をくしゃくしゃにして、紫紋に言った。

紫紋。母ちゃん、ほんどに嬉しいよ。あんだがやりでごと、思いっきりやるでごとが、何より一番、嬉しい。

母の言葉を胸に、紫紋はひたむきに働いた。

朝は日の出まえに起き出し、洗濯をし、菓子パンをインスタントコーヒーで流しこんでから社員寮（といっても築三十年以上経ったアパートの四畳半一間）を出る。まえの晩も掃除をしてから最後に板場を辞するのだが、もう一度板場を隅々まで掃除する。たわしで百回以上まな板をこすり、すべての包丁を砥石で研ぐ。調理道具の手入れがすんだら、スーパーへ買い出し。神楽坂周辺は物価が高いので、地下鉄に乗って隣町まで行く。少しでも安い食材を仕入れて、まかない料理を作るのだ。

調味料すら触らせてもらえない下っ端が、唯一自分で料理をできるのがまかないだった。何を作っても構わない。けれど、料理長が気にくわなければ即座につっかえされる。初めの頃は、料理長の湯田真に無言でゴミ箱に捨てられてしまった。一度ならず、何度もやられた。何が気にくわないのか、どこが悪かったのか、いっさい教えてくれない。紫紋はこれで何度もくじけそうになった。そのつど、郷里の母のことを思い、なんとか逃げ出さずに踏んばった。ようやく湯田がまかないを口にしてくれるまで、三ヶ月かかった。無言で半分食べ、あとは捨てられた。それでも紫紋は嬉しくて、跳び上がりそうになってしまうのを必死にこらえた。その夜遅く、母に報告をした。料理長が、ちょっとだけおれのこと認めてくれだよ、と。

まかないの支度が終わった頃に、料理人たちが到着する。「吟遊」の営業は夕方五時半からで、そのための仕込みが始まる。昼のまかないを食べてのち、料理長ほか煮方、焼き方、揚げ方は経営陣との会議に出る。そこで何が話し合われているのか、もちろん下っ端が知ろうはずもない。店の顧客は普通じゃない人物がほとんどだ。その夜にどんな客が来るのか、どんなメニューでもてなすのか検討されている、と先輩見習いから聞いたことがある。古くからの顧客は個別に好き嫌いやアレルギーなどすべて把握されているのだ。

もちろん一般客を拒否しているわけではないが、そもそも四方を黒塀で囲んだ店構えからして一見客が入れる雰囲気ではない。しかしもちろん、一般人も「吟遊」の名前はよく知っている。「吟遊」ブランドの加工食品や菓子がデパートの食品売り場や通信販売で流通していた。松阪牛の味噌粕漬けなどはブランドロゴ入りの桐箱に三枚入って一万二千円もする。それでも老舗ブランドの力でよく売れるようだった。いったいどんな味がするのか、紫紋には想像もつかない。とにかく、料理長たちが板場をはずしているあいだも、見習いたちの仕事は延々と続き、休憩する余裕など一分たりともなかった。

午後四時、客室係が板場に集まり、料理長を中心にその日の客と準備する料理について情報を共有する。紫紋が、一日のうちで一番楽しみにしている時間だ。料理の内容や配膳について聞くのも楽しみだったが、何より仲居の早乙女晴香に会えるのが嬉しかった。紫紋よりふたつ下の晴香は、紫紋が「吟遊」に入って三年目に入社した。ときおり店の裏手で立ち話をしたり、メールのやりとりをしたりしていた。晴香の郷里の母は、娘が「吟遊」の社員であることをそれは喜んでいる、と話してくれたことがある。「田舎だからね。誰でも知ってる名前の会社で働いてるのが大事なのよね」と。有名店で働くことで母親を喜ばせたい、ってところは自分と同じだ。そう思って親近感を覚えた。

晴香はどう思っているかわからないが、紫紋のほうは単なる同僚以上の気持ちを抱いていた。一度ゆっくりふたりで会ってみたいなどと思い描くものの、なかなか声をかけられずにいる。何かきっかけを作って、いつかどうにかしたい、と思いを募らせているのだが。

開店一時間まえに女将が板場に現れる。とたんに料理長が白い帽子を取ってうやうやしく頭を下げる。ほかの従業員は料理長以上に深く頭を下げる。女将の宮前登紀子は「吟遊」十三代目、「吟遊グループ」に君臨する女帝だ。関連会社の幹部をすべて一族郎党に任せ、経営権を一手に握っている。この女将の気分次第ですぐに従業員の首が飛ぶ。紫紋が五年間無事に乗り切れたのは、極力女将の厳しい目に触れないよう、目立たないようにふるまってきたからだ。ほんの少し爪が伸びている、と咎（とが）められて辞めさせられた先輩見習いがいた。以来、紫紋は神経質なほど毎日爪を切っている。

開店と同時に板場は修羅場になる。料理長を頂点として、各人が一糸乱れず仕事に専念する。紫紋は一秒の遅れもなく、指定されている場所に器を並べなければならない。そして寸分たがわず、決められた位置に木の芽を、桜のはなびらを、紅葉（もみじ）を添えなければならない。器の出し入れ、調理具の準備、片付け。またたくまに時間が過ぎていく。

最後の客が店を出るのは十一時半、遅いときは十二時を回ることもある。ほぼ一日中立ちっぱなしで足はぱんぱんだ。しかしまだまだ終わらない。後片付け、反省会、仕込み、掃除と続く。反省会では名指しで批判されることも少なくない。「及川の小鉢が遅かった」、「及川の追いがつおのタイミングが悪かった」、「及川のふきんの絞り方が甘かった」。そのつど、「失礼いたしました！」と大声で謝る。にもかかわらず同じミスを繰り返せば、先輩の平手が頬に飛んでくることもある。

すべてが終わるのは一時半か二時。食事も風呂もパスして眠りたい。けれど、そういうわけにはいかない。食べなければ一日中立っていられなくなる。風呂に入らなければ臭いと言われてしまう。食べるのも風呂に入るのも修業のうちなのだ。誰に言われたわけでもないが、紫紋は自分にそう言い聞かせた。一日の最後の力を振り絞ってカップラーメンを食べ、シャワーを浴びて、泥のように眠った。

そんな紫紋に、とうとう後輩ができた。浅川悠太、十九歳。北東北地方の寒村の貧しい家庭に生まれ育ち、家計を助けるために中学を卒業後上京、料理屋で見習いを始めたという。赤いほっぺたの童顔のせいで、とても二十歳まえには見えなかった。

もっとも、これで紫紋も下っ端卒業というわけではなく、下っ端の数が増えたに過ぎない。けれど紫紋は嬉しかった。教えられる立場から、教える立場になったのだ。先輩たちの吸うタバコの銘柄から始まって、安いスーパーの場所、まかないのコツ、雑巾の絞り方まで、できる限りていねいに教えた。先輩たちが自分にそうしたように、後輩には厳しく接しなければならないとわかってはいたけれど、何を教えても童顔の目をきらきらさせて聞き入っている様子を見ると、とても厳しくなど当たれなかった。紫紋と悠太は、社員寮から職場へ、行きも帰りも一緒に下駄を鳴らして通った。悠太は故郷に残してきた両親や妹の話をしたり、いつかは自分の店を持ちたい、と臆さずに夢を語ったりした。

自分、早く及川さんみたいに板場の空気を読んで、うまくしつらえができるようになりたいっす。

そう言って、やっぱりきらきらとした目で紫紋を見るのだった。

そんなふうに誰かに見られたことはいままで一度もなかった。憧れと羨望をこめた輝く目。

まっすぐで純粋な目。裏切りや絶望を決して映しはしない目。

ああ、けれど。

あの目が紫紋をみつめることは、このさき二度とない。悠太のまぶたは、閉ざされてしまったのだ——永遠に。


崖っぷちの小屋を目指して、紫紋はとぼとぼと歩き始めた。どこか心もとない夢の中を漂っているような足取りで。

ちょうど自分の所持金が切れて降り立ったバス停の名が「尽果」。そして崖っぷちで身を投げんばかりに震えて立つ小屋。そのふたつのあいだを移動する自分。その状況があまりにも現実離れしていて、夢なんじゃないだろうか、と紫紋は思いもした。実際、見えるのだった。車がほとんど通らない海沿いの道を歩いていく抜け殻のような自分の姿が。

どうやら死に向かいつつある自分を、こんなふうにあっけらかんと遠くに眺めているなんて。

あいつも——悠太も、こんな感じだったんだろうか。

だとしたら、けっこう静かできれいじゃないか。少し息は苦しいけど、目の前もちらちらしてるけど、この風景は悪くない。

こんな感じであっちへいったんだったら、おれも平気でいけそうだ。待ってろ、悠太。おれもいく。お前ひとりでいくことなんか、ない。

紫紋はようやく小屋の前に立った。バス停からどのくらい歩いてきたのか、時間の感覚がなかった。とにかくそれはいま、紫紋の目の前にあった。遠目には朽ちて崩れ落ちそうに見えていた小屋は、こざっぱりと整った佇まいの古民家だった。

なつかしい風情の入り口の引き戸の横に、土色の肌の大きな壺が置いてあり、大ぶりの紅葉の枝が投げこんである。いとも自然に、形よく。沁みるようなその赤をみつめるうちに、これは廃屋でも民家でもない、何かの店だ、と紫紋は気づいた。ゆっくりと顔を上げて、引き戸の真上に掲げてある木製の看板の流れるような手書き文字を目で追った。


ま……ぐ……だ……ら……屋……


まぐだら屋。

ふと、かすかな香りが鼻先をかすめた。馥郁とした香りは、追いがつお。煮えたぎる湯に向かってさっと放てば、こんなふうに香りが花束のように広がるのだ。

じわっと口の中に唾液がこみ上げる。急に痛いほどの空腹を覚えた。無意識に腹を片手で押さえながら、紫紋は吸い寄せられるように戸口に近づいた。手を伸ばして横に引くと、拍子抜けするくらいすらりと戸が開いた。

とたんに、いっぱいのかつおの香りに包まれた。醬油と砂糖が絡んだ甘い香りと、鍋の中でやわらかく何かが煮詰まる音。紫紋は室内を見渡した。そう広くない部屋の中に、いくつか木製のテーブルと椅子が並んでいる。等間隔にリズムよく、誰かが来るのを待ちわびているかのように。部屋の突き当たりには大きな窓があって、次第に青さを増す秋の海がその中に浮かんでいる。入り口から見ると、窓に四角く切り取られた海は、印象派の絵のようにおだやかな色をたたえている。

こんこんと沸き上がる白い湯気が、右手のカウンターから上がっている。L字型の白木のカウンターの中で、ことことと何か刻んでいる女性がいる。

紫紋はその人を見た。じっと見た。ひと目見た瞬間から、なぜだろう、もう目を離せなくなってしまった。

その人は一心に手もとに視線を落として、ちらりともこちらを見ない。どこか楽しげな表情が色白の顔に優しく広がっている。紫紋は何か話しかけようとして、なかなか口を動かせなかった。声を出す気力も、もうないのだ。空腹すぎるのと——不思議ななつかしさに全身をとられてしまって。

「あの」

ようやく、声を振り絞った。瀕死の病人のような弱々しい声だった。彼女は顔を上げない。聞こえていないのだ。紫紋はもう一度、勇気を振り絞った。

「あの……すいません。おれ、すっげえ腹が減ってるんですけど」

長いまつげの伏し目が、ようやくこちらを向いた。紫紋は、はっとした。

何言ってんだおれ？　いきなり入ってきて、見ず知らずの人に向かって腹減った、だって？

澄んだ目が、瞬きもせずに紫紋を見ている。その目は、誰かに似ていた。紫紋がよく知っている誰かの目。母の目か。晴香の目か。いやそれとも――悠太の。

「いらっしゃい」

明るい声がした。くつくつと煮える鍋のあぶくの音が、その声に重なる。

「開店まえでたいしたものはないけど……何食べたい？」

それが、出会って最初のマリアの言葉だった。

第二話　紅葉

空っぽになった飯碗と煮魚のつゆをほんの少し残しただけの皿を前に、紫紋はしばらく放心状態だった。

生まれて初めて、ほんとうの満腹感、というものを味わった気がした。そして、食べるという行為がやむにやまれぬ衝動である、ということを知った。食について学び、食に関わる仕事――それも日本を代表する老舗料亭の――に従事していたくせに、満腹になる、ということがどういうことなのか、ちっともわかっていなかったのだ。

紫紋は両手を腹の上に置いて、椅子の背にのけぞって天井を仰いだ。頭の中が真っ白だった。体の隅々まで、煮魚の甘辛い味が、ほくほくとしたご飯のぬくもりがいきわたり、痺(しび)れるような幸福感が満たしていた。

「すごい勢いだったねえ。ご飯四杯、一瞬で食べちゃった」

食器を集める音とともに、楽しそうな声がした。はあっと大きな息をつくと、紫紋は体を起こした。そして、「すみませんっ!」といきなり頭を下げた。

「おれ、お金全然ないんです。さっき、バスに乗ってここまで来るのに全部使っちゃって、バス代が思ったよりも高くて……でもあんまり腹が減ってたから、食事を出していただくままに食べてしまって」

そこまで一気に言ってから、ちらりと目を上げた。好奇心に彩られた瞳と視線がぶつかる。一秒もみつめ返せずに、紫紋は目を逸らした。

「あの、近くに……ATMとか、ありますか」

とっさに言い繕った。ATMがあったところで、口座の残高は三百円かそこいらだ。東京を出るときに、母への最後の仕送りをすませ、手もとに残った三万円でどうにかここまでやってきたのだった。

くすぐったく笑う声がして、「この崖っぷちに？」と言葉が続いた。

「見ての通り、なんにもないところよ。ATMもコンビニも銀行も郵便局も。お金を下ろすなら、またバスに乗って駅までいかなくちゃ」

言いながら、空になった皿を盆に載せてカウンターへと運んでいく。紫紋はそろりと顔を上げて、この店の料理人――つまりオーナーらしき女性の後ろ姿を追った。

洗いざらしの七分袖のシャツに、膝丈のプリーツスカート。すらりとした背中に、無造作に結んだ長い髪の束が垂れている。つややかな黒髪が揺れるのを紫紋の目が追った。伏し目がちの顔がカウンターに向かい合う。水道水を流す音がし、食器を洗う音がし始めた。

目鼻立ちの整った温和な顔だ。年の頃は三十くらいだろうか。若い娘にはない落ち着きと陰影が細面をいっそう美しく見せている。思いがけなく名画を見た気分で、紫紋はむさぼるように彼女の顔をみつめた。

ふと、視線が合った。あわてて目を逸らす。くすっと笑う声が聞こえて、思わず赤くなる。

「あの、じゃあ、お支払いは……クレジットカードでもいいんでしょうか？」

なおも取り繕って言った。とたんに、あはは、とこらえきれないような笑い声が上がる。

「わざと言ってるでしょ？」と言われて、紫紋はますます赤くなった。

「じゃあ、どうしたらいいんですか？　このままじゃ、おれ、無銭飲食じゃないですか」

少々ふてくされて言うと、

「そういうことね」と、あっさり返された。紫紋はたまらずに椅子から立ち上がると、つかつかとカウンターの内部へ突進した。

「貸してください。おれ、洗いますんで」

彼女の手からスポンジを奪うと、渾身(こんしん)の力をこめて皿を洗い始めた。

「うわっ、荒っぽいわね。そんなにしたら、割れちゃう。いいわよ、私が洗うから」

スポンジを奪い返そうとする。紫紋は体をよじって、「このくらい力入れないと、汚れとれねーし」と、いっそう力をこめて洗う。

「いいから、お茶でも飲んでゆっくりしたら？　ほら、スポンジ返して」

「やりますよ。無銭飲食なんですから、このくらいのこと」

「何言ってんの。いいってば」

スポンジを思い切り引っ張られた拍子に、紫紋はシンクに溜めた水の中にずぽっと両手を突っこんでしまった。「わっ！」と、ふたりは同時に叫び声を上げた。

あぶくの立った水の中に両腕を肘までつけたポーズで、紫紋は固まってしまった。すぐに彼女が笑い出した。よほどつぼにはまったのか、笑いが止まらなくなってしまった。

「なんですかそれ？　笑うんっすか？　タオルくれたりとかじゃなくて？」

固まったまま、紫紋は情けない声を出した。「ごめんごめん」と言いながら、彼女はいつまでも笑っている。悲惨な顔を作ったつもりが、こっちもつられて笑ってしまった。

水の中から引き揚げたセーターの両腕を、彼女がタオルで優しく包んでくれた。水分を吸いこませようと、包んだ上から力を入れて押さえつける。

「こっちへ来て」

カウンターを出た彼女が、店内の中央にある石油ストーブの前へと紫紋をいざなった。負傷した兵士よろしく、タオルを両腕にぐるぐる巻きにしたままで、火の近くに座る。なつかしい形をしたストーブ。故郷の家にもあった、アラジンのストーブだった。湿ったセーターの両腕を、青い火が燃える円筒形に向かって差し出した。

腕から蒸気が上がり、ぬくもりが繭（まゆ）のように全身を包みこむ。ストーブの上にかけられたやかんが湯気を放つ。けだるい眠気に、ふいにとらわれる。

「こういう仕事、してたの？」

彼女の声がした。落ちかけていたまぶたを上げると、紫紋は訊（き）き返した。

「こういう仕事、って？」

「だから、食堂の仕事とか」

どきっとした。また顔を逸らして、もう一度訊き返す。

「なんでですか」

「だって、お皿洗う手つきが普通じゃなかったもの。プロっぽかったよ」

紫紋は苦笑した。確かに、包丁を握る時間よりも、スポンジを握っている時間のほうがはるかに長かったのだ。

「まあ、そうですね。レストランでバイトしてたんで」

少し警戒してそう言った。こんな僻地（へきち）でも、あの事件の情報が届いていないとは限らない。いや、むしろ、こんな僻地だからこそ、あの事件の一部始終は、面白おかしく伝わっているはずじゃないか。

紫紋はすばやく目を店内に走らせた。テレビはないか、あるいは新聞や雑誌の類はないか。臆病なこうもりのように意識をそこかしこに飛ばしながら、この人がもしあの事件について知っていても、どうってことはないんだ、と自分に言い聞かせる。

だっておれはすぐにここを出ていくんだから。食事代はあとから送るとでも言って、この店をあとにして、どこかへ消えるんだから。

おれがあの事件と関係があったことなど、この人は永遠に知るはずがないんだ。

出ていかなければ。このセーターが、乾いたら。

そう思いついたとたん、知らないうちに点っていた胸の中の火が、ふっと消える気がした。

おれ、何やってんだろ。

人生終わらせるつもりで、ここまで来たんじゃなかったのか？

彼女は無言で紫紋の様子を眺めているようだったが、立ち上がってやかんを持ち上げると、カウンターまで持っていった。カウンターの上にある鍋敷きにやかんを置き、傍らの樺細工の茶筒のふたを開ける。さらさらと音を立てて、深緑色の茶葉が白無地の急須の中にこぼれていく。そこにゆっくりと回しながら湯を注ぐ。

こぽこぽと湯の落ちていく音、深遠な響きに、紫紋の耳がとらわれる。ハンガーで吊るされでもしたように、几帳面に両腕を伸ばしていた紫紋は、姿勢を変えずに首だけを回してカウンターを見た。急須のふたにきちんと指先を添えて、彼女がお茶を淹れている。桜貝のような爪が並んだ左手の指先に、紫紋の視線は吸い寄せられた。目を凝らすうちに、はっと気がついた。

——指がない。

薬指の先が、すっぱりと切られてしまったように。

「こんな場所にあっても、昼も夜も繁盛してるのよ」

湯呑を盆に載せてから、彼女が振り返った。紫紋は反射的に顔をそむけた。見てはならないものを見てしまった、そんな気がした。

軽い足取りで戻ってくると、彼女は湯呑をテーブルに置いて、とっておきのアイデアを教える口調で言った。

「ねえ、手伝ってみない？　とりあえず、今日いちにち」

思いがけない提案に、紫紋は目を見開いた。

「手伝って、って……この店で？」

「当たり前でしょ」と、彼女が返す。

「けっこう大変なんだから。注文受けて料理作って片付けて……全部、私ひとりでやってるのよ。猫の手でも男子の手でも借りたいの」

店の立地を考えれば、そんなに繁盛しているとはとても思えない。が、掃除が行き届いた店内や、入り口の戸を開けるまえから漂っていた豊かな香りや、何よりも飾り気のない素朴な食事が、この店が人々を引きつけているだろうことを想像させた。

入り口に置いてあった大ぶりの壺に、さりげなく投げ入れてあった紅葉の大枝。この店までわざわざ足を運んでくれる人に、いらっしゃい、と優しく語りかけるような。沁みるような赤に誘われて、紫紋もまた、入り口の戸を開けたのだ。

「おれ……たいしたことはできませんよ。いいんですか？」

遠慮がちに返した。ほんとうは、飛び上がりたいほどありがたかった。無銭飲食を帳消しにできるだろうこととか、もう一回食事をさせてくれるだろうこととか、そういうことよりも何よりも、少しでもこの人の役に立てるとしたら、それが一番嬉しかった。

「少なくとも洗いものはできるでしょ？　あ、でもエプロンないけど」

「そんなのいいです。別に、濡れたって」

彼女は、ふふっと笑った。

「そうね。そこまで濡れちゃったんだからね。じゃあ、決まり。そしたら、最初に紅葉、取ってきてくれる？」

「え？」

きょとんとする紫紋に、彼女は楽しげに言った。

「入り口のところに紅葉の枝、挿してたでしょ？　あそこから一番赤い小枝を、取ってきてくれるかな。お刺身に添えるから」

彼女の言葉に、むくむくと明るい気持ちが湧き上がってきた。紫紋は「了解です！」と答えて、まだ湿った両腕を振って出入り口へすっ飛んでいった。

刺身定食七百円。壁に貼ってあったメニューに、そう書いてあった。

ささやかな定食にも、紅葉をひと葉、添える。その心意気が、たまらなく心に沁みた。

今年の夏は、珍しいことに、台風が一度も関東地方を直撃しなかった。そのおかげで紫紋は、毎秋恒例の仕事のひとつ「紅葉狩り」が滞りなくできると期待していた。紅葉狩り、などといえば優雅に聞こえるだろうが、下っ端料理人見習いにはけっこう気の休まらない仕事であった。

日本料理の飾り付けには、四季折々の風物詩が使われる。春には菜の花、桜、木の芽。夏には杉の葉、ほおずき。冬には雪に見立てた粒氷。そして秋には、もちろん紅葉。

飾り付けの品々は、業者から仕入れることも多い。けれど、タダで手に入るとなれば、それは下っ端の仕事となる。料理長の命もあって、紫紋はこの紅葉を「吟遊」社長の邸宅――「お屋敷」と呼ばれていた――で調達していた。

このところ暖冬続きで、紅葉が十一月末になってもなかなか紅葉しない。早く赤くなれ、と気をもんでも、お屋敷の紅葉は青々としている。それで仕方なく、真っ赤な紅葉を業者から仕入れることになる。余計なコストがかかる、と帳場が不機嫌になる。

それが今年は、まともに赤くなった。十月末頃からほんのりと色づき始め、寒い朝が何日か続いて、順当に赤さを増していった。いずれこのお役目を後輩の悠太に引き継ごうと思っていたので、「近々紅葉狩りにお屋敷へ行くぞ」と誘った。

「社長のお屋敷へ伺えるんですか、すげえなあ。超楽しみです」

遠足に出かける小学生の面持ちで、悠太はわくわくとその日を待っているようだった。

ふたりの下っ端――紫紋と悠太は毎朝五時起きで、六時には板場に到着して掃除を始める。板場へ行くまえにお屋敷に立ち寄ったとしても、まだ暗いから紅葉の色は確認できない。お屋敷の紅葉の色づきは、家政婦の宮本静子の写メールが頼りだ。「そろそろいいかもよ」と、紅葉の写メールがきたところで、昼の休みにすっ飛んでいって、黒塀からのぞく枝の色づきを自分の目で確かめる。今年は悠太も一緒に、下駄のつま先で伸び上がって色を確認した。

「よし。そろそろいけるぞ」

そう囁(ささや)くと、悠太が緊張気味の顔でうなずいた。さっそく勝手口のインターフォンを鳴らす。

『はい、どちらさまで』と静子の声がする。

「板場の及川です。紅葉をちょうだいしに上がりました」

『ああ、紫紋君。来たわね。はい、どうぞ』

黒塗りの観音開きの戸が、ウィーン、とうねりを上げて内側に開く。「うわっ、すげえ」と、悠太は飛び上がりそうに驚いている。こんなふうに、お屋敷はたいそう立派で渋い趣味の日本家屋だが、ぬかりなくハイテクなのだ。「オール電化だから、檜(ひのき)のお風呂も勝手に沸くのよ」と静子に聞かされたこともある。

エプロン姿で庭へ出てきた静子を見て、「メール、ありがとうございました」と頭を下げる。静子はにっこりと笑う。

「すっかり秋ねえ。こうして紫紋君が来るとそう思うわ」

しみじみと言う。紅葉ではなく、紫紋が静子にとっての風物詩になっているようだ。

「あら、そちらは新顔さん?」

そう尋ねられて、悠太が頭を下げた。

「浅川悠太です。よろしくお願いします」

元気よく返されて、静子も頭を下げた。

「よろしくね。紫紋君を助けてあげてちょうだいね」

はいっ、とまた元気に返す。静子と紫紋は目を合わせて微笑んだ。

紅葉をもらいにきて五年、ようやく静子に後輩を紹介することができた。いままでは、下が入ってもすぐに辞めてしまっていたのだ。老舗料亭の看板に憧れてやってきても、休みなくこき使われ、容赦なく叱咤され、くる日もくる日も冷たい水で里芋ばかり洗わされていれば、誰だっていやになる。板場に入ってくるのはほとんどが高卒や専門学校卒の二十歳になるかならないかの若者ばかりだ。厳しい現実に直面しても我慢できるのは、よほど志のある者か、ほかに行くところのない者だけなのだ。

紫紋の場合は、たぶん、前者だった。悠太の場合は、どっちだろうか。

静子に導かれて、勝手口から表の庭に回り、広々とした枯山水の飛び石を伝っていく。そして、黒塀の近く、築山の横に佇む紅葉の木の下に立つ。日差しを透かして見る紅葉の葉は、沁みるような赤だった。台風がないと、ほんとうにこんなふうに真っ赤になるんだな、と感心する。

台風のない夏を過ごすと、すっごく紅葉がきれいなんだって。

そう教えてくれたのは、仲居をやっている晴香だった。

葉が赤くなるのがどうしてそんなに嬉しいのか、晴香は職場で顔を合わせるたびに、赤くなったかな、そろそろ真っ赤になったかな、とそわそわしていた。それがなんとも少女っぽくて、紫紋にはかわいらしく感じられた。

「今年は台風がなかったから、ずいぶんきれいに紅葉してるわね」

胸の内で反芻していた晴香の言葉をそのままに、静子が口にした。紫紋の横に立って、悠太とともに見事な枝ぶりを見上げている。

「来年あたりは、こうして紫紋君と紅葉見物、できないかもねえ。あなたもそろそろ焼き方あたりになりそうだもの」

紫紋は苦笑した。

「いや、自分は焼き方なんて、まだまだ。でも来年、こちらへ紅葉をちょうだいしに伺うのは、こいつになりますんで」

悠太の肩を叩くと、「そうなのね」と静子はおだやかな笑顔になった。

「紫紋君は紅葉一枚でもていねいに選んでいたわよ。悠太君も、よく見習ってね」

悠太がまた、はいっと返事をする。静子は紫紋に向かって言った。

「あなたもね、何がなんでも焼き方くらいにゃなってやるんだ、って気概がなくっちゃだめよ。大丈夫、来年はきっとそうなってるから」

そう言われて、頭を掻いた。

紫紋は静子に弱い。どことなく故郷の母に似ているのだ。白髪のショートカットと小柄な体型は、がっちりとたくましい母には似ても似つかないのだが。優しい口調で厳しいことを言うところとか、難しいことをやわらかく諭してくれるところとか。名字じゃなくて名前（目に見えるようなきれいな名前だから、とも言ってくれた）で呼んでくれるところ、とか。「東京のおふくろ」のようだと勝手に思っていた。

尻ポケットに挿していた料理ばさみを取り出す。切りやすそうな枝を見定めて、刃のあいだに挟む。ぱちん、と切り落としたとき、大声が上がった。

「ちょっとそこの人。何やってんのよ」

ぎょっとした。

縁側に和服姿の女性が立っていた。ものすごい形相で睨んでいる。「吟遊」の女将、宮前登紀子だった。一瞬で、血の気が引いた。すぐさま姿勢を正して頭を下げる。悠太もあわてて頭を下げた。

「い、板場の及川です。飾り付けに使う紅葉を、いただきに上がりました」

ほんとうのことを言ってるのに、言い訳にしか聞こえない。女将は紫紋を睨みつけたまま、強い口調で言った。

「うちの庭の紅葉を採っていいなんて、誰が言ったの」

言葉に詰まった。

お屋敷に紅葉を採りにいけ、と指示を出しているのは料理長の湯田だ。その湯田に「飾り付けの紅葉、どっかから採ってこられないんですか」と文句を言っているのは帳場だ。その帳場に「落ち葉に金なんて払うな」と言っているのは専務、女将の次男坊だ。そして専務にくどくどと指図をしているのは……。

「申し訳ございません、奥様」

言葉に窮している紫紋の前に、すかさず飛び出したのは静子だった。

「今年はあまりに紅葉が赤くて、その、ただ落ちていくのがもったいないように思えまして……お客様にも楽しんでいただいてはどうかと……わたくしが、板場に連絡いたしました」

紫紋が何か言うより早く、静子は枯山水の砂利の上に正座をした。そして、女将に向かって、小さな体を精いっぱい折り曲げて土下座をしたのだ。

とっさのことで、紫紋はその場に凍りついてしまった。何か言おうとしても、声も出せない。静子は地面に張りついたまま、申し訳ございません、申し訳ございません、と呪文のようにつぶやいている。

女将は眉ひとつ動かさず、じっとふたりの様子を眺めていた。やがて、無言のままで踵(きびす)を返すと、お屋敷の奥深く入っていってしまった。

それから一週間後の朝早く、紫紋の携帯にメールが届いた。

静子からだった。「お別れです」というタイトルで。静子は、お屋敷の家政婦を解雇されたのだった。

「もう年だし、自分から辞めるって言ったのよ」と言っていたが、嘘だとすぐに察した。十年近く「吟遊」社長宅で勤め、社長と女将に尽くしてきた静子は、ひと枝の紅葉を手折った紫紋をかばって辞めさせられたのだ。

FROM：宮本さん
SUB：お別れです
紫紋君へ
いろいろと気をつかってくれてありがとう。だけど、あなたには将来があるんだから、決して早まらず、いまはとにかく日々料理の道を精進してください。一日も早く、焼き方なり揚げ方なりになれますよう。大丈夫、あなたならできるはずですよ。

楽焼の皿に、毛ガニのイクラ和え、ホタテの酢味噌和え、里芋と人参の松葉添え、子持ちニシンの甘露煮を盛り付ける。その真ん中に、真っ赤な紅葉の葉を一枚、そっと添える。

ずらりと並んだ先付の皿。紅葉の葉を、一枚一枚、心をこめて置いていく。

「月の間のお客さま、ご到着です」

仲居頭の声が厨房に入った。「かしこまりましたあ」と、料理長以外の全員が、唱和する。

「おい、まだ盛り付けてんのか。もう最初のお客が着いちまったろ」

板場の先輩、前田（まえだ）譲二（じょうじ）がそう言って小さく舌打ちする。紫紋は箸（はし）を動かすことに集中するふりをした。

「前田。追いがつお」

湯田のドスの利いた声。「はいっ」と、前田がすっ飛んでいく。先付の皿が次々漆（うるし）の広盆に載せられ、仲居が慌ただしく運び去る。今日の客の中に、悲しいくらいの紅葉の赤に目を留める人物はいるだろうか。

「先付、お下げしてきました」

椀の準備にかかっていると、力のない声がした。晴香が盆を手に、厨房に入ってくる。まったく無表情だ。紫紋の心臓は、勝手にどくんと音を立てた。

晴香は、盛り付け台に先付の皿をふたつ、手早く置いた。横顔が、怒ったように見える。紫紋の視線に気がついたのか、素早くこちらを見た。目と目が合う。

（お願いだからやめて）

まなざしが、そう訴えている。紫紋は一瞬で目を逸らした。

戻ってきた先付は、送り出したときとまったく同じように見える。カニの身の位置、豆碗の中のホタテ、甘露煮の盛り付け……。

いや、違う。紅葉の位置。真ん中にあったのが、皿の縁に移動している。誰かが、手に取ったのだ。この赤いひと葉を。

「さっさとやれよ、早く」

前田の囁き声が聞こえる。紫紋は奥歯をぐっと嚙みしめて、素早く盛り付け箸を動かした。

下げられてきた先付を、そっくりそのまま新しい皿に移す。言い訳が、頭の中でがんがんとこだましている。

箸がつけられたわけじゃないんだ。食材に、料理には、なんの問題もないんだ。

すぐ近くで一部始終を悠太が見ている。そして、見ぬふりをしている。黙々と氷水の中で紅葉を洗い、盛り付け用のバットに並べている。

「なに突っ立ってんだよ。早く行け」

盆を手にしたまま立っていた晴香を、前田が追い立てる。紫紋は顔を上げなかった。

「お椀、お下げしてきました」

椀がきた。湯田がふたを開けて中を見る。

「回せ」

低くつぶやく声がする。たちまち下げ椀が紫紋の前に来る。かぶ餅と水菜を素早くすくい上げ、新しい椀に移し替える。熱いすまし汁をかけ、ふたをする。

「お椀、準備できました」

思い切って大きな声を出す。新しく作られた椀と一緒に、「使い回し」の椀が、なんの違和感もなく、漆の広盆に載せられて板場を出ていく。

紫紋君。

私、板場のことはなんにもわからないんだけど、いつもあなたが何かを我慢しているような気がしていました。辛いことも、いろいろあるんでしょうね。でも、それも修業のうち。ちょっとのことが我慢できずに辞めていく若い人が多い中で、あなたはほんとうによくがんばっているな、と感心していたのよ。これからは、悠太君のよきお手本になると思います。

もう少し。もう少しだけがんばって、一人前の板前さんになってください。

ずっと言わなかったんだけどね。あなたは、どことなく、私の息子に似ています。

不器用だけど、いつも一生懸命。車の技師になりたいって、ずっとがんばっていた息子に。いまは派遣で自動車工場に勤めて、とっても忙しくしているみたいなの。息子には息子の事情があるんでしょうね、なかなか会うことができません。だから、あなたに会うたび、きっとあの子もがんばっている、そう思って、私もがんばらなくちゃ！　って、元気をもらっていました。

紫紋君。ありがとうね。

いつかきっと、あなたの夢がかないますように。祈っています。

宮本静子

すらりと戸が開いて、その日最初の客が現れた。薄汚れた作業着を着た中年の男だ。

「いらっしゃいませ！」

彼女が声をかけるより早く、紫紋が声を張り上げた。男はびっくりして、その場に立ち止まってしまった。カウンターの中で、彼女がくすくす笑っている。

熱いお茶の入った湯呑を盆に載せ、紫紋が「こちらへどうぞ」と窓際のテーブルへと男をいざなう。

「ご注文は、何になさいますか？」

男は紫紋の顔をしげしげと眺めて、

「ついにバイトが入ったのか。そりゃよかった、マリアが助かるよ」

そうつぶやいてから、「刺身定食」と注文した。

「はいっ。かしこまりました。刺身定食ひとつ、お願いします！」

カウンターへ振り向いて、元気よく告げた。「はい！」と彼女が笑顔で応える。開店からわずか十分で、店内は作業着を着た男たちでまたたくまに満席になった。

活きのいい赤身の鮪、芳ばしく焼き上がった鱈の切り身。紫紋は、ひとつひとつに心をこめて紅葉を添えた。テーブルで待ちわびる人々の顔は、定食の盆が目の前に現れると、たちまち輝いた。

「ごちそうさん、マリア」

「今夜も来るよ、マリア」

「ありがとう、マリア」

満たされた表情で、誰もが帰り際にカウンターの中へ声をかけていく。それでようやく、紫紋は彼女の名前を知った。

本名だろうか、それともニックネームだろうか。優しく、どこかなつかしいその響き。

そういえば、まだ自分の名前も教えていなかった。テーブルとカウンターを忙しく行き来しながら、紫紋は、希望にも似た感情が自分の中でゆっくりと目覚めるのを感じていた。

昼の営業が終わって、暖簾(のれん)を下げたら。思い切って告げてみよう。

おれ、及川紫紋といいます。しばらくのあいだ、料理の修業をしていました。

もしもよかったら——ここに置いてもらえませんか？

第三話　伝説

マリアの家は、「小屋」と呼んだほうがいいくらいの、木造の小さなあばら屋だった。

その夜は、満月だった。心細く点る街灯よりも明るい月が、皓々と浜沿いの細道を照らしている。

マリアは、紫紋の少し先を歩いていた。無造作に結んだ長い髪が、ダッフルコートを着こんだ背中の上で揺れている。月光を弾いて跳ねるつややかな魚のような動きをみつめながら、紫紋は黙って彼女の背中についていった。

「小屋」の前に到着すると、マリアは引き戸の真ん中にある鍵穴に注意深く鍵を差しこみ、しばらくがちゃがちゃやっている。

「これねえ、なんか錆びちゃってて……いつもうまくいかないのよね」

一分ほど格闘して、ようやく開いた。紫紋は、少し心配になった。この人は、毎晩、こんなに人気のない道をひとりで歩いて帰ってくるのだろうか。そして無防備に背中をさらしたままで、暗闇の中で、短くない時間、鍵を開けることに集中しているのだろうか。

すべりの悪い音をさせて引き戸を開けると、マリアがさきに部屋へ入っていき、ぱちりと電灯の紐を引っ張る音がした。数回光が瞬き、薄暗い蛍光灯に照らし出されて部屋が現れた。

「狭いけど……どうぞ」

部屋の中央に立って、マリアが笑いかけた。こんな時間に、女性のひとり暮らしの部屋に上がりこむのは、実は紫紋にとって初めての出来事だ。なんとなく気まずく、スニーカーを脱ぐのにうつむいた顔を上げないまま、上がりがまちに足を載せた。とたんに、みしっと音がして、ぎょっとなった。忍び足で部屋へ上がる。一歩進むたびに、みしっ、みしっと足もとがきしむ。石油ストーブが燃え始めるぼそぼそという音がして、「いま、お茶淹れるね」と、マリアはすぐに台所のほうへ行ってしまった。

薄暗い蛍光灯の下に、小さな卓袱台がある。その前に正座して、紫紋は部屋を見渡した。四畳半ほどの部屋。そうとうな古さだ。土壁はぼろぼろ、天井はしみだらけ。けれど、ほこりっぽさやカビ臭さはない。隅々まで掃除が行き届いている。かつて紫紋が暮らしていた会社の寮は、こうはいかなかった。板場の掃除は床に顔が映りこむほど念入りにしたのに、自分の部屋の掃除となるとまったくやる気が起こらなかった。洗濯物やカップめんの空容器があちこちに散らかり、万年床は湿っぽくすえた臭いがしていた。

壁に沿って白いカラーボックスが横置きになっており、几帳面に本が並べられている。料理関係の本が多いようだ。ボックスの上には、小さなスタンドミラー。その横のガラスのコップに薄紫色の野菊が一輪、挿してある。そして、その横には……。

小さな位牌。ふたつ、並んでいる。

「コーヒー、淹れたよ。インスタントだけど……眠れなくなっちゃうかな？」

紫紋は振り向くと、「いえ。いただきます」と、居ずまいを正した。マリアはマグカップをひとつ、卓袱台の上に置くと、

「私、いつもこの隣の部屋に寝てるんだけど。紫紋君、そっちに寝るといいよ。私はこっちに寝るから。……あ、でも、布団一組しかないの。悪いんだけど、こたつを出すから、そこで寝てくれる？　今夜はちょっと冷えるし、そのほうがあったかいよ」

是非もない。紫紋はうなずいた。

「よくかきまぜて」と言われたミルク入りインスタントコーヒーは、とろけるように甘かった。普段はブラックコーヒーしか飲まない紫紋だが、子供のおやつのように甘いコーヒーは、その日いちにち立ちっぱなしで働いた体にしんみりとあたたかく、優しかった。

「なんかこれ……骨までしみます」

カップを口にしながら思わずつぶやくと、ふふっと笑う声がする。

「コンデンスミルク入れたの。ベトナムコーヒー風に」

へえ、と紫紋は感心して、ひと口飲むごとに、はあ、しみるしみる、と繰り返しつぶやい

た。マリアはそんな紫紋をみつめて、

「すごくいいね。あなたの、そういうところ」

楽しそうに言った。え？　と紫紋が訊き返すと、

「昼ご飯を食べたときも、夜のまかないを食べたときも、いまも。ほんとうに、心の底から、おいしい、って感じ。そういうリアクションに遭遇すると、こっちも嬉しくなるもん。作りがい、あるよね」

そう言われて、紫紋は、なんだか照れくさくなった。

確かに、心の底から「おいしい」と思った。昼に食べた煮魚定食。夜のまかないの鮪のづけ丼。そして、この「ベトナム風」ミルクコーヒー。

あたたかな、素朴な食事は、そのまま命を輝かせるものなんだ。そんなふうに、素直に感じた。

今日いちにちを過ごしてみて、いま、きのうまでは知らなかった土地にいる自分、今朝までは見知らぬ人だった女性のひとり暮らしの部屋に上がりこみ、こうしてコーヒーを飲んでいる不思議を思わずにはいられなかった。

自分は、ゆうべのいま頃、確かに絶望していた。切羽詰まって、職場から、東京から、現実から逃げ出してきていたのだ。一文無しになって、行くあてもなく、途方に暮れていた。

もう人生を終わらせよう、そう思い詰めていた。

それなのに、いまの自分はどうだろう。ほんのりと、幸せを感じてはいないだろうか。

すべては、「尽果」という名のバス停に降り立ったことから始まった。そして、崖っぷちに佇む小屋を目指して歩き始めたこと、「まぐだら屋」という看板のかかった入り口に真っ赤な紅葉が活けられた食堂にたどりついたこと、そして、「マリア」という名の女性に出会ったこと――。そのひとつひとつが、頑なに縮こまった紫紋の心身を解きほぐしていた。すべてがごく自然に運び、そうなるべくしてなったような、一日の終わりだった。

「あの……ひとつ、質問してもいいですか」

かしこまった調子で紫紋が訊いた。「うん？」とマリアは顔を上げた。

「あの……マリアさんって、その」

「マリアでいいよ。『マリアさん』なんて、こそばゆい」

会って二十四時間も経っていない人を、しかも年上の女性を呼び捨てにするのは気が引けた。けれど紫紋は、今日ずっと訊いてみたかったことを思い切って口にした。

「マリアって、本名なんですか？」

澄んだ瞳が静かにこちらを見ている。紫紋は自然と赤くなってしまった。

「興味あるの？　私の名前なんかに」

「ええ、まあ」

「ふうん。どうして？」

「どうしてって、それは、その」

　ふふ、とかすかな笑い声がする。

「私も興味あるな。あなたの名前に。きれいな名前よね。まるで絵のような」

　いつだったか、「吟遊」社長のお屋敷の家政婦、宮本静子が同じようなことを言ってくれた。目に見えるようなきれいな名前。だから彼女は、「及川君」ではなく、「紫紋君」と、親しみをこめて呼んでくれていた。

「おれが生まれてから何日目か、まだ病院にいたとき、おふくろがおれを抱き上げて窓の外を見せようとしたらしいんです。それで、窓の外の野原に紫色の野菊がいっぱい咲いてたとかで。それで名付けた、って聞きました。ちょっとでき過ぎだから、あとから作ったのかもしれないけど」

　苦笑しながら、マリアの背後にある位牌と、そのそばでひっそりと花をつけている一輪の野菊に目をやった。マリアは、「そうなんだ」と、興味深そうな声を出した。

「なんだか、目に浮かぶわね。生まれたての赤ちゃんを抱っこした若いお母さん。病院の外のいちめんの野菊」

たちまち、紫紋の脳裏にも故郷の風景がなつかしく広がった。

東北の寒村に、秋はいち早く訪れた。可憐な野菊は、母と紫紋が暮らす村営住宅の前の空き地にも群れて咲いていた。日いちにちと風の冷たさが増す中で、身を寄せ合うようにしてけなげに咲いている薄紫の一群を毎朝眺めながら、母は仕事に、紫紋は学校に、それぞれの道を歩いていった。

「今度はそっちの番ですよ。名前のこと、おれは白状したんだから」

紫紋がつっかかってきたので、マリアは苦笑した。

「私のほうは、つまんないよ。あなたみたいに、すてきなエピソードはなんにもない」

そう前置きしてから、本名を教えてくれた。

有馬りあ。「上から読んでも下から読んでもおんなじ」名前をつけられた。ふざけた親だよね、と笑っている。

「嘘お。まじっすか？」と、紫紋は思わず拍子抜けした声を出してしまった。

「うん。まじで」と、マリアは少しきまり悪そうな笑顔になった。

「フルネームで言ってみると、『まりあ』っていうのがなんとなく残るんだよね。それで、中学生くらいからかな、『マリア』って呼ばれてたの」

それから、ごくさりげなく付け加えた。

「まあ、私の場合、生まれたときから父親がいなかったし。望まれて生まれた子供でもなかったみたいだから」

紫紋は視線を卓袱台の上に泳がせた。どう返したらいいのかわからなかった。

マリアもそれきり黙ってしまった。視線を交わすこともなく、それぞれに口を結んだまま、ふたりは向かい合っていた。

紫紋がそっと目を上げると、卓袱台に頬杖をついて、マリアがこちらをみつめている。紫紋はまた、目を逸らしてしまった。この人のまっすぐな視線に、どうも弱いのだ。

「いちめんに野菊が咲いてる野原が病院の近くにあるってことは、紫紋君のふるさとは、あまり都会じゃない。でしょ？」

もう一度こちらの身の上に水を向けられて、紫紋はいっそほっとした。そして、正直に答えた。

「ええ、かなりの田舎です」

「そう。どのへん？」

「東北の、地味な町にある……ほんっと、小さい集落です。小学校まで、バスで片道三十分」

「うわっ、ほんとに田舎だね。このへんも似たようなもんだけど」

「でも、ここには海があるし、すかっと拓けて見えますよね。おれの故郷は森林がいっぱいで、野原や空き地はあったけど小さいもんで。……おれ、東京へ出るまで海って見たことなかったんです。だから、こんなにずうっと続く水平線見たの、生まれて初めてで」

紫紋は、なるべくあたりさわりのない話をして、話題を自分の身の上から、そしてマリアの身の上話から遠ざけた。

もしもマリアが自分の身の上を話し始めたらどんなふうに受け止めようか、と戸惑っていた。恵まれた生い立ちではなさそうな気配が、さっきの言葉に――望まれて生まれた子供でもなかったみたいだから、というひと言に、含まれていたから。

それに、この小屋のような家。かつ、仏壇もなく並べられたふたつの位牌。

そして……失われた左手の薬指。

この人自身は日だまりのあたたかさ、明るさを振りまいている。けれど、どこかしら不幸の影が見え隠れもしている。

もしかして、いまの自分にも、この人以上に不幸の影が寄り添っているのかもしれない。

だから、おれを店に招き入れてくれたのだろうか？　食事をさせてくれ、一日仕事をさせてくれて、その上自宅にまで泊めてくれる、というのは……おれが、どうしようもなく不幸な男に見えたから、だろうか。

――すみません。今晩、この店に泊めてやってください。

暖簾を下げた「まぐだら屋」の店内で、紫紋はいきなりマリアに向かって頭を下げた。もう、無一文であることを隠すつもりはなかった。

――宿に泊まる金もなければ、行くあてもないんです。もしもかなうなら、しばらくここで働かせてください。ここで寝起きして、朝から夜まで、仕込みも片付けも、なんでもやりますから。

そして紫紋は、告白したのだった。自分は東京の料亭の板場で料理人見習いをやっていた。けれどわけあって出てきてしまった、と。職場が重大な事件に巻きこまれてしまったことや、実は死ぬ場所を求めてここまでやってきたことは、言わなかったけれど。

――そうだったの。

マリアは、紫紋の告白を静かに受け止めてくれた。

――ここで働いてもらうのは、私にとってはありがたいことなんだけど……私の一存では決められないの。

――それに、この店には横になれる場所はないし。とにかく、今夜は私のうちに泊まっていいから。

それで、ここまでついてきたのだった。

マリアの背中を追いかける道々、胸が痛いほど高鳴った。この人は、おれをどうしようとしているんだろうか。知り合って間もない、身元もよくわからない若い男を、いきなり家に連れ帰ってしまう大胆さ。もしかして、そういうことを望んでいるのか、それとも、そういうことがよくあるのだろうか。それとも、そういうことにはいっさい関心がなく、不幸の影を引きずった男に同情して、救いの手を差し伸べてくれただけなのか。

それに——「私の一存では決められない」って？

あの店の共同経営者がいるのだろうか。マリアとどういう関係の……？

思いはちりぢりに乱れた。けれどいま、こうして澄んだ瞳をまっすぐに向けてくるマリアは、突然転がりこんできた得体の知れない哀れな男を、ただ単に助けたかっただけなのだ、と得心した。

ほんの一瞬でもやましいことを考えた自分が恥ずかしかった。マリアは、紫紋の心情に気づくこともなく、この小さな村——地塩村（ちしおむら）、という名の小さな漁村のことを話し始めた。

T県地塩村。「まぐだら屋」のある崖っぷちを含め、マリアの住む集落は「尽果」と呼ばれている。漁業を営んでいる人々がちらほらと住み、多くは他府県からやってきた人々が仮住まいをしているという。港から小型船で十五分ほどで渡れる小島・方舟島（はこぶねじま）に製錬所があり、そこに勤める作業員——そのほとんどは「派遣工」らしい——が、集落の主な住人だった。

そして、この男たちがマリアの店の常連客なのだそうだ。昼食時に混雑するのは、二交代制で「遅出」の作業員たちが、出勤まえに「朝食」を食べにくるからなのだ。夜は夜で、「早出」の作業員たちが早い夕食をとりにやってくる、というわけだ。

村の名前は、昔、このあたりで製塩が盛んだったことに由来する。集落の名前の由来は定かではないが、こんな伝説がある。

昔むかし、大名の姫君が重い病気にかかり、煎(せん)じて飲めばたちどころに快癒するという噂の薬草を求めて、召使いの女が旅に出た。ようやくみつけた薬草は海に臨む崖っぷちに生えていて、それを取ろうとした女は足を踏み外して水中に転落してしまう。が、命が尽き果てる寸前に、女は心に念じる。なんとしても姫様をお助けしたい、海の神よ、どうかわたくしにこの薬草を姫様のもとへ届けさせてくださりませ。

そこまで女が姫を思うのには訳があった。実はこの姫は、女が殿様と密通し産んだ子供だったのだ。命が尽き果てようとも子を思う母の愛に打たれた海の神は、女の体から魂を抜き出し、水中に沈みゆく女の真上と真下を偶然に泳いでいた二匹の魚にそれを移し替えた。二匹の魚はたちまち一匹の怪魚となり、浜辺のほうへと泳ぎ去った。

翌日、糸を垂れる漁師へと近づいていった怪魚は、すぐさま鉤(はり)に食らいついた。漁師が引き上げてみると、姿形はどう見ても鱒であるのに、つややかな黒い鱗(うろこ)に覆われ身は真っ赤な鮪という、いとも不思議な魚だった。これは珍妙なり、と漁師は魚を殿様に献上した。さて魚を割いてみると、腹の中から薬草が現れた。試しにこれを煎じて姫君に飲ませたところ、たちどころに病が治った。姫はその後別の大名家に嫁いでお家は繁栄し、子々孫々にいたるまで幸せに暮らしたという。

話を最後まで聞いて、紫紋は「ええ～っ」と不満げな声を上げた。

「なんすか、それ？　その召使い、お姫様のお母さんなんでしょ？　なのにヘンな魚にされて食われちゃったんすか？　それでお姫様だけ幸せになるなんて、それじゃあんまりかわいそうじゃないですか」

理不尽だ、と紫紋があんまりブーイングするので、マリアは「まあまあ、続きがあるのよ」と笑いながら言った。

「それでね。この周辺で、マグロとタラをかけあわせたような世にも美味な魚が獲れる、っていう伝説があって。それを食べるとどんな病気も治る、尽き果てかけた命も救われる、とかで」

「へえっ、ほんとですか？　すげえ。なんていう魚？」

「だからそれが、『マグダラ』っていうの」

紫紋は噴き出しそうになった。

「だからお店の名前が『まぐだら屋』とか言うんじゃないですよね？」

「その通り。哀れな召使いが足を滑らせて、命尽き果てる寸前に神に救われた、という、崖っぷちに立つ……」

あはは、とたまらず紫紋は声を上げて笑い出した。

「うっそぉ。できすぎだし」

「ほんとだってば。いつか必ず作るんだからね、絶品『まぐだら定食』」

「作ってる作ってる。話を」

ふたりはいつしか、声を合わせて笑っていた。

どこかおかしな、けれど母が子を思う感動的な伝説。素朴な村の暮らし。荒っぽいけどほんとうは優しい漁師や製錬所の男たち。たあいない話に、心がゆっくりとほどけていく。

薄明るい蛍光灯の下、始まったばかりの冬の匂いを漂わせるストーブ。遠くで響いては消える海鳴り。

ひさしぶりに再会した友人同士のように、マリアと紫紋は、夜が更けるまで向かい合って話しこんだ。窓に下がった生成り(きなり)のカーテンの隙間(すきま)に、小さな満月が浮かんで通り過ぎていった。

紫紋が、初めてまともに意中の女性と向かい合った夜。太った月が、都心のカフェテリアの大きな窓の上に浮かんでいた。

紫紋は滑稽なくらい緊張していた。その一週間まえに、「大切な話がある。ふたりきりで会いたい」と、料亭「吟遊」の同僚で仲居の晴香からメールをもらっていた。そのために、意識しすぎて、職場で彼女と顔を合わせてもまともに話ができなくなってしまっていた。晴香も同じなのか、いつものように話しかけてこなかった。

ようやくふたりきりになって向かい合うと、コーヒーを待つちょっとの時間でも、息ができないほど苦しく感じてしまった。

いままでは、職場で空いた時間に世間話や職場の愚痴など、どちらかというと晴香のほうからあれこれと話しかけてきていた。紫紋よりふたつ下の晴香は、短大時代からアルバイトで仲居をしていたのだが、卒業後はそのまま正社員になって仲居を続けていた。季節のさまざまな料理を運んでお客様が喜んだり驚いたりするのを見るのが嬉しい、と楽しそうに話していた。それに、なんといっても日本を代表する老舗の料亭だ。「お母さんがいつも、知り合いに自慢してるらしくって。娘があの『吟遊』にいるんだ、って」と、嬉しそうに話していた。うん、わかるわかる、と紫紋はうなずいた。だって、おれのおふくろもそうだから。

紫紋に対して好意を持ってくれているような、ほのかな空気があった。紫紋のほうは、とっくに晴香に惹かれていた。仲居の中では一番若く、はつらつとして、けっこう美人だ。和服を着たときの襟足もすっきりとして色っぽい。何より、笑顔がいい。紫紋はいつしか、晴香への思いがどんどん大きくなっていくのを抑えられなくなりつつあった。

一度ちゃんと食事にでも誘って、そのときのノリでいくところまでいけたらな、などと一方的に期待を膨らませてもいた。とはいえ、まともに女の子を誘ったことなど一度もない。そんな勇気は、ちょっとやそっとじゃ出てこない。

ところが、とうとう、その日がきたのだ。しかも、誘ったのは晴香のほうだ。

馬鹿だと思いつつも、その日は昼間から風呂に入って、何度も歯を磨いて、新しい下着をつけて、いっちょうらのセーターとジャケットを着て、ひとつしか持っていない革靴をぴかぴかにして出かけた。隣室の悠太にみつからないように、慎重にドアを閉め、足音を忍ばせて。出かけるところを見られたら、「おれも連れてってくださいよ」と言いかねない。休日でも、ふたりはつるんで出かけるのが常だったのだ。

待ち合わせたカフェテリアの一番奥のテーブルに、晴香が座っていた。白いセーターにショートパンツがやたらまぶしく見えた。晴香は紫紋の姿をみつけると笑いかけたが、頬はこわばっていた。

コーヒーを飲み終えるまで、ふたりはいつものように世間話をしたが、晴香がどんどん緊張を高めているのがわかった。

何か思い切ったことを告げようとしているんだ。

そう思った紫紋は、緊張を通り越して興奮してきた。自制の利かない体の一部をなだめようと、ひたすら焦る。

とうとう痺れを切らして、訊いてみた。

「あの、それで……話って？」

ぎくりと空気が縮んだ。晴香は紫紋をみつめていたが、目の焦点が合っていない。あれ？と思った瞬間、

「どうしよう。大変なこと、しちゃった」

蚊の鳴くような声がした。みるみるうちに、大きな瞳いっぱいに涙が浮かんで、ぽろぽろとこぼれ落ちた。

「え？　な……なんで？」

想定外の展開に、紫紋は猛烈にあわてた。急に立ち上がって、テーブルに膝をしたたかに打ちつけて、コーヒーカップをひっくり返して、少し残っていたコーヒーをいっちょうらのパンツの上にこぼしてしまった。

「うわっ、やば……あああの、ちょっと、晴香ちゃんさ……」

晴香は顔を両手で覆って泣きじゃくっている。店内の視線がいっせいに集まるのを感じる。

店員が飛んできて、「大丈夫ですか？」と、おしぼりを渡してくれた。

「大丈夫です。いやそうでもないかな。いや、大丈夫でしょう」

奇妙な応答をして、膝をおしぼりで拭き、ため息をついた。

仕方がない。落ち着くのを待とう。

何があったのかわからないけど、きっとおれを頼りにして、今日、こうしてわざわざ会ったわけなんだ。だから、なんであれ、受け止めよう。

そんなふうに覚悟を決めた。数分間、そのまま晴香をそっと見守った。

やがて涙が通り過ぎた晴香は、真っ赤な目を紫紋に向けた。紫紋は、無理して笑顔を作った。晴香もそれに応えて、弱々しく笑った。

「ごめん、突然」

紫紋は静かに首を横に振った。できるだけ、大人の余裕を見せるようにして。

「びっくりしたよ。なんかあったの？　その、よかったら、聞かせ……」

おだやかに話しかける紫紋の鼻先に、晴香は携帯電話を突き付けた。そのままフラップを開け、液晶画面を目の前にかざす。メールの文面が出ている。

「きのう、メール送ったの。東京都福祉保健局に」

え？

紫紋の目は、小さな画面に送信済みメールのタイトルをみつけ出した。

料亭『吟遊』の内部告発をします。

そう書かれてあった。

「はい。こちら、東京都新宿区神楽坂、『吟遊』本店前です。

日本を代表する老舗日本料理店、吟遊。古くから各界の名士を顧客に持ち、全国の有名百貨店などでも『吟遊』ブランドの贈答品などを販売する、日本料理界最高峰の料亭が、料理の使い回し、賞味期限切れ食材の使用などをしている、との疑いを持たれています。

昨夜遅く行われた記者会見で、吟遊の宮前昭造専務と、母親で女将の宮前登紀子副社長は、揃って謝罪しました。昭造専務は『まったく寝耳に水である。料理のことはすべて板場に任せ、板場の判断で行っている。使い回しなどがあったのは、すべて現場の判断。裏切られた気持ちだ』と述べ、登紀子副社長は、『先代より引き継いでから苦労して大きくし、皆様に愛された老舗の看板に、一番頼りにしていた現場によって泥を塗られた。被害者は私どものほうです』と言葉を詰まらせていました。

料亭が数多く集まる神楽坂周辺で、今回の事件について聞いてみました。

『ええ？　うっそぉ、信じられない。あの吟遊が？　私もときどきデパートの店には行きますよ。使い回し？　何万円も払って食べる料理が、使い回しだったんですか？』
『信じられんね。現場のせいって……そりゃ管理してるもんの責任なんじゃないの？』
『老舗だから信用してたのに。裏切り行為ですね。もう、今後絶対食べない。絶対行かない。絶対許せない』

今後、東京都福祉保健局は現場の調査と吟遊関係者の聞き取り調査を早急に行う予定であり、当面、全国に二十店舗ある支店はすべて休業、また百貨店との取引も中止される予定です。

以上、吟遊本店前より、中継でお伝えいたしました」

こたつに両足を突っこみ、座布団の上にごろんと寝そべって、紫紋は窓をさかさまに見上げていた。隣の部屋と同様、生成りのカーテンが下がっている。ほんの一センチ開いている隙間から、もう月は見えない。海に向かって少しずつ落ちていく時間なのだ。

暗闇の中で、耳をそばだててみる。やわらかな寝息の音が、かすかに聞こえてくる。しみだらけの襖一枚隔てて、誰かが眠っている。そう意識するのは、母が倒れたとき以来だった。

高校三年生の夏、母が倒れた。工事現場で、熱中症になったのだ。病院へ連れていこうとしても、わけねぇべ、ちょっくら寝てれば治るっぺ、と拒否した。母も紫紋も、貧しさゆえ、健康保険に入っていなかった。絶対病気になるでねぇよ、といつも息子に言っていた手前、母は簡単に医者にかからなかったのだ。そして、息を荒げて横になっていた。

紫紋はどうすることもできず、夜中に何度も目を覚ましては、耳をじっとすました。襖一枚隔てた隣の部屋で母が寝息を立てているのを聞き、ああ生きてる、母さん、ちゃんと生きてる、と胸をなで下ろした。そうして朝まで、うつらうつら、母の寝息に付き合ったのだ。

凪のように静かなマリアの寝息を聞きながら、生きてる、と紫紋は思った。

生きてる。おれ、ちゃんと生きてる。

あんなこと——あんなにめちゃくちゃなことがあったのに。

あんなに憧れていた「吟遊」の看板が、ずたずたになってしまったのに。

あんなに慕ってくれていた、悠太が死んだのに。

こなごなに、夢が壊れてしまったのに。

おれ、——生きてる。ここへ来て、マリアに会って、哀しくてちょっとおかしい伝説を聞いて、笑って、そして——

いま、マリアの寝息を聞いている。

生きているんだ。

ふいに、涙がこみ上げた。東京を飛び出してから、一度もあふれることのなかった涙。

頰を存分に濡らし、声を殺して、紫紋は泣いた。寂しかった。苦しかった。そして——嬉しかった。

襖一枚隔てて、自分と誰かがこうして生きていることが。

第四話　震動（しんどう）

生成りのカーテンの隙間から差しこむ朝日がまぶたの上を照らす。

何やらあたたかな夢を見ていた紫紋は、夢の中が急にまぶしくなったのを感じて目を覚ました。自分がいったい、どこにいるのかすっかり見失っていた。

ああ、ここは……そうだ、マリアの家。

いい匂いがしている。魚を焼く香ばしい匂い。くつくつと鍋の煮える音も聞こえてくる。

夢じゃないよな。

片手でほっぺたを叩（たた）いてみる。さっきまで、夢を見ていた。どんな夢だったか、目覚めた瞬間に忘れてしまったが、悪夢じゃない夢を見たのはひさしぶりだった。あの事件があってからこのかた、深い闇に転がり落ちるような夢ばかり見て、うなされて目覚めることがしょっちゅうだった。いっそ全部が夢ならいい、と願っていたのに、目覚めるたび、悪夢よりもたちの悪い現実が待ち構えていた。

すべてをなかったことにするためには、自分が消えてなくなるよりしょうがない。そんなふうに思って、ここまで来たのだった。

なのに。

リズミカルに何かを刻む音に混じって、かすかに鼻歌が聞こえてくる。紫紋はこたつから出ると、カーテンを開け、サッシの窓にうっすら映りこむ自分の顔に目を凝らして髪型を整えた。まぶたをこすって、窓の向こうに広がる風景を眺める。

秋の終わりの、小さな漁村の風景。

マリアの家は、粗末な小屋のようではあったが、漁村を見渡す丘の上にあった。狭い入り江に肩を寄せ合うようにして、黒い瓦葺(かわらぶ)きの屋根が集まっている。瓦の上に太陽が降り注ぎ、鱗のように輝かせている。入り江の向こうには、紺色に近い青をたたえて、海がしんとして横たわっている。

「おはようございます」

台所に立っている後ろ姿に向かって、できるだけ元気よく声をかけた。「おはよう」と、マリアの笑顔が振り向いた。

「よく寝てたね。そうとう疲れてたんじゃない？」

確かに、疲れ果てていた。その理由は結局話さなかったし、訊かれもしなかったけれど。

「すっげえ寝ました。なんか、やたら寝心地よくて……で、めちゃくちゃいい匂いがしたんで、目が覚めました」

素直に言った。マリアは「そりゃあ、よかった」と応えて、

「お茶碗、出してくれる？　お味噌汁のお椀もね。適当に、なんでもいいから。湯呑と、マグカップも」

小さな食器棚を指さして言った。紫紋は食器棚の中を探った。飯碗と汁椀、ともに一組しかない。昨夜使ったマグカップも、湯呑もひとり分だ。つまり、ここで食事をするのは、マリアだけなのだ。なんだか、ほっとする。

共同経営者がいるようなことを言っていた。それがどういう人物なのか、親しい間柄の男なのかと引っかかっていた。少なくともこの家に泊まりこみで出入りするような人物ではないのだ。

顔を洗いにいった洗面台に歯ブラシが一本しかないのを確認して、またそう思う。なんだかおれ間男みたいだな、と苦笑する。

マリアが準備してくれた朝食は、味噌汁とアジの開き、きゅうりのぬか漬け、白いご飯。

「ごめんね、たいしたものなくて」と恐縮したが、すべてがしみじみうまかった。

「ああ、うまい。この漬物……味噌汁。おれの『人生最後の食い物』はこれで決まりですよ」

ぬか漬けを嚙みしめながら、そんなことを言った。おおげさねえ、とマリアが笑う。

きのうまで本気で死を間近に意識していたのに、今日はもう、死ぬ間際にぬか漬けが食べたいなどと軽口を叩いていることにふと気づく。ゆうべはゆうべで、自分が生きて呼吸をしていることを、誰かに感謝せずにはいられなかった。

そう、感謝だ。ゆうべ、眠りに落ちるまえにあんなに涙が流れた理由。生きている奇跡(きせき)に、誰にともなく感謝していた。

マリアが湯呑にお茶を注ぐ。急須のふたの上に添えた左手の指。ひっそりと欠けた薬指の先をみつめないように、紫紋は彼女の背後の窓に広がる空に視線を投げた。気持ちよく澄んだ、秋晴れの空。

「何時に出勤するんですか」

カラーボックスの上の目覚まし時計は八時過ぎを指していた。マリアは紫紋のほうへ湯呑を、自分の前にマグカップを置いて、「十時過ぎまでには行くって感じかな」と答えた。

「そんなに遅くていいんですか？　仕込みとか、いろいろ準備ありますよね」

「準備って言っても、出汁(だしじる)を作ったり、野菜を切ったりで……たいしたことないし」

「魚の仕入れはどうしてるんですか」

「漁師のカツオさんが、毎朝届けてくれるの。朝獲れたので市場に出した残りなんだけど、安くて最高に新鮮なのよ」

紫紋は口もとで湯呑を止めて、「え？　ちょっと待ってください」と、卓袱台にそれを戻した。

「カツオさん？　漁師のカツオさんていうんですか？」

「そうだけど？」

マリアが返すと、

「すげえ。できすぎの名前だ」と、紫紋は笑った。

「いいなあ。『まぐだら屋』に出入りする漁師のカツオさん。まさか、貝類を扱ってるサザエさんっていう業者はいないでしょうね」

「それはない」と、マリアも笑った。

「住吉克夫（すみよしかつお）さんっていうの。この村で、代々漁師をやり続けてる家なんだけど、カツオさんのひいおじいさんだかひいひいおじいさんだかは、例の『マグダラ』を一度だけ、上げたことがあるんだって」

克夫のひいおじいさんだかひいひいおじいさんだかは、ひとり、大海原へ漁船を繰り出し、十数時間もの死闘の末、ついに伝説の怪魚「マグダラ」を釣り上げた。大きすぎて漁船に上げられず、綱で縛ったまま海中を引いて、意気揚々（う）と港へ戻った。いよいよ水揚げしようとしたところ、サメに食われて跡かたもなく消え失せていた、とか。

「ちょっと待って」と、紫紋はまた、マリアの話をさえぎった。

「なんかそれ、どっかで聞いたことがある。……いや、ってか、読んだことがある」

「そう？……ヘミングウェイ、とか？」笑いを嚙み殺しながらマリアが言うと、

「あ。『老人と海』だ」紫紋が膝を叩いた。

ゆうべ、尽果の伝説が披露されたときと同じように、ふたりは声を合わせて朗らかに笑い合った。


漁師の住吉克夫は、十時きっかりに「まぐだら屋」へやってきた。

マリアと紫紋はカウンターの内側に並んで立ち、マリアは味噌汁の具材を刻み、紫紋は里芋の皮を剝いているところだった。からからと出入り口の引き戸が開いて、「ほう、おはようさん、マリア」と、元気のいい声が上がった。

マリアは肘で紫紋をつつくと、「カツオさんだよ」と愉快そうに囁いた。タオルで手を拭くと、紫紋は出入り口へすっ飛んでいき、克夫が軽トラックからクーラーボックスをふたつ重ねて持ってくるのを、「おれ、運びます」と受け取った。

「あっじゃあ、まめんな兄（あん）ちゃんだなぁ。誰だぁえ？」

さっさと箱を持ち去られて、克夫は目をぱちくりさせた。マリアは包丁の手を休めて、「ちょっとね。店を手伝ってもらおうかな、と思って」と、返事をした。店の中へ入ってきた克夫に向かって、紫紋は一礼をした。

「紫紋です。よろしくお願いします、カツオさん」

「ありゃ。うらんこと、知っとるげ」

「おいしい魚をいつも持ってきてくれる、頼もしい漁師さん、って話しといた」

マリアに言われて、克夫が「だあぜ」と表情を崩す。

「うらが持ってくう魚は、みんな新鮮だあぜ。ほれ、今日はキンメダイ、ヤリイカも上がっとるわいな」

箱のふたを開けて、紫紋がうわっと歓声を上げた。

「すっげ。ほんと新鮮だ。めちゃでかいですね、このキンメ」

躊躇（ちゅうちょ）なくしっぽをするりと持ち上げる様子を見て、克夫がすかさず訊く。

「兄ちゃん、料理やっとったんかえ？　手つきがええわな」

一瞬、返答に困ると、「東京の老舗料亭の板場にいたそうよ」とマリアが代わりに答えた。

「ほお。東京の料亭て……」

克夫は無遠慮に紫紋の顔を眺め回した。紫紋は思わずうつむいてしまった。あ、の、事件で自分の顔がニュースに出たわけではなかったが、時事に敏感な人なら、「東京」「老舗」「料亭」とくれば、連鎖的に思い出すかもしれなかった。

そういえば、最近、人騒がせなニュースがあったよな。そう言われないことを祈りつつ、紫紋は箱にふたをして、そそくさとカウンターの内側へ運んだ。

マリアがノートを持ってきた。箱の中身を確認して、今日の仕入れを書きこんでいる。

「今日は大漁ね。紫紋君、これ、いったん冷蔵庫に入れといてくれる？」

「了解です」

克夫は黙ってふたりの様子を見ていたが、

「女将は、ええ言うたんか」

短く訊いた。マリアはノートをぱたんと閉じると、「まだ話してない」と、やはり短く答えた。冷蔵庫に魚を移しながら、紫紋は背中でふたりの会話を聞いていた。

「そりゃ、早よ言うたほうがええ。いつぞやも、バイトを雇おうとしたんが、絶対にいかん、ちうて、えらい怒りなすったがな」

「うん。……そうだけど」

「勝手なことをして、ここを出ていかんならんなったら大変だらあ」

「わかってる」

「おまいがおらんようになったら、こん店はもうしまいやがな。ほうしたら、ここで暮らすもんは、えっと困るがな。そうやろが?」

まるで娘を諭す父親の口調だ。方言がきついのもあって、言っていることのすべてはわからなかったが、どうやら「女将」という店のオーナーのような人がいて、その人物に許可なくバイトを雇うことはできない、だからちゃんと許可を得たほうがよい、と忠告しているようだった。

短くない年月、ここに出入りしているうちに、父娘(おやこ)のように親しくなったのだろう。言っていることは厳しかったが、克夫の口調には情がこもっていた。

魚を冷蔵庫に入れ終えると、紫紋は笑顔を作って振り返った。

「せっかくいいキンメが入ったから、焼きにしましょうか。ヤリイカは、里芋と煮て」

マリアが振り向いた。すぐに笑顔になって、「いいわね」と応える。

「紫紋君、焼き魚や煮物は料亭時代のレパートリーに入ってるの?」

紫紋は頭を掻いた。

「いや、おれ、下っ端だったんで……板場では焼いたり煮たりには手を出せなかったんですが、まかないではけっこう作りましたよ。だから、やらせてください」

なんでもできるところを見せて、なんとしてもここに置いてもらいたかった。もう、ほかに行くところもないのだから。

克夫は空になったクーラーボックスを抱えると、紫紋に向かって言った。

「ほいじゃ、もう行くわいな。今度、おまいのこさえた飯、食べにくるで。東京の料亭の味とやらあ、試してみないかんでな」

方言が言葉を軟化しているからか、特に嫌味には聞こえなかった。紫紋は克夫の行く先へ走っていって、出入り口の戸を開けた。

「ごくろうさまでした。いつでも、食べにいらしてください」

「おうよ」と、克夫はにっと笑いかけた。

「なんでもな、東京の料亭ちうたら、最近物騒なこともあったがよ。おまいくらいの若い板場もんが、自殺したちうてな……」

ぎくりとした。思わず振り向く。マリアがいまの言葉を、聞いてはいなかったか。

マリアはカウンターの中でうつむいて、何かを一心に洗っている。水道水を流す単調な音が響いている。

「まったくいやな世の中だわいな。料亭の兄ちゃんとやらさ」

そう言い捨てて、克夫は軽トラックのほうへと去っていった。

ヴーヴーヴー、ヴーヴーヴー。

いっちょうらのジャケットのポケットの中で、携帯電話が震えている。

渋谷駅前、ハチ公広場の雑踏の中。紫紋は、長らく思いを寄せていた女の子とみつめ合ったまま、立ち尽くしている。

彼女は、勤め先の「吟遊」の同僚、晴香。白いセーターにショートパンツがよく似合う。仲居をしているときは着物で落ち着いて見えるけれど、こうして見ると、彼女はどこにでもいる二十三歳の女の子だ。

駅前のスクランブル交差点の信号が青になるたび、おびただしい数の人間が押し寄せる。突っ立ったままのふたりを避けるように、それでもときどき肩やバッグをぶつけながら、人波が駅に向かって吸いこまれていく。

携帯は、まだ震えている。いつまでも震えている。けれど、その瞬間、紫紋には電話に出る余裕など微塵（みじん）もなかった。

その夜、紫紋は、晴香に思いがけない告白をされた。その告白で、紫紋の世界は一変した。

あっけなく夢は終わってしまった。

老舗料亭「吟遊」が食材の使い回しをしている、と東京都福祉保健局に告発した。それが晴香の告白だった。

そして、各地のデパートで売られ通信販売もしている「吟遊」ブランド商品の多くが産地を偽装していること、賞味期限切れの食品にシールを貼り直して再出荷しているという事実を、晴香は洗いざらいぶちまけた。

紫紋は戦慄（せんりつ）した。使い回しばかりか、そんなことまでがなされていたとは。

板場で日常的になされていた食材の使い回しは、自分自身も目をつぶって手を染めてしまっていた。手つかずで下げられてきた食事をそのまま次の客に回す。料理長の湯田の圧力、つまり、会社の上層部、帳場や女将の指図があってのことだった。良心の呵責は常にあった。けれど、下っ端の自分が、どうして料理長や女将に逆らうことができただろう。

晴香は、料理の皿を客間から板場へ下げてくるたび、祈るような視線を紫紋に送った。お願いだからやらないで。声にはならない声が聞こえてくるようで、紫紋はただ黙って顔を背けることしかできなかった。

その晴香が、「吟遊」の裏事情をすっかり把握していた。いったいどうやって、とにわかには信じられなかったが、晴香は、死人のように青ざめて、すべてを打ち明けたのだった。

どうしても、どうしても、許せないことがあった。だから、告発した。

晴香は、料理長の湯田と付き合っていたのだ。湯田は、晴香と関係するたびに、面白おかしく「吟遊」の腐敗を語って聞かせた。老舗の看板さえあれば、馬鹿な消費者をまんまと騙せる。世の中なんてちょろいもんだ、とせせらわらって。

家庭のある湯田は、春がきたら妻と別れるから、夏がきたら別れるから、秋がきたら……と言い続けていたらしい。晴香は信じた。そして、待った。

紅葉が赤くなったら、今度こそ、必ず別れる。先付に添える紅葉が、サインだ。よく見てくれ。な、もうすぐ赤くなる。そうしたら、今度こそ。

そうして、紅葉は真っ赤に色づいた。けれど、約束は守られなかった。

晴香はもう待てなかった。その結論が、内部告発だった。

「あたし、これから死ぬから」

その夜、紫紋と晴香は渋谷駅前のカフェで落ち合った。その直後に、晴香は、突然泣き出した。そして紫紋に打ち明けたのだ。「吟遊」の腐敗を、告発したのだと。

告発メールを紫紋に見せ、自分と料理長の関係についてばらしてしまったあと、再び目に涙をいっぱいに浮かべながら、晴香は言った。

「こんなことしちゃったんだから、もう生きていけないよ。だから、死ぬまえに、誰かにほんとうのことを聞いてもらいたかったの」

どんな大騒ぎになるか、晴香にはわかっていた。紫紋や職場の同僚にも迷惑がかかるだろうことも。だから最後に、告発したのは自分だという真実を打ち明けておきたかった、と言った。

何もかも話してしまって、晴香は放心したようになった。紫紋は黙りこくって、その青白い顔をみつめていた。

長い沈黙が流れた。晴香は、ひとつため息をつくと、「じゃあ」と、顔を上げた。やっぱり、目に涙をいっぱいにためて。

「もう、行くね。最後に、全部聞いてくれてありがとう。すっごく、すっきりした」

少しだけ、笑顔になった。無理やりな、こわれそうな笑顔。胸のずっと奥のほうからふいに湧いてきた言葉を、紫紋はそのまま口にした。

「死ぬな」

そして、手を伸ばして、テーブルの上に載っていた晴香の細い指先を握った。ぴくり、と小魚のように指が動く。紫紋は、手に力をこめた。

「死ぬなよ。おれが、なんとかするから」

晴香の震える瞳が、紫紋をみつめている。この世界に、ただひとり、紫紋だけを。

死ぬな。……死ぬなよ。

繰り返しながら、紫紋は、ようやく自分も泣いていることに気づいた。

父がいつのまにか死んでしまったとわかったときだって、ほんの七歳だったけれど、紫紋は泣かなかった。故郷にたったひとり母を残して上京するときも。家の前の坂道で、いつまでも手を振る白髪頭の母が小さく小さくなっていくのを、バスの窓の中に追い求めながら、必死に涙をこらえた。

なのに、どうしてこんなに泣けるんだ。

晴香のはかない手を握りしめたまま、滑稽なくらい、泣けて、泣けた。

あのとき、予感したのだろう。自分の夢はもうかなわないんだ、ということを。

ずっと働きづめだった母を手伝うつもりで、小学生の頃から料理を始めた。夜遅くまで工事現場で働く母を元気づけたくて、自分の手料理を食べて笑顔になるのが見たくて、低予算で栄養のあるものを工夫して作った。

いつも、待っていた。母が、自分のところへいちもくさんに帰ってくるのを。

いつか、故郷から母を呼び寄せて「吟遊」に招待する。最高の料理をこの手で作って、晴香に運んでもらう。そんな空想をして、一日いちにちを繋（つな）いでいた。

その夢が、消えてなくなる。

けれど、紫紋は晴香を助けたかった。

紫紋は、夢中で晴香を説得した。とにかく実家に帰れ。おふくろさんを泣かせるようなことをするな。あとは自分がなんとかするから。

その場で晴香に母親へ電話をかけさせて、明日帰るから、と約束させた。電話をしながら、晴香はまたひとしきり泣いた。お母さん、ごめんね、お母さん、と何度も呼びかけて。

「絶対帰れよ。おふくろさんに嘘つくなよ」

しつこいくらい、念を押した。晴香は、こくん、と童女のようにうなずいた。

渋谷駅前のハチ公広場で、別れようとした。晴香がちゃんと故郷へ帰ってくれるか、心配で胸が押しつぶされそうだった。

そんな紫紋の気持ちを察したのか、晴香はなかなか改札へ向かおうとしない。嵐のまえの海面のように蠢く人ごみの中で、お互いに、ほんの一歩が踏み出せなかった。

やがて、なおも潤んだ瞳を紫紋に向けて、晴香がつぶやいた。

「ねえ、及川君。……あたし、怖い」

帰りたくない。

一緒にいて。……今夜だけ。

ヴーヴーヴー、ヴーヴーヴー。

切れても切れても、またかかってくる。何度も震え出す携帯を、手に取る余裕がなかった。

震え続ける携帯電話をポケットの中に感じながら、紫紋は晴香の手を取った。自分のその手こそが、震えていた。

紫紋は無言で晴香の手を引いた。晴香も黙って紫紋についていった。ふたりはそのまま、円山町のホテルの入り口に消えた。

何度も何度も、震え続けた紫紋の携帯電話。

その着信履歴に「悠太」の名前が並んでいるのをみつけたのは、翌朝、晴香と別れてからのことだった。


まな板の上に載せられた、キンメダイの美しい赤。

ウロコ引きで、ていねいに、その鱗を落としていく。

コンロにかかった鍋が、ふつふつと煮立つ音がする。かたかたと、鍋ぶたが震える音がする。

紫紋は無心で魚の鱗を取る。その横顔に向かって、「あのね」と、マリアが声をかけた。

「今夜、女将さんに……この店の経営者に、あなたのこと、紹介するから」

紫紋は顔を上げて、マリアを見た。マリアは微笑んで見せた。少し困ったような、弱々しい微笑だった。

「約束してくれるかな。何を言われても、『はい、わかりました』。そう答えてほしいんだ」

もしもあなたがこのさき、この店を手伝い続ける気持ちがあるなら。

紫紋は、ただうなずいた。何も言えなかった。心中に、小さな嵐が逆巻き始めていようとも。

ふと、ジーンズのポケットの中に震動を感じた。はっとして、携帯電話を取り出す。フラップを開けると、真黒い画面が現れた。

そうだった。二日まえにバッテリーが切れたままで、そのままになっていたのだ。紫紋は無意識に止めていた息を放って、フラップを閉じた。

四角い薄っぺらな石ころのように、鳴りも震えもしない塊と化した携帯。

あの夜、何度も何度もこの塊を揺さぶったのは、命の振動だった。悠太が、最期に送ってきた信号だった。受け止めることのできなかった、叫びだった。

「大丈夫?……なんだか、手もと危なっかしいけど」

マリアの声がする。紫紋の手が、ぶるぶると魚を解体していく。指先が震えてしまうのを、どうすることもできなかった。

紫紋は懸命に包丁を動かした。そうすることが、いま、あの振動から逃れられる、たったひとつの方法だった。

第五話　条件（やくそく）

最後の客を見送るために、紫紋が出入り口まで飛んでいく。薄汚れた作業着を着た男は、深い皺の刻まれた浅黒い顔をこちらへ向けて、「ごっとうさん」と笑みを浮かべた。

「今日はええキンメの焼き魚定食があったそうやないか。わしの同僚が昼食べに来て、ごっつうまかった言いよったで。わしももっと早よう来るんやったわ」

その日の特別定食「キンメダイ定食」は、昼食時に完売してしまった。常連客のあいだで「うまかった」と噂になっていることに、定食作りを担当した紫紋は素直に感激した。

「ありがとうございます。今度キンメが上がりましたら、もっとたくさん仕入れて召し上がっていただけるようにいたしますので」

几帳面に頭を下げると、

「なんや兄ちゃん、えらいていねいやな。わしゃ『召し上がる』ちゅうようなガラとちゃうで」

カラカラと笑われたので、紫紋はかえって恐縮してしまった。

料亭時代に叩きこまれた「お客様にはおおげさなくらいていねいに接する」姿勢が骨の髄

までしみついてしまっている。こういう食堂ではもっと気安く接客したほうがいいのかな、とも思ったが、五年間の修業を通して身についてしまった癖は、そうはなかなか直らなかった。

暖簾を下げてカウンターへ戻ってくると、

「ていねいだよね、紫紋君」

客とのやりとりを聞いていたのか、マリアがカウンターの中で言った。

「別の常連さんも言ってた。『あの兄ちゃん、ずいぶんしゃんとしてるなあ』って」

紫紋はまた恐縮して「すみません」と言った。

「堅苦しいですよね。なんとか直しますんで……」

「やだ、何言ってんの」とマリアが笑う。

「ていねいなのが悪いなんて、誰も全然思ってないよ。むしろ新鮮でいい」

「まぐだら屋」の常連客は製錬所に通う男たちが中心だ。生活も性格も荒削りで気さくな者が多い。マリアの接客を見ていると、男たちを適当にいなし、必要以上にはていねいに接していない感じがする。それでも、決してほっとくというわけではなく、適度なあたたかさがある。男たちのほうも、この「食堂のマドンナ」に必要以上にしつこくする者はいない。淡々と食事をし、仲間同士で会話をして、ごっそさん、ありがとさん、おいしかったよマリア、とひと声かけて帰っていく。誰が決めたわけでもなく、誰に強要されているわけでもない節度と親しみが、マリアと客の双方にある。客が去ったあとのテーブルへ片付けにいけば、皿の上の料理はきれいにたいらげられている。煮魚の汁までがすっかりなくなっているのにも客の気持ちを読み取れるようで、紫紋は嬉しくなった。

「今日の定食はなかなか評判だったね。昼のお客が夜のお客にもちゃんと口コミしてるって感じだったし」

洗い場を片付けながらマリアが楽しそうに言った。口コミ、などという言葉をマリアが使うのがちょっと面白い気がした。

そういえば、この店にもマリアの自宅にもテレビやパソコンがない。二日一緒にいるあいだに、マリアが携帯電話を取り出すのも見なかった。この場所では、情報は人から人へ口頭でのみ伝わっている印象がある。デジタルな情報網が村のどこにもない気がする。昔話を聞いたからというわけではないが、血の通った言葉のみが唯一の情報源、というのが、この土地にはなんとなくふさわしい。

厨房周辺を片付け、椅子を全部テーブルの上にさかさまに上げてしまってから、紫紋に向かってマリアが声をかけた。

「さて。じゃあ、行こうか」

わかっていたことではあっても、心臓が鳴り出すのを止められなかった。マリアに連れられて、これから「女将さん」と呼ばれているこの店の経営者に会いにいくのだ。

マリアに言われているのは、何を言われても「わかりました」と応えること。その人が言うことを、すべて受け入れること。決して反発しないこと。「できません」「わかりません」と否定的な返事を口にしないこと。

そうすれば、このさきもこの土地に留まって、「まぐだら屋」で働き続けられるはずだから。

紫紋は、ただうなずくほかはなかった。「女将さん」に会うまえから、「そんなことできません」と拒否してしまったらどうしようもない。自分の言ったことを紫紋が素直に受け入れて、マリアはほっとしているようだった。それで紫紋はますます不安になった。

いったい、どういう人なんだろう。

マリアにとって、どういう存在なんだろう。

「女将さん」のことを語るマリアは、努めて平然としている感じがあった。それで紫紋も何も尋ねることができなかった。いったい何者なんですか、と訊いたとたん、たちまちマリアを困らせてしまう気がした。

すでに夜九時を回っていた。にもかかわらず、マリアは訪問先に「これから行きます」と電話をかけるようでもない。それだけ親しい間柄なのか、それとも、双方とも携帯電話を持っていないのだろうか。

マリアの足は、昨夜と反対方向の暗い小道をたどっていった。その後を、もやもやする気持ちを胸に抱いたまま紫紋が続く。険しい坂を上り始める気分だった。

ふたりは黙ったまま、やがて漁村の外れに着いた。古い平屋の玄関先を濡らすように、ぼんやりと電灯が点っている。マリアはすりガラスの引き戸をきっかり三回、叩いた。たわんだガラス戸が頼りない音を立てる。中からは、なんの物音もしない。マリアは紫紋を振り返った。その瞳が、一瞬、不安げに揺れるのを紫紋は見た気がした。

「女将さん、マリアです。入ります」

そう声をかけてから、すりガラスの引き戸を開けた。もう一度紫紋を振り返ったマリアの目が（ついてきて）と促している。紫紋は心細さをどうにか振り切って、マリアの後から玄関へ入っていった。

玄関から続く廊下には裸電球がぶら下がっていて、弱々しい光を放っている。廊下の右手は雨戸で閉ざされていて、左側に部屋がある。ぴっちりと閉まった障子（しょうじ）の前に、ふたり、並んで正座すると、マリアは床に手をついて深々と頭を下げた。

「今日は、お願いがあって来ました。東京の料亭で働いていた人がお店を手伝ってくれるというので、アルバイトで働いてもらってもいいかどうか、おうかがい……」

そこまで言いかけたとき。

どさっとすさまじい音がして、紫紋の目の前に障子とともに得体のしれない塊が飛んできた。声も出せずに、紫紋はその場にひっくり返った。障子を突き倒して飛んできたのは、そばがらがずっしり入った枕だった。マリアは正座して手をついた姿勢をまったく変えていない。むしろ、何かが飛んでくることを予感していたかのようだ。

続いて、がろがろがろ、と痰の絡んだ咳をする音が聞こえてきた。上体を起こすと、マリアは部屋の中へ入っていった。紫紋は心臓がばくばくと胸の中で跳ねて立ち上がれない。がろがろがろ、と苦しそうな咳のあいだに、「いねっ、いねっ」、「何しにきたっ」、「おまいの顔見ちゃあ、さぶけがするわっ」、金切り声を張り上げる。方言で意味がよくわからなかったが、あきらかに罵倒している。紫紋の背中に悪寒が走った。

なんなんだ？……なんでマリアを？

「紫紋君、入って。私、水を持ってくるから」

部屋の中から出てきたマリアが、体を硬くした紫紋に向かって言った。紫紋は逃げ出したい気分だったが、ここで後戻りするわけにはいかない。この関門を突破しなければ、自分には、行く先がもうないのだ。

「失礼します」

遠慮がちに声をかけてから、紫紋は開け放たれた障子の内側へにじって入った。

薄暗い電灯が点った六畳間の真ん中に布団が敷いてあり、その上にうずくまる白髪の老女と目が合った。部屋の中は外と変わらないほど冷え切っていた。にもかかわらず、背筋を冷たい汗が流れていくのを感じた。

「……おまいもあれにこだわかされなはったか」

老女は目やにのついた目で紫紋をにらんだ。不穏な色が浮かぶその目から逃れて、紫紋は戸惑った。言っていることの意味がわからない。何も答えられずに、押し黙るほかなかった。

この山姥（やまんば）みたいな人が、あの店の経営者——「女将さん」なのか？

「女将さん、お水を……」

盆にコップを載せてマリアが戻ってきた。「いらん」と、女将はひと言で片付けた。マリアは枕元に座ると、輪ゴムで束にしてある薬の袋を手に取った。

「こんなにお薬、溜めちゃって……。せめて今日の分、飲んでください。お願いですから」

「いらん、ちゅうとるんや！」

いきなりコップを手で撥（は）ねのけた。紫紋は、息をのんで前のめりになった。すぐにマリアが振り向いて、目で制した。

何も言わないで。

紫紋は再び身を硬くした。女将はまた、いね、いねとマリアに向かって叫んでいる。帰れ、という意味のようだ。頑としてマリアの言うことも、マリア自身も受けつけない。まるで悪意の塊のようだ。

「わかりました。私はこれで失礼しますから、こちらの……及川さんと、直接お話しになってみてください」

マリアは落ち着いた声でそう告げると、もう一度両手を畳について頭を下げた。紫紋はぎょっとした。

ってことは……おれ、この人とふたりっきりで話すのか？

「じゃ、お先に」

立ち上がりかける紫紋を再び目で制して、マリアは出ていってしまった。

唾を飲みこんで、紫紋は恐る恐る女将の前に正座をし直した。女将は長いため息をついた。

「……水」

乾いた声がした。顔を上げると、女将は目だけをこちらに向けて言った。

「聞こえなんだか。水、持ってきてごしなれ」

紫紋はあわてて立ち上がると、畳の上に転がっていたコップを拾い上げ、家の奥へと早足で向かった。

六畳間の隣が三畳ほどの狭い部屋で、その奥が台所になっていた。タイル張りの流し台の蛇口をひねって水を注ぎ入れる。古めかしいが、生ゴミや食べ残しの跡もなく、きちんと片付けられた台所だった。茶碗や鍋がプラスチックの水切りトレイの中に伏せられ、その上に「地塩農協」と印刷されたタオルがかけられている。壁には大きな数字のカレンダーが貼ってあり、古い食器棚と古い冷蔵庫が並んで鎮座している。どことなく実家を彷彿させる風情の台所だ。

冷蔵庫の上に木彫りの菊模様の盆をみつけ、それに水の入ったコップを載せて運んだ。障子の前に正座すると、手をついて、「失礼します」と言ってから部屋に入る。女将は両手に薬の袋を持って待っていた。盆の上のコップを差し出すと、それを手に取って何種類もの薬を飲んだ。紫紋はその様子を黙ってうかがっていた。

ひと通り薬を飲み終わると、盆の上にコップを戻して、

「おまいはどこぞのええ料亭に勤めとりなんしたな。所作を見ちょったらわかるがな」

ひと息にそう言った。不意をつかれて、紫紋はすぐには返せなかった。

「どがして、こがな田舎へ来なっだいな？」

なんでこんなところへ来たんだ、と訊いているとわかった。マリアにも訊かれなかった質問をいきなりぶつけられて、ますます返答に窮してしまった。

黙りこくってしまった若者を、女将は遠くの景色でも眺めるようにしばらく見ていたが、

「おまいも、あれを――有馬を追っかけて来なはったのか」

有馬、と言われてすぐにはぴんとこなかったが、それはマリアの名字だった。紫紋は顔を上げて、初めて言葉を口にした。

「いえ。そういうわけではありません」

そう言ってから、「否定的な言葉は口にしないこと」とマリアに言われていたのを思い出した。ひやりとしたが、女将は、ふん、と鼻を鳴らしただけだった。

「うちで働きたいちうて、なんが目的なんかいな。あれが目的なんとちゃうんかいな？」

「違います」と、もう一度否定してしまった。何故かはわからないが、この人はマリアに対してかなりの悪意を持っている。それも気に入らなかったが、自分がマリアに対してよこしまな気持ちを抱いていると思われるのはもっと気に入らなかった。

「わけあって東京の職場を辞めてきました。目的もない旅をしていたんですが、偶然『まぐだら屋』に入ったんです。定食をいただいたら、すごくうまくて……。自分も料理を作るので、こういう店で手伝わせていただけたら、と思いました」

正直に言った。女将は、ふん、とまた鼻を鳴らした。

「そんなん、きれいごとや。どうせ、有馬に気があるんだらあ」

あくまでもマリアを悪者にするつもりのようだ。言い返したい気持ちをこらえて、紫紋は言った。

「夕食は、もうすまされましたか」

予想外の言葉に、女将は、おや、という表情になったが、憮然とした顔に戻って答えた。

「面倒くそうて、しとらんわい」

やっぱり、と紫紋は思った。さっき見た台所の流し台がすっかり乾いていたし、料理の残り香がなかった。昼以降は何も食べていない感じがしたのだ。

「ちょっと台所お借りします。何か食べちゃいけないもの、ありますか？　アレルギーとか、薬を飲んでいる関係で」

紫紋の申し出がよほど意外だったのか、女将は一瞬目を丸くしたが、黙って首を横に振った。紫紋は「十分、いただきます」と言い残して、台所へ移動した。

冷蔵庫の中を覗く。タッパーや瓶が整然と並び、きれいに整理されている。野菜室、冷凍室を開けて素早く使えそうな食材をチェックする。鮭の刺身用ブロックとねぎ、きゅうり、葉付きのかぶ、大根、ゆずを取り出す。

鮭のブロックはふきんでしっかり包み水気を吸い取らせる。かぶときゅうりを手早く洗い、切る。きゅうりは少し削ったゆずの皮とともにビニール袋に入れ、食器棚に並んだ調味料の中から、塩、砂糖、こぶ茶、唐辛子を少々加え、口を結ぶ。力をこめて揉(も)み、そのまま放置する。

小鍋に煮干しを入れ、湯を沸かす。フライパンを火にかける。大根四分の一を桂剝きし、おろし金で大根おろしを作る。温まったフライパンに油を引き、鮭のブロックを載せ、油を全体に回して焼き色がつくまで焼く。そのあいだ、沸騰した鍋にかぶと葉を入れる。鮭を返しながら、鍋の火を弱め、味噌を溶かす。焼き色のついた鮭をフライパンから上げる。ボウルに張った水に氷を入れて、その中に鮭を入れて冷ます。小口ねぎを刻み、ビニール袋からきゅうりを取り出して汁気を絞る。

鮭を水から上げ、ふきんで水気を取ってサイコロ状に切る。ボウルの中で水気を切った大根おろしとあえ、皿に盛り、小口ねぎを散らす。きゅうりの浅漬けを小皿に、味噌汁を椀によそって、小鉢にポン酢を入れる。

できた。

大きめの盆もみつかった。そこにバランスよく料理の皿と箸を配置する。それから気がついた。

ご飯(しゃり)がない。

どうしようか、と思ったが、「十分」と啖呵(たんか)を切った手前、もう間に合わなかった。ご愛敬だ、と腹をくくって、盆を掲げて六畳間へ急ぐ。さっきと同じように、障子の前に手をついて、「お待たせしました」と声をかける。女将は布団の中に正座して、待ち構えていたように身を乗り出した。

「鮭のたたきと味噌汁、浅漬けです。……ご飯抜きで」

ご飯抜き、と聞いて、女将は拍子抜けしたような顔になった。けれど、布団の脇に寄せた卓袱台の上に出された盆から立ち上る湯気と香りに思わず目を細めるのを、紫紋は見逃さなかった。

女将は箸を手にすると、無言で食事を始めた。熱い汁をすする音、浅漬けを嚙む音、やわらかな鮭のたたきをおごそかに口に運んで、女将はずっと無言だった。紫紋は試験を受ける生徒さながら、卓袱台の横に正座したまま、その様子をうかがった。

七十代前半くらいか、いや、もっといっているかもしれない。少なくとも自分の母親よりは上だ。長い闘病生活をしているのだろうか、短く切った白髪にはしっかりと寝癖がついている。痩(や)せて小柄な体は貧弱ではあるけれど、消え入りそうな感じはない。むしろ不思議なほどの存在感がある。さっきまで全身から立ち上っていた悪意は、いまはもう消えて、食事をする人が等しく発するあたたかな「気」に包まれている。まるでその「気」が見えるかのように、紫紋は神経を集中させて女将をみつめた。

盆を手にして台所へ行った。やかんに湯を沸かし、食後のお茶の準備をする。食器棚の横の段ボールに柿があったので、完熟一歩手前のものを選び、ていねいに剝いてくし形に切り、急須と湯呑とともに盆に載せて運んだ。

みたび、障子の前に手をついて、「お茶をお持ちしました」と声をかける。すっかり食事を終えた女将がこちらを向いた。紫紋の顔を見るなり、

「ありがとうござんした」

小さく頭を下げた。紫紋は驚いて、こちらも畳に手をつき直した。

「お口に合いましたでしょうか。料亭に勤めてはいたんですが、修業中の身だったので……差し出がましいことをしてしまい、失礼いたしました」

そう詫びると、女将の口もとに微笑が浮かんだ。

「こがなごっつぉうが食べれるんやったら、白いおまんまも炊いとくんやったわな」

思わぬ賛辞に、紫紋は頭を掻いた。卓袱台に運ばれたお茶と柿に視線を落として、女将が言った。

「おまいは、なにってできたお人やなあ。焼き魚でも刺身でもなく、あがな凍らせた鮭でた

たきを作ってしまいよった。熱い味噌汁とひゃっこいたたきで、口の中が楽しゅうてな。たったの十分やが創意工夫がある料理を作りなさった。いかさま、驚かされもうした」

嘘偽りのない響きがその言葉にはあった。紫紋は膝の上の両手をぐっと握った。ほんとうはガッツポーズを決めたいところだったが、拳を作ることでなんとか我慢した。

難関突破だ。

専門学校を卒業する間際に「吟遊」就職の内定をもらったときと同じくらい、いや、ひょっとするとそれ以上に嬉しかった。

これで自分の居場所をあの店に作ることができる。――マリアのそばに。

思わずにやけてしまいそうになる頬を引きしめて、紫紋は女将に向き合った。それから、慎重に尋ねた。

「それは……採用していただける、ということでしょうか」

女将の目に、瞬時にして暗い色が浮かんだ。初めに目と目が合ったときに見た、あの不穏な色だ。紫紋から目を逸らさずに、女将は言った。

「雇ってもええですわい。ただし、ひとつだき、条件がありますけ」

はっとした。

――何を言われても「わかりました」と応えること。

すべて受け入れること。決して反発しないこと。「できません」「わかりません」と否定的な返事を口にしないこと。

マリアの言葉を唐突に思い出した。どういうことだろうか、と思っていたが、おそらくこの「条件」に対して反発するな、ということなのだろう。

つまり、こういうことがいままでもあった、ということか。

どこかから流れ着いた得体の知れない男が、店を手伝いたいと申し出た。そして女将に会い、脅かされ、罵倒され、試されたのだ。そして「条件」を突きつけられたのだ。

その「条件」を受け入れられなかった者が、この地を去っていったのだ。

そう思いついた瞬間、紫紋の中を見知らぬ感情が走った。自分以前に、自分のような男が――女ではない、絶対に男だ――マリアの温情を頼ってあの店に寄りついたであろうことを想像して、苦いものがこみ上げた。嫉妬（しっと）のような、寂しさのような、憐れみのような――名もない感情。

女将は紫紋の心を読み取ったかのように、また鼻で笑った。食後に浮かんだ温厚な微笑は消え、いまは不敵な表情が戻っていた。

「なん、難しいことやない。そがな顔せんでもな」

女将は湯呑を手のひらに載せると、ゆっくりと回してから、喉を鳴らしてひと口、飲んだ。

それから、おごそかに言った。

「あれに――有馬に、決して惚れんこと。それだきやがな」

紫紋は息をのんだ。

返す言葉が、どうしても出てこない。想像もしなかった条件だった。

「あれ……って、あの……マリア……のことでしょうか」

弱々しい笑みを無理やり作って、ようやく紫紋はそう返した。それが精いっぱいだった。

女将は鼻でせせら笑った。あきらかな嘲笑だった。そして、憎悪のこもった声で言った。

「マリア、やと？　あの女が……『聖母マリア』ちゅうんけ？」

あの女は、聖母なんかやない。

悪魔やけ。

あがな悪魔に決して惚れるやない。それだきが、条件や。おまいとあしのやくそくや。

女将の言葉は、紫紋の耳朶（じだ）をしたたかに打った。それはとうてい、信じることも受け入れることもできない言葉だった。

それでも紫紋は、どうしても、答えなければならなかったのだ。――わかりました。と、そのひと言を。

第六話　初霜

朝、アパートの前の階段を下りて、舗装されていない地面に足をつけた瞬間、さくっとつま先で壊れる感触があった。立ち止まって見下ろすと、土をこんもりと持ちあげて霜柱が立っている。

初霜だ、と紫紋はしゃがんで手を伸ばした。霜のかけらは指の上で朝日を弾き、溶けてこぼれ落ちていく。

少年の頃、故郷の村で、初霜は初雪よりも早く冬の到来を告げるサインだった。いってきまあす、と玄関から飛び出して、畑や野原の土が盛り上がっていないか探す。霜の塊をみつければ、それっとばかりにさくさくと踏みしめ、足の裏で冬の到来を確かめるのだった。

紫紋がひとり暮らしを始めた尽果の小さな漁村にあるアパートは、もともと畑だったのを潰して建てたようで、建物の周囲はコンクリートで固めてあったが、表の小路までの数メートルは舗装されていない土のままだった。雨が降れば泥だらけになり、風の強い日は砂埃が舞う。けれど、こんなふうに霜柱をみつけたりすれば、土の部分を残して建物を建ててしまう田舎らしいずぼらさが、なんとなく愉快に思えてくる。

悪くない、と思う。こういう暮らし、悪くない。

古びたアパートを出て、街灯もなくて夜になれば真っ暗になってしまう小道を「まぐだら屋」に向かって歩いていく。よく晴れた冬の朝の大気は澄んで、肩を寄せ合うようにして集まる家々の隙間から見える海は凪ぎ、点滅して輝いている。ところどころで、方舟島の製錬所へ仕事に向かう男たちと一緒になる。おはようさん、今日もあとで行くからな、と声をかけられ、こちらも、いってらっしゃい、お気をつけて、と応える。安物のコートのポケットの中の手はかじかんでいるが、やがてたどりつく店のストーブにかざせばよく動く指に戻る。今日もこの手を、指を、一生懸命動かして、魚をさばき、野菜を刻み、調理して、何十もの皿にかたちよく盛り付けるのだ。

東京での殺伐（さつばつ）とした生活、職場と四畳半一間のアパートを疲れ果てて亡霊のように行き来していたあの頃の暮らしに比べれば、この尽果での暮らしはおだやかで、落ち着いたものだった。こんな平穏無事な生活を手に入れてしまって、ふと、不安に似た気持ちが胸をかすめる。

たったひとつの条件をのんで、紫紋は「まぐだら屋」で正式に働くことになった。月十万円のアルバイト料をもらうことになり、賃料月三万円の六畳一間風呂トイレ付きのアパートを借りることになった。マリアに引き合わされた「まぐだら屋」の経営者――女将が提示したったひとつの条件をのんだことで、紫紋の尽果での生活が保障された。

それはなんとも不可解で奇妙な条件だった。

――あれに有馬に、決して惚れんこと。それだきやがな。

女将は、そう言った。

マリアへの憎悪をあからさまにする理由は、まったくわからない。けれど、紫紋はとにかく、マリアに言われた通り――何を言われても逆らわない――馬鹿正直に、はい、わかりました、と返事をした。まるで呪文のように、その返事は女将を落ち着かせた。

なら、ええけ。このさき、あの店で働いてごぜ。給料も住まいも、ねこさげ（ぜんぶ）準備しますけ。

こがなええ料理を、あの店でも出してごぜ。

おまいの料理、なにって、おいしかった。

そう言ってから、がろがろと苦しそうな咳をして、布団にもぐりこもうとした。紫紋は近づいて、横向きに寝そべった女将の肩にかけ布団をかけてやった。紫紋のほうへ背中を向けて、女将は、もういんでごせいや（帰ってください）、と消え入るようにつぶやくと、そのまま寝息を立て始めた。

不思議と紫紋は帰りがたい気持ちになった。

罪悪感に近いような気持ち。まるで、母をひとり残して出ていってしまうようで。

その夜、もう一泊だけ、マリアの部屋に泊めてもらった。女将の家から青白い顔をして帰ってきた紫紋を、何事もなかったようにマリアは迎え入れてくれた。前の晩と同じようにベトナム風コーヒーを淹れてくれ、店の常連客の愉快な話を披露し、夜更けまで話しこんだ。女将とのあいだでどんなやりとりがあったのか、いっさい訊かずに。そして、翌朝になって、ようやく紫紋は告げたのだった。おれ、雇っていただきました——と。

その刹那、マリアは不思議な表情を浮かべた。泣き出す瞬間のように瞳がかすかに震え、かたちのよい唇がうっすらと歪(ゆが)んだ。どきりとして、紫紋はその白い顔を凝視した。

そう、よかった。じゃあすぐに、アパート紹介してくれる不動産屋さんに会ったらいいよ。うちの常連さんだから、お昼を食べにきてもらおう。

すぐに笑顔になって、マリアが言った。それで紫紋は、肩の力をようやく抜いた。

女将とマリア。いったい、どういう関係なんだろう。

夢も命も尽き果てかけていた自分を救ってくれた人。紫紋にとって、マリアはまさしく聖母に匹敵すると言ってもよかった。それを女将は、悪魔だという。納得ができなかった。

しかし、ふたりの関係について問いかけるほどの勇気を、紫紋は持ち合わせていなかった。

人のよさそうな地元の不動産屋を紹介され、敷金も礼金も払わずに、その日のうちに住居を決めることができた。当面困るでしょ、給料先払いね、とマリアが現金の入った封筒を手渡してくれた。すべて、女将に会いにいった翌日のことだ。紫紋は、板場にいたときの排水溝のトラブルをふいに思い出し、自分の身の上に重ね合わせたりした。いったん詰まりが取れたら、汚れた水は滑らかに流れて消えていく。排水溝を胸に描いてみると、澱みが取れたような気持ちになった。

そして、またたくまに一週間が過ぎた。

店の常連客は、早々に紫紋のことをシモンと呼び捨てにして気軽に接した。料理の評判も上々で、帰り際に「また来るよ」とひと声かけてくれるのが嬉しかった。アルバイトを雇うたぁどういう風の吹き回しかね？　といぶかる客もいた。男のバイトならば何かとマリアの役に立つだろう、しっかり頼むぞ、とおせっかいを焼く客も。なぜ紫紋がここで働くことになったのか、尋ねる客は皆無だった。マリアの役に立てばそれでいい。誰もがそう願っている空気があった。

当のマリアは、紫紋が女将と会うまえも会ったあとも、態度は少しも変わらなかった。鼻歌まじりに野菜を洗い、鍋に湯を沸かし、追いがつおを散らす。出入り口の戸が開く音がすれば、カウンターの内側でうつむけていた顔を上げ、いらっしゃい、と明るく迎え入れる。

ねえ紫紋君、と呼びかける声。その朗らかさ。

ねえ、今日の定食は何にしようか？

朝いちばんで食材を吟味しながら、額を寄せ合ってメニューを検討する。一日のうちで、いちばん楽しい時間。そして、マリアをいちばん間近に感じる瞬間。

料理するのが、働くことが、こんなに楽しいと思ったことはない。

悪くない暮らし。あたたかな布団の中で目覚め、湯沸器から出る湯で顔を洗い、トーストとインスタントコーヒーの朝食を食べ、安物のコートを羽織って出勤する。途中、霜柱をみつけて、さくさくと足の裏で冬の到来を知る。

ネットも、携帯も、テレビも、ゲームも、たいしたお金もないけれど。

悪くない暮らしなんだ、これは。

大丈夫、きっと安定する。おれはこの土地で料理の腕を磨いて、ほそぼそと、それでも気持ちのいい暮らしを続けていける。……マリアのそばで。

胸の奥底で、何かが蠢いた。マリア、とその名を口の中で呼んだだけ。その笑顔を脳裏に浮かべただけ。それなのに、その得体のしれない小さな何かは、敏感に反応した。

気持ちよく、暮らしていく。――マリアのそばで。それでいい。

言われなくたって「惚れ」たりなんかしない。おれとあの人は、そういうんじゃないんだ。

店に着くとすぐに漁師の克夫がやってきた。紫紋は急いで軽トラックへ走り寄り、荷台から下ろされたケースを受け取る。

「今日は大漁じゃけえ。ほれ、ブリも上がっとる」

鱗がきらめく立派なブリを見て、「ああ、寒ブリの季節ですね」と紫紋は声を弾ませた。初霜の頃は、寒ブリの季節の始まりでもある。

「そがに思うて、ほれ、特別におっ母が作っとる畑で採れた大根、持ってきたがね」

新聞紙の包みを差し出した。中からふくらはぎほどもありそうなみずみずしい大根が現れて、「うわあ」と紫紋は歓声を上げた。

「何、なに？　どうしたの？」興味津々でマリアが店の中から出てきた。

「すごいですよ。カツオさんのお母さんが作った大根」紫紋は新聞ごと、大根を差し出してみせた。

「わあ、きれいな大根。じゃ、今日の定食はブリ大根で決まりね」

マリアが嬉しそうに言うと、「さいや、それが食いたかったんだがや」と克夫が応えた。

「東京の老舗料亭のブリ大根とやらし、食ってみたいけ。作ってくなれ。なあ、シモン？」

東京の老舗料亭、というところは聞かなかったことにして、紫紋はうなずいた。

「じゃあカツオさん、今日の昼、食べにいらっしゃいますか？　さっそくいまから仕込んで、ブリ大根定食作りま……」

言いかけて、ふと、マリアが手にしている大根を包んだ新聞の文字が目に入った。

「吟遊」本社に家宅捜索　自殺社員に責任転嫁か

はっとした。

紫紋はいきなりマリアの手から新聞をもぎ取ると、丸めて団子を作ってしまった。マリアと克夫は、ぽかんと紫紋を見ている。

「いや、あの……は、蜂(はち)です。蜂がついてたんで……こんな季節なのに、危ないな、ったく」

新聞をくしゃくしゃと手で潰しながら、紫紋は店内へ入っていった。

爆発しそうなくらい、心臓が早鐘を打つ。トイレに入ると、震える手で皺くちゃの新聞を広げた。

料亭「吟遊」（東京都）の食材使い回し・食品産地偽装および賞味期限偽装事件で、東京地検は、書類送検された宮前敬三・前社長（70）、妻の登紀子・前副社長（67）、次男の

昭造・前専務（40）の自宅や吟遊本社の家宅捜索を行った。

3人は2009年3月～10月、栃木県産サーロイン肉を使った粕漬けなど10商品計320個について、原材料を「松阪牛」と偽って表示。また、賞味期限切れの商品の表示を貼り替えて店頭や通信販売で販売したとして、先月警視庁から書類送検された。また、料亭内では日常的に食材の使い回しがされていたとの情報も東京都福祉保健局に入っている。

女将の登紀子前副社長は、先月の会見で「すべて現場の判断でやったこと。私たちは何も聞かされておらず、むしろ被害者だ」と釈明。使い回し疑惑に関しては、事件発覚前に自殺した社員（19）が独自の判断でやったことだとして「罪を感じて自殺したのだろう」などと発言した。社員の母親（52）は「死人に口なしということか。19歳の若者に使い回しをする判断などできるはずがない。1日も早く真相を解明してほしい」と訴えている。


昼の閉店間際になって、ようやく克夫が店に顔を出した。

「あら、カツオさん、やっと来た。ブリ大根の定食、売り切れちゃったよ」

顔を見るなり、マリアが言った。

「わすかあ。売り切れなや？　せっかく食いにきたちゅうに」

克夫が残念そうな声を上げた。

「大丈夫、ちゃんと一食分残しといたから。紫紋君、出してあげて」

小鍋の中に残っていた最後の一食分のブリ大根を温め直して、盆に載せ、紫紋は克夫のテーブルへと運んだ。割り箸を割って、味噌汁をひと口、啜ってから、「おお、これが東京の老舗料亭のブリ大根け？」とおおげさに喜んでみせた。

「昼間のニュースでやっとったわいや。東京の料亭ちうたら、なんぞ、魔窟のようなとこなんけ？」

独り言のようにつぶやいた。紫紋は弱々しく愛想笑いをしただけで、何も答えずにカウンターへ引き返していった。


『もしもし？……及川紫紋さんの携帯ですか？　こちら、渋谷警察署ですが。失礼ですが、あなたの職場の同僚に、浅川悠太さん、という方はいますか？……そうですか。実はですね、今日未明に渋谷駅のホームで、浅川さん、山手線に飛びこみましてね。……いや、それが、残念ながら……。それで、走り書きのメモが――遺書と見られるあなた宛ての手紙が、ご遺体の上着のポケットからみつかりまして。恐れ入りますが、本署までご足労願えますか』

肺が破れるほどに、走って、走って、走った。どんなに走っても、もう間に合わないとわかっていた。それでも、走らずにはいられなかった。

悠太が——死んだ。

〇時五十二分、渋谷駅ホームに到着した池袋行きの山手線の電車めがけて飛びこんだという。

ちょうどその頃、紫紋は、渋谷のホテルで晴香と抱き合っていた。床に脱ぎ捨てたジャケットのポケットの中で、何度も何度も携帯電話が震えていた。涙に濡れた晴香の頰に唇を這わせ、甘く滑らかな肌に溺れていた。

明日の朝になれば、晴香は故郷へ帰る。いや、帰す。帰さなければならない。だから、いまは——いまだけは。

その日、晴香とふたりっきりで会うことを悠太に悟られまいと、紫紋はこっそりとアパートを出た。神楽坂の駅で、悠太から『いまどこですか？』とメールが入った。紫紋の部屋を訪ねて不在に気づいたのだろう。追いかけられても困る、と思い、『いま渋谷。田舎の友だちと会うから、今日は遅くなる』と返信した。それっきり、メールはなかった。

ほとんど一睡もせず、紫紋と晴香は体を合わせ、朝を迎えた。

朝七時過ぎ、紫紋と晴香はホテルを出た。無言で渋谷駅まで行き、みどりの窓口で、晴香の故郷までの切符を紫紋が買った。それを晴香の手に握らせて、必ず帰ってくれよ、と念を押した。

「きのう、おふくろさんに帰るって電話しただろ。おふくろさんを悲しませるなよ」

晴香は無言のままだった。切符を握りしめたはかない手を、上からぎゅっと両手で握りしめて、紫紋は続けた。

「あとのことは気にしなくていいから。なんとかなるよ、きっと。おれが、きっとなんとかする」

威勢よく言ってみたが、なんのあても考えもなかった。それどころか、今回の一件——晴香が東京都福祉保健局に勤務先の悪行を告発したことが、どれほど大変なことなのかもよくわからなかった。何もかも、現実感がなかった。「吟遊」が腐りきった組織であること、晴香と料理長の湯田が不倫関係にあったこと、晴香が死ぬ覚悟で内部告発をしたこと、晴香と自分が結ばれたこと。そして、いまから晴香に会えなくなること。

とうぶん、晴香に会えない。ひょっとすると、このさき、一生。

今後どんなに難しい局面にいきあおうとも、なんとかなる、と奇妙な楽観があった。けれど、晴香と会えなくなる、という事実だけが、紫紋の気持ちをざわつかせた。

一緒に行けばいい。

もしも、その場で晴香に「一緒に行こう」と言われたなら、あっさりとすべてを捨ててそうしただろう。けれど晴香は、潤んだ瞳を紫紋に一瞬向けると、身をひるがえした。そして、網から逃げる蝶のように、通勤客であふれ返る改札の雑踏の中へと消えていった。

紫紋はしばらくその場に立ち尽くしていたが、無意識にジャケットのポケットから携帯電話を取り出した。ひょっとすると晴香がすぐにメールか電話をくれるかもしれない。馬鹿だとは思ったが、未練がましく期待した。

フラップを開けると、「着信あり」のサインが出ている。着信履歴を開けてみて、ぎょっとした。

おびただしい着信。三十件以上ある。

19:00悠太　19:23悠太　19:40悠太　20:03悠太　20:26悠太……

……23:48悠太　23:55悠太　0:13悠太　0:17悠太　0:22悠太　0:27悠太

びっしりと悠太の名前が並んでいる。夜の七時から始まって、ほぼ二十分おきに。午前○時台は五分おきに。最後の着信は、○時二十七分だった。

……どうしたんだ？　何かあったのか？

ごとん、と岩のようなものが胸の中で動く。とてつもなくいやな予感が走った。すぐに悠太に電話を入れる。

『電波が届かないところにいるか　電源が入っていないため　かかりません』

アナウンスが聞こえてきた。ごくりと唾を飲む。

……悠太？

朝八時。いつもなら、紫紋と悠太はとっくに板場に出ている時間だ。結局紫紋が帰ってこなかったから、さぞや心配しているに違いない。昨夜の電話も、きっと、いつ帰ってくるんすか？　と確認するつもりだったんだろう。無断で外泊したことなど一度もなかったから、悠太の心配は当然のことだ。

いまから急いで店へ行けば、三十分で着く。板場の先輩たちが来るのは九時だから、遅刻したことは知られずにすむ。朝の雑事のいっさいは悠太が全部やってくれているはずだ。仕事を始めているから、電源を切っているんだろう。

そんなふうに想像して、転がり出しそうな胸の中の岩を必死で抑えた。急いで改札口へ向かう。山手線に乗り、高田馬場で地下鉄に乗り換えて、神楽坂で降り、早足で階段を駆け上がった。出口を出たそのとき、ポケットの中で携帯電話が震え始めた。液晶画面に見知らぬ電話番号が出ていた。――渋谷警察署からだった。

及川さんへ
　自分はこれから死にます。ひとりで死にます。ほんとは晴香さんといっしょに死ぬつもりだったんだけど、約束の時間になっても来なかったので、ふられたんだと思います。だからさいごに及川さんにだけは話しとこうと思います。

　内部こく発しました。吟遊のです。使い回ししてることはわかってたけど、もっとひどいこといろいろしてたんです。ぜんぶ、晴香さんから聞きました。自分、ちょっとまえから晴香さんとつきあってたんです。信じてもらえないかもしれないですね、自分でも信じられないけど、ほんとです。

　晴香さんは料理長にだまされて、料理長の女にされてたそうです。それで自分に助けてほしいって。晴香さんにたのまれて、吟遊でやってたヤバいことぜんぶ、メールで送りました。東京ふくしなんとかってとこと、東京地検に。それで、吟遊はこれからぶっつぶれるらしいです。晴香さんがそう言ってました。

　晴香さんはもうこれから生きていくのぞみがないから死ぬと言いました。でも、自分は晴香さんをひとりで死なせるわけにはいかないって、だからふたりで電車に飛びこんで死ぬことにしたんです。それが今夜九時。自分ずっとしぶや駅のホームで待ってました。でも晴香さんは来ませんでした。

晴香さんを待ってるうちに、どうしよう、どうしようって思えてきて。自分はもうどうなってもいい、でも吟遊がぶっつぶれたら、及川さんはどーなるんだって。いつかいなかのお母さんを店に呼んで、さいこうの料理を食べさせてやるのが夢だって言ってた、及川さんはどーなるんだ。使い回しだって、料理長の圧力があったからやってただけで、及川さんは悪くない。晴香さんも。

悪いのは自分です。悪いことだと思いながら、悪いことだと言えなかった。店をぶっつぶすようにしむけてしまった。ぜんぶ自分が悪いです。

すいません及川さん。自分は弱いにんげんです。こんなよわいにんげんがひとりくらいいなくなってもなんにもかわらない。だからいまからしにます　さいしゅうでんしゃがもうすぐくる

おいかわさん　いつか　おかあさんにうまいりょうりたべさせてあげてください

さよなら　悠太

昼のあいだに、売り切れてしまったブリ大根。

ちゃんと一食分残しといたから、とマリアは克夫に言った。きれいに平らげて、克夫は満

足そうに帰っていった。

湯を張ったシンクの中で鍋を黙々と洗っている紫紋の背中に、「お願いがあるんだけど」とマリアが声をかけた。振り向くと、タッパーを手にマリアが立っている。

「実はね。もう一食、ブリ大根とってあったんだ。これ、いまから届けてあげてくれないかな……女将さんのとこへ」

あの兄さんの料理が食べたい。

女将がそう言っているという。マリアは毎朝毎晩、店の行き帰りにあの家に立ち寄っているようだった。

「あの晩、何か作ってあげたんだよね？『おいしかった』って。気に入ったみたいよ。行ってあげて」

そう言って、静かに微笑んだ。

自分を雇ってくれた人なのだ、是非もなく紫紋はタッパーを携えて店を出た。

朽ちかけた家の門前に大きな柿の木があった。最盛期は過ぎたものの、熟れた実がたわわに残り北風に吹かれている。それを見上げてから、ひとつ深呼吸をして、こんにちは、と鍵のかかっていない玄関の戸を開ける。紫紋が来るのを知っていたかのように、女将は布団の上に正座して待っていた。

台所で温め直したブリ大根を器に盛り付ける。ふと思いついて、女将の部屋へ戻った。

「あの、よろしければ……柿をひとつ、いただいてもかまわないでしょうか」

女将は何も言わずにうなずいた。

熟しきっていない実をもいで、皮を剝き、くし形に切る。甘酢につけた大根おろしをまぶし、ゆずのかけらを添える。「吟遊」定番の先付、「初霜」ができ上がった。

今朝、霜柱を踏みしめたとき、紫紋の脳裏をかすめたふたつの風景があった。

ひとつは、広々とした故郷の畑。初霜が降りた日、思う存分踏みしめて遊んだ少年の日。きんと冷えた新しい朝、吐く息の白さまでもが蘇った。

もうひとつは、「吟遊」の板場。秋が深まり、冬の寒さを帯びてきた日。まかない飯作りを手伝いながら、悠太がつぶやいた。「初霜」作ってみたいなあ、と。


いま出してる先付の中で、自分、「初霜」がいちばんきれいで、おいしそうだと思います。いっぺん、作ってみたいなあ。それで、誰かに言われてみたいなあ。ごちそうさま、おいしかった、って。

じゃあ、今度いっぺん作ってみるか？　教えてやるよ。

ほんとっすか？　及川さん直々（じきじき）っすか？　うわっすげえ、まじっすか？　自分、感激しちゃいますよ。及川さんが作ってくれたら、おいしかった、って言っちゃいますよ。

ばーか。食ってから言え。それに、おれは教えるだけ。お前が作るんだよ。おいしかった、って、お前が言われなきゃだめだろ。

あはは、そうすね。ふたりして言われたいすね。いつか誰かに、おいしかった、って。

ガラスの器に、「初霜」を盛り付ける。ブリ大根と一緒に盆に載せ、薄日のあたる廊下を運んでいく。

おいしかった——と、そのひと言を聞くために。

それよりほかに、いまの自分を慰めてくれる言葉などなかった。

第七話　凍空（いてぞら）

その日、尽果に雪が降った。

明け方、あまりの寒さに紫紋は目を覚ました。アパートに引っ越した日、マリアが克夫に頼んでくれて、使っていない布団を一式借りられたのだが、分厚いとはいってもかけ布団一枚だけでは耐えられなかった。体の底から震えが上がってくるようで、目が覚めたのだった。

目覚めてすぐに感じたのは、いつも以上の静寂だった。その静寂は、故郷の北国での日々、冬の到来とともに全身に感じられた完璧な無音（しじま）に似ていた。紫紋は布団から抜け出すと、窓のサッシを開けてみた。

風景のいっさいを白く満たしながら、雪が降っていた。

紫紋は窓を開け放った。とたんに、冷気が部屋の中に吹きこむ。紫紋は身震いをひとつしたが、窓の外へ身を乗り出すようにして、雪景色を呼吸した。

なつかしい雪の風景は、紫紋を故郷へと一気に連れ帰ってくれるようだった。

もう五年、帰っていない。

料理の専門学校を出て、憧れの料亭「吟遊」に就職してから今日までのあいだ、紫紋は一度も母がひとり暮らす郷里へ帰ることがなかった。盆も正月も、料理人見習いにはまとまった休みが取れなかったし、薄給ゆえに電車賃もままならなかったからだ。一日も早く一人前の料理人になって母を東京へ呼び寄せ、うまい料理を食べさせてやる、それだけを心の支えにがんばっていた。中途半端な状態で郷里に帰るわけにはいかなかった。

意地を張っている、と自分でもわかっていたが、具体的な目標を持たないと、日々の厳しい仕事と生活に音を上げてしまいそうだった。

ごめんな母ちゃん、今度の正月も帰れねえんだ。仕事が忙しくってさ。

暮れに電話をすれば、母はいつも、よかっぺよかっぺ、と笑って応えてくれた。

仕事があるんは、何よりだべさ。忙しいのは、あんたががんばっとる証拠だべさ。元気でいでくれたら、それだけでよかっぺよ。

そうして届けられる故郷からの宅配便。餅や煮豆やぬか漬けが詰められて、ずっしりと重かった。まかないがあるから食べるには苦労してない、と何度言っても、母はこうして食べ物を送ってくる。ときには、家から数十キロも離れたホームセンターの袋に包まれたセーターなども入っていて、紫紋を微笑ませた。母ちゃん趣味悪すぎ、とつぶやきながら、部屋にいるときはいつもそのセーターを着ていた。安物なのだろう、すぐに毛玉だらけになってしまったが、それを着ていると母のぬくもりに包まれているような気がした。

しんしんと雪の降り積もる家々の屋根を眺めながら、そういえばあのセーター、東京のアパートの部屋に置きっぱなしにしてきちゃったな、と思い出す。それから、煮豆の味、かぶやなすのぬか漬けのことを思い出した。「吟遊」で作る煮豆やぬか漬けは、それはそれは上品な味がした。けれどいつも、母ちゃんの味にはかなわねえな、と思ったものだ。料亭秘伝のぬか床を一日何度かかき回すのも下っ端の仕事だった。ぬか床にはときおり煮干しや唐辛子が補充されたが、母ちゃんのぬか床には何が入ってるんだろう、とそのつど考えた。今度帰ったら、何よりさきにぬか床を見せてもらおう。その日までがんばろう、と自分を励ました。

毛玉だらけのセーターと、ぬか漬け。

おかしなものだ。ひさしぶりに雪景色を眺めて、紫紋がまっさきに思い出したのは、そのふたつだった。そして、そのたあいないものたちに、どれほど自分が励まされてきたのかに気づくのだった。

しばらく窓を開けっ放しにして、部屋の温度がすっかり下がってしまった。時計を見ると、六時少しまえだった。窓を閉めて、ストーブに火を入れる。台所へ行き、ひと口しかないガスコンロにやかんをかける。

そういえば、と、インスタントコーヒーの粉末をスプーンですくいながら、唐突に思い出した。

悠太も、母ちゃんのぬか漬けを絶賛してくれたっけ。

紫紋も悠太も夜明けとともに起き出して、手っ取り早く朝食をすませ、一緒に出勤していた。母からの小包が届いた翌朝には、これ食えよ、と紫紋はぬか漬けを切って悠太の部屋に届けてやった。待ってました、と悠太は文字通り小躍りして、買い置きしてあるコンビニのおにぎりとともにさっそくぬか漬けを賞味するのだった。ぱりぽりと小気味よい音を立てて食べながら、ああ、うんめえ～っ！　と絶叫するのが面白くて、その朝ばかりは紫紋も悠太の部屋で朝食をともにした。あっというまに平らげて、悠太はいつも、及川さんのおふくろさんのぬか漬け、最っ高スね！　と笑みをこぼすのだった。

うちの母ちゃんなんか、漬物つけたこと一回もないっスよ。くさくてやだよ～、とか言っちゃって。

そのくせ、おれが「吟遊」で働き出して秘伝のぬか床を管理してる、って話したら、ちょっと分けてもらえない？　なんつって。しょうがない母親ですよねえ、ったく。

なんか、ぬか床って、日本人にとって宝箱みたいなもんですよね。おれ、「吟遊」辞める日がきたら、退職金代わりにぬか床分けてもらおっかな。あ、それよか、及川さんのおふくろさんのぬか床、餞別に分けてもらおうかな。じゃなくて、それ以前に、いつか及川さんのふるさとに、一緒に連れてってもらいたいな。おふくろさんの宝箱、見せてもらいに。

そんなことを言って、少年のような瞳を輝かせていた。

尽果にやってきて、母のぬか漬けのことを思い出したのは、これで二度目だ。

最初に思い出したのは、マリアの家で、朝食に出されたぬか漬けを食べたとき。さわやかな酸味と深い味わいが口の中いっぱいに広がって、不思議なやすらぎに満たされた。東京を出てから一度も落ち着くことのなかった気持ちが、ようやく居場所をみつけて、すとんと腰を下ろした、というような。うまく漬かっとっぺや？　と母の声が聞こえるようだった。

ドアを開けると、アパートの外廊下にまで雪が積もっている。粉雪が風に乗って吹きこみ、紫紋の頬を打った。それでもひさしぶりの雪を全身で味わいたくて、傘を持たずに雪の中へと出た。

真っ白な道を店に向かってさくさくと歩いてゆく。ときおり立ち止まって、後ろを振り返ってみる。白い足跡が力強く後をついてきている。それをみつけて、安心したように、紫紋は白一色の中を先へと進んでいった。

天気がこんな調子だから、今日の客入りは期待できないな、と思っていたが、紫紋の予想は見事に外れた。

開店と同時に次々と客がやってきて、ものの五分で店は満席になった。紫紋は店中を走り回り、外で待っている客たちにも「寒いですから、どうぞ中でお待ちください」と声をかけた。男たちは鼻の頭を赤くしながら、口々に、寒いなあ、よう降るなあ、今日は遅番でよかったなあ、などと語り合っている。普段の日よりも店内は活気づき、いっぱいの男たちと昼の定食の豚汁の湯気で暖まっていた。

なかなか客が途切れず、昼の時間が終わっても片付けが山のように残ってしまったので、その日の昼のまかないは三時近くになってしまった。マリアと紫紋はカウンター近くのテーブルに向かい合って座ると、豚汁ときゅうりのぬか漬けを食べた。やっぱり母ちゃんのぬか漬けに似てる、と紫紋が心中感動していると、

「紫紋君の生まれ故郷は、こんなふうに雪が降るところだったんでしょ」

唐突に、マリアが言った。

「どうしてわかるんですか？」

紫紋が訊き返すと、

「店の前で雪かきしてるのが、サマになってたから」

言われて、苦笑してしまった。東京ではめったに雪が積もらないから、しばらく雪かきを

することなどなかった。今朝はひさしぶりの雪かきということで、はりきってやったのだ。

「都会の人はこんなドカ雪を見ると、なんだかもう喜んじゃって、すぐ雪かきしなくちゃって発想にならないのよね。店のお客さんも大阪とか、雪の少ないところの出身者が多いから、雪が降るとなんだか嬉しそうなんだ」

そういうマリアも、どことなく嬉しそうだ。紫紋は、「いや、おれも嬉しいですよ」と言った。

「子供の頃から初雪はいつでも嬉しいもんでした。雪合戦とかそりとかミニスキーとか、雪の遊びはいろいろありますからね。食べ物もうまくなるし」

「食べ物？　雪が降るとおいしくなる食べ物があるの？」

マリアが目を輝かせた。この人はけっこう食いしん坊なのだ、と紫紋にはもうわかっていた。

「おれが暮らしていた地方には『凍み大根』っていうのがあるんです。大根の皮を剝いて、穴を開けて、縄にずらっと吊るすんです。ゆでる地方もあるらしいけど、おれらの地域では生のまま。雪の中に並べてそのまま何週間か放置して……そうすると自然に凍結乾燥されて、甘味を中に閉じこめて、むちゃくちゃ甘い大根になるんですよ」

わあ、とマリアが感嘆の声を上げる。

「それ、おいしそう。鶏肉なんかと煮て、筑前煮ふうにするとよさそうだな」

「そうなんですよ。おふくろが、冬になると近所の農家から分けてもらってきて、煮物を作ってくれるんです。地鶏のうまみがしみこんだ大根の甘いのなんの……」

「そう、お母さんが……」

マリアのつぶやきを耳にして、はっとした。

自分の身の上については決して話すまい。紫紋は、マリアに会った直後に、すでにそう決めていた。ひとつでも何か話してしまったら、ここへ流れ着いた経緯を話さなくてはならなくなってしまう。だからできる限り何も話さずにおこう、と。

それは同時に、マリアの身の上についても何も訊くまい、という自戒になってもいた。

出会ってすぐにこの人に強く惹かれたのは、たまらなく謎めいていたからだ。失くした薬指、部屋の中にひっそり安置されていたふたつの位牌、店主である女将の存在……。考えれば考えるほど、知りたくなる。

どうしてこんな地の果てのような場所で、ひとりで暮らしているんですか？

人の心をあたためる料理を作り続けているのは、なぜですか？

あなたの薬指は、どこへいってしまったんですか？

あの位牌は、誰のものなんですか？

どうして女将さんは、あなたのことを……。

「いいね、凍み大根。作ってみようか？」

薬指の欠けた左手をいつものように急須のふたにきちんと添えて、湯呑にお茶を注ぎながらマリアが言った。ところどころあかぎれた手、けれど羽根を休める蝶のようにかたちのよい手をみつめていた紫紋は、えっ、と顔を上げた。

「ほら、カツオさんのお母さんがいい大根作ってるでしょ。それをたくさん分けてもらって、凍み大根を作って……『凍み大根の筑前煮』。紫紋君、作ってみてよ」

自分で凍み大根を作るなんて考えたこともなかったが、それはたまらなくいいアイデアだった。この店で、マリアと一緒に、ふるさとの味を再現する。たくさんの人に食べてもらう。そう考えただけで、胸の中が明るくなった。

夜の支度を始める時間が近づいていた。マリアは立ち上がると、カウンターの内側へ行き、座りこんで何かし始めた。湿ったやわらかな音とともに、ぬかの匂いが漂ってくる。ぬか漬けを取り出しているのだな、と紫紋は気づいた。けれど夜の定食に添えるつもりならば、ぬかから出すのが早すぎる。そう言おうと思ってカウンターへ向かった紫紋の目の前に、「これ」とタッパーが差し出された。

「女将さんに、持っていってくれる？」

紫紋が黙ってタッパーを受け取ると、「今日、回診の日だから」とマリアが言い添えた。

「週に一度、町のお医者様が来てくださる日なの。先生の話を聞いてきてくれる？」

「どこか悪いんですか？」

思わず尋ねた。いつも寝たり起きたりしているようだし、一度咳きこむとなかなか治まらない。女将にはもう長いこと体調が芳しくない雰囲気があった。

「まあ、一進一退でね。でも、少しずつよくなってる気がする。紫紋君が行って、食事を作ってくれるようになったからかな」

初めて紹介されてから、紫紋は三日に一度ほど、女将の家へ食事を届けたり、台所で食事を作ったりするようになっていた。紫紋が行かないときはマリアが行った。昼の休みに行くこともあれば、仕事が終わってから行くこともあった。女将の家へいくときのマリアは、まるで神殿か教会へ行くようなおごそかな面持ちをして、身なりを整え、静かに出ていくのだった。その様子を見ていると、女将が何か神事らしきことを行う人物、教祖とか巫女とか占い師とか、マリアの運命を左右する鍵を握っている人物のようにも思えてくる。

実際、初めて一緒に女将の家を訪ねたとき、女将はマリアの前で圧倒的な存在だった。マリアは終始落ち着いてはいたが、女将の前でのふるまいは、天変地異を畏れてひれ伏しているかのようだった。とにかく身を縮め、嵐が通り過ぎるのを待つほかはない、というような。

　しかしマリアはいつも女将の身を案じて、こまごまと心を砕いているようだった。毎日届ける食事も、店の残りをただ持っていくということではなく、やわらかく煮直したり、薄味に作り直したり、薬味を加えたり、必ずひと手間加えるのだった。克夫が持ってくる新鮮な魚はもっともいい一尾を女将のために取り置く。野の花を店の近くから摘んできては、食事に添えて持っていく。マリアがどれほど女将を大切にしているか、何も聞かなくともよくわかった。

　まるで、母親を介護しているようだな。

　降りやまない雪の中に、マリアに持たされた赤い傘を開いて、そんなふうに思った。どうしようもなくこじれてしまった過去を持つ母と娘。いや、母子（おやこ）なら、何があっても最後は互いにわかり合えるはずだろう。女将のマリアに対する態度は、厳母というよりは、やはり絶対的な服従を強（し）いる神のように見える。マリアのほうが、一方的に母親を恋慕する捨てられた子供のようなのだ。受け入れられないということがわからずに、母の胸に抱かれたがっている幼子。

　ふたりがどういう関係なのか。そして、ふたりのあいだに何があったのか。自分がそれを知らされることは、このさきもないだろう。知ったところで、きっとどうすることもできないだろう。

だとすれば、いま、自分にできることとは、マリアと同じように女将の容体に心を砕き、女将の気持ちがほぐれる食事を作ること以外にないのだ。

女将の家の前に真新しい足跡があった。それを追うようにして、玄関へ入ってゆく。いつものように鍵のかかっていない引き戸を開けると、黒いゴム長靴と白いゴム長靴が、玄関先に揃っているのが目に入った。

「失礼します。……紫紋です。食事をお持ちしました」

廊下に正座して、女将の寝室に向かって障子越しに声をかける。「どうぞ」と落ち着いた中年男性の声がした。障子を開けると、ちょうど診察が終わったところのようで、看護師が上半身を起こした女将に丹前を着せかけているところだった。布団の傍らに、白衣を着た恰幅のいい医師が座っている。紫紋と目が合うと「どちらさまですか？」と訊いた。

「『まぐだら屋』に勤めております、及川と申します」

名乗ってから、床に手をついて頭を下げた。医師は微笑んだ。

「これはごていねいに。桐江さんの主治医の立浪（たつなみ）です、よろしく」

そうあいさつされて、初めて女将の名前がキリエ、というのだと知った。名字か名前かはわからなかったが。

「今日は、マリアさんは？」

立浪医師に問われて、紫紋が何か返そうとすると、

「あれのことは聞きとうないわ」

女将が制した。立浪医師は無言で笑みを浮かべると、

「では、お大事になさってください」

看護師とともに席を立った。紫紋はふたりを見送って玄関先へ出た。

「あの、女将さんの容体は……どうなんでしょうか」

長靴をはく医師の背中越しに、紫紋は尋ねてみた。長靴に足を押しこみながら、「あなたにお伝えしてもよいのでしょうか？」と逆に訊かれた。確かに、店のアルバイトごときに自分の患者の病状を伝えなければならない義務は、医師にはないだろう。

「マリアに言われたんです。先生の話を聞いてきてほしい、って」

一瞬、長靴を引っ張る手が止まった。立浪医師の背中は、ほんの数秒、静まり返ったが、やがて立ち上がると、紫紋のほうを振り返って言った。

「ではマリアさんにお伝えください。『いつまでも逃げていてはだめだ』と」

紫紋は、目を瞬（しばた）かせて医師を見た。立浪医師は紫紋の目をみつめていたが、

「では、私はこれで」

そう告げて、雪の降りしきる中、去っていった。

二日二晩降り続いた雪が、ようやくやんだ。

克夫が軽トラックに大根を何十本も載せて運んできた。大きくてつやつやした大根は実に立派で、それだけに剝きがいもあった。

調理台の上に大根を積んで、マリアと紫紋はせっせと皮剝きに精を出した。凍み大根ねえ、と克夫が傍らでタバコをくゆらせる。

「きっとすっごくおいしいはずなんだ。紫紋君のふるさとの料理だから、きっとすっごくおいしく作ってくれるはずなんだ」

歌うようにマリアが言う。克夫が、「なんじゃ、おまいが作るんか？」と紫紋に向かって訊いた。紫紋は、「ええ、まあ」と大根から目を離さずに答える。

「おふくろがよく作ってくれたんで……おれ自身は作ったことはないんですけど、見よう見まねでやってみようかな、と」

「へえ」と克夫が、シャリシャリと剝かれていく白い皮を眺めながら、興味深そうに言う。

「おまいのおっ母がね……」

いつも紫紋をちくりと刺す克夫だったが、そのときばかりはそれ以上、何も言わなかった。

真っ白に剝き上がった大根に穴を開け、縄を通す。縄も、克夫の老母が作ったものだった。しっかりと芯のしまった、いい縄だった。

「うわっ、すげえ」紫紋は感嘆した。

「いい縄ですね。目がつんでて、きれいだ。ていねいな、いい仕事ですね。大根といい、この縄といい、カツオさんのお母さんは、ほんとうにいいものを作られるんだなあ」

克夫は、おや、という表情をした。

「シモン、おまい、いくつじゃ？」

「おれですか？　二十五ですけど」

ははっと克夫が笑った。

「若いのう。たったの二十五か」

「まだ小僧です」と紫紋が言い繕う。

「いや、そうじゃのうて。そげに若いのに、大根のよさも縄の出来栄えも、おまいにはわかるんじゃのう。たいしたもんじゃ」

いつもは辛口の克夫に思いがけなく褒められて、紫紋は頭を掻いた。克夫は、足もとで渦巻きになっている縄を手に取ると、

「死んだおっ母も浮かばれるて。最後の仕事を、若ぇもんにほめてもろうて」

独り言のように、そう言った。

銀色に広がる雪景色の真上には、凍れる空の青がしんとして広がっていた。

克夫の家の庭先、いつもはイカを干す二本の柱のあいだに、克夫とマリアと紫紋、三人で、あっちとこっち、大根を吊った縄を張る。大根は微風に揺らめき、午前中の日差しを弾いて輝いている。

「壮観じゃな。おっ母も見とるじゃろ」

そう言って、克夫は空を見上げた。それにつられるようにして、マリアも、紫紋も、冬の冴えざえとした空を眺める。

紫紋の心の中に母がいた。この瞬間も、紫紋の行方を案じているだろう母を思った。もう母のもとには帰れない、とわかっていた。自分はもう、この世にいない人間に等しいのだから。

けれど、この空はふるさとと繋がっている。この空の下に母がいる。

そう思いながら、いつまでも、凍空を見上げていた。

第八話　幻影（まぼろし）

その日は明け方からひどい雪だった。

紫紋は、アパートから店までの道のりを、何度も雪に足を取られてよろけながら進まなければならなかった。

雪深い北国の山里に育ったのだから、ちょっとやそっとの雪には驚かないし、どんな雪道でも歩ける。しかしこの降り方は尋常じゃない。海から吹きつける強い風に、シーツがあおられるようにして雪が舞い上がる。傘は差していても役に立たないので、畳んでしまった。

国道を通る車は一台もない。紫紋は信号が青になるのを待たずに横断歩道を渡り、白一色の風景の中を、崖っぷちの店を目指して歩いていった。

今日はさすがに開店休業状態だろうな。漁も中止だし、冷凍してある鮭の切り身を焼いた簡単な定食にしたらいいんじゃないかな。そう考えて、冷蔵庫の中身を頭の中でチェックした。おかしなもので、こんなに雪に叩かれていても、今日使える食材の種類とメニューを思い浮かべることができる。厨房のガスコンロに火をつけ、湯を沸かして、今日はあまり来ないかもしれない客のために料理を準備する。そう考えれば、湯たんぽを胸に抱いているようにあたたかくなるのだった。

どうにか店の前にたどりついた。店内にはすでに明かりがついていて、マリアが到着していることを知らせている。駐車場には克夫の軽トラックが停まっている。何か食材を持ってきてくれたのかな、と思いつつ、コートの雪を払い、引き戸を半分開けると、着ぶくれた体を横にして押しこんだ。

「おはようございます。ひどい雪ですねえ。今日はまだ来てないかと思いま……」

そこまで言いかけて、言葉を止めた。

目の前に、暗い赤色をした異様な塊が見えた。一瞬、塊に見えたそれは、えんじ色の古ぼけた毛布にくるまった人間、見知らぬ青年だった。両足を湯の張ったバケツに突っこんでいる。まくり上げられたジーンズから伸びた細い脛(すね)が、彼が人間であること、また若い男であることを物語っていた。

青年の傍らには克夫が両腕を組んで突っ立っている。マリアは厨房のカウンターでせわしなく何かを刻んでいる。

「あら、おはよう。早かったね。こんな雪だから、遅刻するだろうなって思ってた」

朗らかにマリアが言った。いつもの調子で。紫紋は声を失くしたまま、克夫を見た。克夫は片方の眉毛をぴくりと動かして見せた。またもやでっかいお荷物が転がりこんだぞ、と言わんばかりに。

「紫紋君、ちょっと」

マリアに呼ばれて、紫紋は、毛布の塊を見ないようにして、カウンターへ移動した。

「これ、彼に持っていってあげて」

トレイの上に湯呑を載せた。しょうがと蜂蜜の香りがふっと立ち上る。紫紋は否応なしにトレイを持たされたが、

「あいつ、どうしたんですか」

声をひそめて訊いてみた。

「行き倒れ」とマリアが答えた。遊びにきた、と聞こえるくらい、普通の響きがその言葉にはあった。

「今朝、雪がひどかったから早めに出てきたんだけど、店の前にうずくまってたの。意識があったから、とにかく店に入れて、克夫さんに電話して、毛布やら湯たんぽやら、取り急ぎ持ってきてもらった。体をあったためたから、死ぬことはないでしょ」

尋常ではない状況を語るにも、マリアは淡々としている。これが東京の店の前で起こったことなら、すぐにでも救急車か警察を呼ぶところだろう。

「死ぬことはないんですか」とおうむ返しに訊くと、

「うん。死ぬことはない」ともう一度言った。

ストーブのそばにパイプ椅子を密着させて、青年はうなだれていた。克夫が持ってきたという毛布はかなり年季が入っているようで、古びた煉瓦のような色をしている。それをすっぽりと頭から被っていた。

かろうじてのぞいている顔は青白く、うつむいたまま動かない。彫像のような姿に向かって、紫紋は、「これ、飲んで」としょうが湯を差し出した。

ふと、青年の目が紫紋を見上げた。その目を見て、どきっとした。血の濁りが浮かぶ目にはまるで生気がない。感情が消え去った目のままで、青年は両手を毛布から出し、湯呑を受け取った。しもやけで膨らんだ手は、かすかに震えていた。

克夫が紫紋の肩を軽く叩いて、ちょっと外へ出ろ、と合図をした。紫紋は克夫に続いて店の外へ出た。

克夫はダウンジャケットのポケットからタバコを取り出すと、一本くわえて、両手に包んで火をつけようとした。が、風が邪魔をする。あきらめて、火のないタバコをくわえたまま、「シモン、おまい、今晩あいつをあんなぁ泊めたんなんせぇ」と言った。

は？　と紫紋は訊き返した。

「おれが、ですか？　彼を？……なんで？」

じろりと克夫の目が動いた。

「忘れたんか。おまいもそうやったろが。おまいげにあんなぁ泊められんなら、マリアが自分とこへ泊めりゃあぜ」

そう言われて、思わず、「泊めます泊めます」とふたつ返事をした。確かに自分もそうだった。ほとんど行き倒れのようにしてこの店に入っていったのだ。あの青年に行くところがなければ、またマリアが自分の家に泊めるだろう。

「嘘みたいな話だな」紫紋は、吹きつける雪に身を縮めながらつぶやいた。

「いまどき行き倒れなんて、おれだけかと思ってた」

火のついていないタバコを指に挟んで、克夫は笑った。

「さあなあ。こん土地はおかしな土地やけ。命の消えかけたもんが、生きる望みを繋ぎつなぎ、きやあ、やってくるんだぞね。昔からそうだっちゃ。伝説の頃からだわいな」

「伝説の頃?」

「『まぐだら』の伝説だわいや。聞かんかったんか、マリアから?」

ほんとうは自分の娘である病気の姫のために、召使いが薬草を求めて尽果まで旅をし、崖から落ちて怪魚になった——という、あの伝説だ。

「いや、聞きましたけど。それと行き倒れと、どういう関係があるんですか?」

克夫は、「さあなあ」とうやむやに答えた。

「なんちゃ関係あるんかないんか、おれにはわからんが。命尽き果てそうになっちょるやつらが、ふらふらと、あの『尽果』バス停で降りてしまうっちゃな。それだけ、目の前にこの小屋がある。ふらふら、引き寄せられるっちゃ。死のうとしてか生きようとしてか、どっちなんかわからんけんども」

克夫の言葉に、胸の奥がぴくりと震えるのを紫紋は感じた。

まさに、自分がそうだった。所持金が尽き果ててしまったところで、偶然「尽果」バス停で降りた。なんと寂しい名前のバス停だろう、と思った。けれど、自分の境遇に不思議なくらいふさわしい名前だと思った。

確かにあのとき、死のう、と思っていたのだ。夢破れ、恋を失い、後輩を失くし、ふるさとにも帰れなくなって――死んだほうがいいのだ、と。

そうだ。精も根も尽き果てていた。涙すらも。

そしてみつけたのだ。崖っぷちに立つ小屋――かすかな光に包まれて、淡い蒸気の中に浮かび上がるこの小屋を。

あそこまでたどりついて、死のう。そう思いついた。誰にも知られることなく、廃墟の中で、海だけにみつめられて死ねばいい。最後の力を振り絞って、ここまで来た。そして、出会ったのだ——マリアと。

「死のう」として引き寄せられた。けれど結局、その思いは、いつしか「生きよう」という意思に変わっていた。

いままで感じたことがないほどの、強力な磁力。それがこの小屋、「まぐだら屋」にはあった。ひょっとすると、あの磁力は、この小屋ではなく、マリアその人が発しているものだったかもしれないが。

「そういうやつが……その、おれみたいに、あてもなくやってきてここに行きついてしまった、っていう人が、いままでもいたんでしょうか」

克夫は黙っていたが、やがて笑い出した。くだらない冗談でも耳にしたように。そんなにおかしな質問じゃないだろ、と紫紋は、むっとしてしまった。

「おった、おった。ぎょうさん、おったぞな。おまいみたく、ふらふらとここへ行きついて、マリアんげ(家)に居候して、惚れて、骨抜きにされた男がな」

紫紋は顔を上げた。胸を平手で叩かれたように心臓が跳ねた。

あれに、決して惚れぬこと。

この店で働きたいならば、と女将が持ち出した条件が脳裏をかすめた。

まさか。

まさか、マリアは……寄る辺ない男たちを自分の部屋に連れこんで、食い物にしていた？

「どうしたんじゃ、顔が真っ赤だぞい？」

克夫が愉快そうに言った。紫紋はとっさに顔を逸らすと、

「いや、なんかもう寒すぎて……このままここにいたら凍死しちゃいますよ。中、入りましょう」

あわてて言い繕った。胸の中では、心臓がずっと飛び跳ねている。入り口の戸を開けかける紫紋の背中に向かって、「おちゃあ、もういぬけん」と克夫が声をかけた。

紫紋は振り向いた。よほど不安そうな顔をしていたのだろう、また笑われてしまった。

「そがに心配せんでもええっちゃ。しばらく置いてやりゃ、頭が冷めて出ていくやろ。わきもんちゃあ、そげなもんやけ」

そう言い置いて、軽トラックに向かってざくざくと歩いていった。

店に入ると、毛布の塊のほうを見ないようにしてカウンターへ行った。マリアはすでに昼の仕込みを始めていた。鍋に湯を沸かし、ジャガイモの皮を剝いている。厨房のカウンターの上に、豚肉、ゴボウ、こんにゃくなどが取り出してあるのを見て、今日のメニューは豚汁だな、と気がついた。やはり今日ばかりは克夫も、魚の代わりに毛布や湯たんぽを運んできただけのようだ。

紫紋はゴボウを手に取ると水で洗い、黙ってささがきを作り始めた。マリアは手もとをみつめたまま、「カツオさんに何か言われた？」と訊いた。

こちらも手もとから目を離さずに、「ええ……まあ」と曖昧に答えた。それは自分の耳にも不安そうな声に聞こえた。マリアのほうは、囁き声になって言った。

「まだ何も話してくれてないいんだけど……行くとこなくて、ここに行きついちゃったんだと思う、たぶん」

「…………」

「見たところ紫紋君と年も近そうだから……話、聞いてあげてくれないかな。店が始まるまでには体もあったまるだろうし、昼まえにあなたの部屋に連れていってあげて、そこで夜まで待っててもらって……」

そこまで黙って聞いてから、思わず憮然として返した。

「見ず知らずの他人ですよ。なんでおれの部屋に連れてって待っててもらわなくちゃならないんですか」

つい、ストーブの近くまで聞こえるような声を出してしまった。マリアはジャガイモを剝く手を止めて、毛布の青年のほうをちらりと見やってから、紫紋のほうを見た。

「あなたがそうしてくれないなら、私がそうする」

はっとした。

そうだった。マリアは、自分にそうしてくれたのだ。

家族でも、恋人でも、友だちでもない、行きずりの人間。素性もわからず、金もない若者。悪人にも、犯罪者にもなりきれなかった死にぞこない。そんな無価値な男を、この人はあたたかいこの店へ、自分の部屋に招き入れて、食事をさせ、眠らせてくれた。そしてそれは、紫紋だったから特別に、というわけではない。誰であれ、マリアは、ここへ行きついてしまった人間にそうせずにはいられない人なのだ。

そう悟って、言い知れぬ寂しさが紫紋の胸にこみ上げた。

おれだったからそうしてくれたわけじゃないんだ。

「わかりました。連れていきます。いますぐに」

そう言い捨てると、包丁をまな板の上に乱暴に置いて、ストーブの近くへ歩み寄った。そして、毛布の塊を上から見下ろすと、冷たい声で言い放った。

「――立てますか？　もうすぐ店、開けるんで、とりあえずおれんちに行きましょう」

ぴくりと塊が動いた。おびえた目が紫紋を見上げる。その瞬間、紫紋はあっと声を出しそうになった。

――悠太？

「……立てます。もう、大丈夫です……」

かすかな声がした。紫紋は両手を固く握りしめた。

一瞬で手の内側に汗をかいてしまっていた。足もとから、じわりと震えが上がってくる。

悠太。

その見知らぬ青年のまなざし、そして声は——悠太にあまりにも似ていた。いや、悠太そのもの——だったのだ。


はあはあ、悠太、はあはあ、嘘だろ。

はあはあ、自殺なんて。はあはあ、死んだ……なんて。

渋谷駅の階段を駆け下り、交差点の歩道橋を駆け上がり、渋谷警察署に駆けこんだ。全速力で。

走りながら、呪文のように、紫紋は口の中で繰り返した。

嘘だ、嘘だ、嘘だ。

これは嘘だ、夢だ、悪い夢だ、最悪の。

もうすぐ覚める。夢から覚める。その遺体とやらに対面して、ああ違います、全然知らない人です、って言うんだ。それから悠太に電話して、なんだよお前まだ寝てたのか、カンペキ遅刻だぞ、どうすんだ、って怒ってやる。お前おれがいなくちゃなんにもできねえんだなあ、って笑ってやるんだ。

そうだ。そうするために、夢から覚めるために、嘘だってことを確認するために、おれはここまで走ってきたんだ。

嘘なんだ。夢なんだ。──何もかも。

渋谷警察署に到着した。紫紋は、最初に視線を交わした若い警官に名前を告げた。

その警官に連れられて、署内に入っていった。中年の刑事らしき男が現れた。その着古したスーツの上着、テレビドラマに出てくる刑事が着ているようなよれよれのグレーの上着の背中をみつめながら、一歩、また一歩、いっそう深く夢の世界へ足を踏み入れていくように、地下へと降りていった。

巨大な冷蔵庫のように冷えきって無機質な部屋に到着した。額に、背中に、両手の内側に、恐ろしいほど汗をかいて、紫紋はその入り口に佇んだ。刑事と鑑識係の警察官が室内に入り、銀色の扉の番号を確認している。紫紋は、どうしても、そこから先へ進めない。

こちらへ、と促されて、どうにか足を前に押し出した。誰かに無理やり動かされている、自分の足でないような気がした。ロックががちゃりと外れる音がする。厨房の業務用冷蔵庫にそっくりの扉が開いて、するすると検視台が引き出された。

白い布が掛けられている。人のかたちに盛り上がっている、塊。胸を突き破るように心臓が脈打つ。

よろしいですか。ご確認ください。

ずっと遠くで、低い声がした。紫紋は岩のように固まったままだ。鑑識係が、無感情に白い布を剝がした。

あのとき、紫紋が目にしたのは、なんだったのだろうか。

それは、悠太でなど断固としてなかった。めちゃくちゃに潰れたリアルな人形だった。

快活に笑う悠太の顔、仕込みをするときの真剣な顔、失敗したときにしょんぼりする、故郷の母を思ってしみじみする、明るく、ときに寂しそうな、よく動く悠太の顔は、どこにもなかった。

紫紋は、一瞬で目をつぶってしまった。それ以上、みつめることは不可能だった。

及川さん、よく見てください。このご遺体は、あなたのご同僚の浅川悠太さんで間違いないですね？

また遠くで声がした。紫紋は首を横に振った。そして、どうにか声を絞り出した——わかりません、と。

おれの知ってる悠太の顔じゃありません。――こんな、目も鼻もない顔のどこを見れば、悠太だって言えるんですか。

声が震えてしまって、ろれつが回らなかった。警察官が、何か体の特徴を覚えていらっしゃいますか、とごく冷静に訊いた。傷とか、あざとか、ほくろとか――なんでもいいですが。

紫紋は、また首を横に振った。むやみに怒りがこみ上げてきた。何に対する怒りなのか、わからなかった。もしも肩先に触れる何かがあれば即座に弾き飛ばしそうなほど怒りが沸騰していた。

こんな肉の塊を悠太だと言ってるやつら。こいつら、頭がおかしいんじゃないのか？　これは悠太じゃない。絶対に悠太じゃない。悠太であるはずがないだろ？

刑事がどこからかプラスチックバッグに入った紙切れを取り出した。そして、これを、と紫紋に向かって差し出した。

これを読んでください。このご遺体の、着衣のポケットに入っていたものです。

紫紋は、じっとその紙片をみつめた。恐る恐る、両手を差し出し、受け取った。乱暴に畳まれた紙片を、ガラスの破片を手にしたように、全身の神経を集中させて広げた。

その紙片には、なつかしい悠太の文字が並んでいた。

買い出しにいくとき、走り書きするメモに並んでいたのと同じ字だ。あんまり頭のよくなさそうな、情けない字だ。けれどどこか憎めない、やんちゃな字。悠太そのものの字、だった。

及川さんへ
自分はこれから死にます。ひとりで死にます。ほんとは晴香さんといっしょに死ぬつもりだったんだけど、約束の時間になっても来なかったので、ふられたんだと思います。だからさいごに及川さんにだけは話しとこうと思います。
…………
すいません及川さん。自分は弱いにんげんです。こんなよわいにんげんがひとりくらいいなくなってもなんにもかわらない。だからいまからしにます　さいしゅうでんしゃがもうすぐくる
おいかわさん　いつか　おかあさんにうまいりょうりたべさせてあげてください
さよなら
悠太

あ……あ……あ……あ。
紫紋の口が、全身が、わなわなと震えだした。開いた口から、声にならない声がこぼれ落

ちる。
あ……あ……あ……あ。
悠太……悠太……あ。
ゆうたあっ!!
紫紋は叫んだ。叫び声は凶器のように冷たい霊安室を切り裂いた。
悠太じゃない！　と紫紋は叫んだ。こいつは悠太じゃない、悠太じゃありません！
刑事さん、こいつをどっかに連れてってください！
悠太じゃないんだから！　こんなとこに置かないでくださいよ、ねえ、刑事さん⁉
こんな冷たいとこに、冷蔵庫の中に！
裸んぼうにして、ひとりっきりで置いとくなんて……。
悠太、違うだろっ、なあ悠太⁉
悠太じゃないだろ、お前は悠太じゃないだろっ⁉
なんとか言えよ、なんとか言ってくれよ！
……ゆうたあっ！

六畳一間の部屋に、こたつとストーブがひとつずつ。

台所には、鍋ひとつ、フライパンひとつ、やかんがひとつ。カラーボックスの上にトースターが一台。皿と茶碗と汁椀と、マグカップ。歯ブラシと、歯磨き粉のチューブと、タオルが一枚。

それが、いまの紫紋の持ち物のすべてだった。

だから、青年が——「丸弧（まるこ）」と名乗った——部屋に上がりこんだあと、心配じゃないんですか、と尋ねられたときも、何を言われているのかわからなかった。

「なんだかわかんないやつを自分の部屋に残して出かけたりして、心配じゃないんですか。おれ、泥棒かもしれませんよ。部屋にあるもの持ってっちゃうかもしれませんよ」

紫紋は苦笑した。そんなふうに自分から言い出すこの青年は、意外にいいやつかもしれない、と思った。

「いいよ、何を持ってっても。全部、カツオさんから——さっき、君に毛布やらなんやら持ってきてくれた人だけど、あの人から借りてるんだ。やられちゃいました、って伝えておくよ」

ストーブに火をつけ、こたつのスイッチを入れた。台所へ行くと、カラーボックスの棚から食パンとジャム、インスタントコーヒーを出して、わずかな面積の調理台の上に置いた。

「腹減ったら、トーストとコーヒーで我慢しててくれる？　仕事が終わったら、まかないの残り持って帰るから」

丸弧はこたつの前に座ると、コートがわりに肩から被っていた毛布をすとんと落とした。少しおびえたような目で紫紋を見上げると、「なんでですか」とつぶやいた。

「どこの誰かもわかんないような人間に、どうしてそんなに構ってくれるんですか」

もう一度苦笑して、紫紋は返した。

「そりゃあ正直、おれはやだよ。だけど、おれも実は君みたいにここに流れついちゃって……あの人たちに親切にしてもらって、それでいま、こうして暮らしてる。だからさ」

「なんでですか」とまた、丸弧は訊いた。

「なんで流れついちゃったんですか」

紫紋は丸弧を見た。いまはもう澱みの消えた目で、静かに紫紋を見上げている。視線を重ねた瞬間に、再びどきっとした。

やはり、どこか悠太に似ている。

さっきはそっくりだ、と思ったが、なんとなく雰囲気が似ているのだ。年が近いのか、背格好が同じようだからか。いや、それよりも、この目が……一見無垢な、けれど思慮深いまなざしが、日々をともに暮らした後輩を思い出させるのだった。笑えば、きっと、悠太のまぼろしがいっそう重なって見えるに違いない。

「そうだな。それは、そのうち話すよ。……じゃあ、店があるから」

まっすぐな視線から逃れるように、紫紋は丸弧に背中を向けると、部屋を出た。

後ろ手にドアを閉め、激しく雪が吹きこむ外廊下を歩いていく。階段を下りきったところで、足を止めた。

そのまま数秒間、雪の吹きつける中に立ち尽くしていたが、向きを変えると、階段を駆け足で上っていった。自分の部屋のドアの前に立つ。一瞬ためらったが、ノックした。

返事がない。もう一度叩いた。今度は「はい？」とおぼつかない声がした。

開いたドアの向こうに、丸弧が立っていた。ひょろりと痩せた若い樹木のような体。こけた頬の上に浮かぶ大きな目。その目をみつめて、紫紋は言った。

「なあ、死ぬなよ。……生きろよ」

森の中で不意打ちを食らった鹿のような目をして、丸弧は紫紋をみつめ返した。言葉を探しているようだった。やがて、黙ってうなずいた。口もとにかすかに笑みがこぼれるのを、確かに紫紋は見た。

白一色の風景の中を、コートのフードを被り、一歩一歩進んでいく。国道にさしかかると、雪に煙る道の果てからバスがやってくるのが見えた。

あれは、自分が乗ってきたバス。そして、丸弧が乗ってきたバスだ。バスはどんどん近づき、やがてクリーム色の車体全体が現れた。「尽果」停留所に停まることなく、チェーンの音をしゃんしゃんと響かせて、紫紋の前を走り抜けていった。紫紋は、その車体が白くかすむ風景の中に再び消えるまで、見送っていた。

生きろよ。

それは、悠太に言いそびれた言葉だった。いや、ひょっとすると自分自身を励ます言葉だったかもしれない。

生きろよ、と紫紋は、国道を渡りながら、もう一度、口の中でつぶやいてみた。なぜだろう、ふいに涙がこみ上げた。

第九話　灯火(ともしび)

紫紋が尽果に流れ着いたのは、すぐにでも冬が冷たい指先を伸ばして頬に触れてきそうな季節のことだった。

それから、初霜が降りて、初雪が降った。年が暮れ、年が明けた。「まぐだら屋」は、おおみそかも元日も、休まずに店を開けた。その理由は訊かずともわかっていた。

暮れだろうと正月だろうと帰るふるさとのない男たちが、この村落にたくさん身を寄せている。一年じゅうで一番人恋しい時期に店を閉めてしまえば、寂しい思いをする人々がいるのだ。紫紋も、もちろんそのひとりだった。紫紋がこの村に住みつく直前に老母を亡くした克夫もまた、そうだった。

あるいは、マリアも。

おおみそか、まぐだら屋は昼も夜も年越しそばひとつだけにメニューを絞った。年末年始は休業の製錬所の作業員たちが、昼まえから手に手に鍋を持ってやってくる。自分たちは店で年越しそばを食べ、あとは各人、近所の高齢者宅へ麺とつゆを持っていき、台所で年越しそばを作ってお年寄りたちに食べてもらう、という計らいだ。もうずっとまえから、それは行われているらしかった。

「いいアイデアですね。それってNPOとか行政の援助を受けてやってるんですか？」

もっともらしい質問をしてみると、マリアに妙な顔をされてしまった。

「私がここへ来るずっとまえから、この店が自主的にやってきたことだもの。援助だなんて、そんなこと、考えたこともないな」

私がここへ来るずっとまえから、というフレーズが引っかかった。いったいあなたはいつからここにいるんですか、と問い質してみたくもなった。が、もちろんできるはずはない。

テレビもラジオもカラオケも、娯楽と呼べるものは何もない店内。それなのに、おおみそかの夜はものすごい盛り上がりようだった。酒を飲んでいい気分の客のひとりが演歌を歌い出す。ほかの客が手拍子でそれを囃す。雪の中、将棋台をわざわざ運んできて勝負する一団もあった。かと思うと、唐突に腕相撲のトーナメントが始まったり。酔って笑って騒いで、田舎の大家族同士が集まって和む、ひと時代昔の光景を見るようだった。

夜通しの騒ぎになることは事前にマリアから言われていたので、紫紋はその日は一睡もしない覚悟で臨んだ。特別価格の手打ちそばは飛ぶように売れ、まったくこの小さな村落のどこからこんなに人が湧いてくるんだろう、と思われるほど、引きも切らずに男たちが、また近所の主婦やお年寄りが子供たちを連れて現れた。さしずめ、地塩村の大忘年会の様相だった。

おおみそかの一週間まえから、紫紋は克夫に指導されてそば打ちにも挑戦した。克夫は趣味でそば打ちをやっているとのことだったが、長年漁師をやっていて腕力があるから、こしのあるそばになる。腕力ではまったく克夫にかなわない紫紋は、それでも奮闘努力して、なんとか手打ちそばを習得した。おおみそかは朝から克夫が大量のそば粉を持って現れ、ふたりして粉まみれになってそばを打った。マリアが手際よくそれを棒状に切っていく。汗をかきかき、三人は、呼吸を合わせてそばを作った。紫紋は、不思議な気分だった。

なんだか、まるで家族のようじゃないか。

漁師をしているたくましい父と、しっかりもので美しい姉と、自分。いや、マリアはむしろ、姉さん女房……のほうがいいな。そんなことを勝手に想像して、にやけてしまう。

「なんでぇ、そげににやにやしとるだあ？　せっせと手ぇを動かしてごせ」

克夫に突っこまれてしまった。すぐにマリアが、「あら、私、紫紋君の気持ち、わかるよ」と、助け舟を出してくれた。

「おそば作るのって、なんだか運動会みたいじゃない？　わっとみんなで取り組んで、一生懸命作って、気分も上がるよ。私も、いつもそば作りのときはにやけちゃうもん」

楽しそうに言う。まさしく、子供の運動会に家族みんなで出かけるために、弁当作りをしている感じで。

「いままでのおおみそかは、ふたりでそばを作ってたんですか？」

高揚した気分のままで紫紋が尋ねると、

「うーん、まあ。主にはね」

曖昧にマリアが答えた。

「さあなあ(そうだよなぁ)。いっつも、どっかの誰かがおったわいな。なんかして手伝うてくれとったけ。ふたりだけで村じゅう分のそば作るんは、さすがにようやらんけえの」

額に汗しながら、克夫が何気なく言った。紫紋は、膨らんだ気持ちがたちまちしぼんでしまうのを感じた。

自分のように店を手伝っていた誰かがいたのか、それともおおみそかだけ手伝いにきてくれる誰かがいたのか、判然とはしなかったが、とにかく自分がおおみそかのそば打ちを手伝う最初の人間ではないことはあきらかだった。

そんな些細(ささい)なことにいちいち引っかかってしまう。気にすんな、またカツオさんにからかわれるぞ、と紫紋は心の中で自分をいさめた。

そうして年が明けた。紫紋は、年越ししてからアパートへ帰り、二、三時間寝ただけで、まだ暗いうちに店へ戻った。

さすがに疲れたのだろう、マリアはまだ来ていなかった。海に面した窓を思い切って開けると、ちょうど初日が海を白く照らし出しているのが見えた。紫紋は、その風景に向かって手を合わせた。その刹那、言葉にならない言葉が胸の中をよぎった。祈り、のような。

しんと冷え切った店内の床を掃き清め、ストーブに火を入れる。元日の昼の定食は「雑煮定食」。一番大きな鍋に湯を沸かし、かつおぶしを削る。上質の本かつおぶしを、常連客のひとりが持ってきてくれたのだ。「故郷（くに）から送ってきたち、使っとおせ」と、土佐弁まじりに言っていた。こんないいものをたくさん送ってくれる人がいるのに、その客も、やはり故郷へ戻ろうとはしないのだった。

カラカラと入り口の引き戸が開いた。

「あれ、紫紋君。もう来てたんだ？」

ダッフルコートを着た体を縮めながら、マリアが入ってきた。紫紋はかつおぶしを削る手を止めて、マリアに向かい合うと、

「新年、あけましておめでとうございます」

直角に頭を下げて、言った。花がほころぶような笑顔になって、マリアも返した。

「あけましておめでとうございます。今年もどうぞよろしくね」

ふたりは、顔を見合わせて微笑み合った。紫紋は、心の中が明るく沸きたつのを感じた。

今年もよろしく。その何気ないひと言に、今年もこの人と一緒にいられるんだ、一緒にいてもいいんだ、と許された気分になる。嬉しくて、かつおぶしを削るのにも鼻歌まじりになってしまいそうだった。

昼の定食には雑煮と、煮しめの小鉢、凍み大根と干し柿のなます、黒豆、だし巻きを添えた。紫紋が手際よくこまめに総菜を準備するのを見て、マリアは「すごい」と感嘆の声を上げた。

「さすが、料亭の板前さんやってただけあるね。こんなにつやつやの黒豆、見たことない。なますも……」

言いながら、ボウルの中のなますを指先でつまんで、口に入れる。噛みしめて、「おいしい」とつぶやいた。

「これ、カツオさんのお母さんの凍み大根でしょ？」

紫紋はうなずいた。

「持ってってあげたいね。お仏壇に供えに」

もう一度、紫紋はうなずいた。もちろん、そうするつもりで作ったのだ。

「あ、それから、これ。……仕込み一段落したら、女将さんに持っていってあげようと思って」

紫紋は、調理台の上に載せていた大きめのタッパーのふたを開けて、マリアに見せた。煮しめ、なます、かずのこ、黒豆、栗きんとん。ちょっとした「料亭風おせち」を作っておいたのだ。わあ、とマリアが歓声を上げた。

「とってもきれい。女将さん、きっと喜ぶよ」

「できれば漆の重箱に入れたかったんですけど、間に合わせで」

紫紋は頭を掻いた。マリアは、ううん、と首を横に振った。

「これで十分だよ。すごいなあ、おせちってこういうものだったっけ？　私、生まれて初めて見た気がする」

「それ、ちょっとおおげさじゃないですか？」

照れ笑いをして紫紋が言うと、

「ほんとだよ」

しみじみとした声でマリアは言った。紫紋は、マリアの表情にうっすらとかすみがかかるのを見たような気がした。

「あの……よかったら、おせち、女将さんのとこへ持っていきますか？」

そう訊いてみた。「私が？」とマリアが訊き返した。

「今日はやめとくよ。おめでたい日だし、紫紋君が持ってったほうが、きっと喜ぶし」

タッパーのふたを閉めると、さて、とマリアはエプロンをつけた。

「じゃあ、あとはやっとくから。行ってあげてよ、女将さんのとこ」

くるりと背中を向けると、水道水をいっぱいに流して、一心にホウレンソウを洗い始めた。


おせち入りタッパーを胸に抱いて、午前中の薄日が差す中、紫紋は女将の家へと出向いた。きっと余計なお世話だろう。けれど、女将とマリアがもっと打ち解けてくれたら、と漠然と願っていた。

ふたりがどういう関係なのかはわからない。けれど、わだかまりが巨石のようにふたりのあいだを分断している感じがあった。女将は、マリアにとっては絶対的な存在としてふるまっているように思えた。克夫や店の常連客、村人たちがマリアを思いやり、実にいい距離感で接しているのとはまったく逆だ。マリアのほうは、女将にぞんざいに扱われようとも、甘んじてそれを受けているように見える。いったい過去にどんなことが起これば、あのような関係性になるのだろうか。

こんなタッパーに入ったおせちひとつで、ふたりの関係性を変えられるものではない、とわかってはいるけれど。

女将はいつも通り、寝室の布団の上に正座していた。いつもと違うのは、紋付の着物をきちんと着ていたことだ。

紫紋も正座すると、畳に両手をついて新年のあいさつをした。女将は、おめでとうごぜ、と返すと、

「ゆうべは、店、ずっと開けとったんけ?」

ひと言、訊いた。紫紋は、はい、と答えた。

「村じゅうの人が来たんじゃないかと思いました。歌ったり踊ったり、将棋や、あと腕相撲なんかも始まって……なんだか、大家族で一緒に年越ししたみたいで。楽しかったです、ほんとに」

つい本音をこぼしてしまって、はっとした。おおみそかの夕方にここへそばを持ってきたものの、そのあと女将はひとりで年越しをしたのだ。紫紋は、「すみません」と即座にあやまった。女将が、じろりと目を動かした。

「どがしてあやまる?」

紫紋は、小さくなった。

「いや、あの……女将さんはおひとりで過ごされたのに。自分のほうは、楽しかった、なんて言ってしまって」

女将は、珍しい動物でも見るかのように紫紋をみつめている。そのまなじりにかすかに皺が寄った。一瞬、微笑んだかのように紫紋には見えた。

「そんで、今日はなんぞ持ってきてくれたんかえ」

尋ねられたので、紫紋は傍らに置いていた風呂敷包みを解き、ふたを外して、タッパーを差し出した。女将の表情が、みるみる明るくなるのがわかった。

「おまいが作ったんかえ？」

また尋ねられて、紫紋はうなずいた。

「ほう。料亭仕込みさあなあ」

いやいや、と紫紋は謙遜した。

「料亭の板場にいたときには、下っ端でしたから、おせちと言ってもくわいの皮を剝くことくらいしかできなくて……でも、いつか正月に実家に帰ったら作ってみようと」

そこまで言って、口をつぐんだ。

二十歳で「吟遊」に就職して五年。一度たりとも実家に帰ることはできなかった。正月ですらも。電車賃が惜しかったこともあったが、もっともっと腕を磨いて、「吟遊」のおせちセットの一部だけでも手掛けられるようになったら、三段重ねの重箱を抱いて帰ろう。そう思っていたのだ。

結局、かなわぬ夢となってしまった。

女将は、指先でなますの大根をつまんで、口に入れた。しばらく嚙みしめてから、「おいしい」とつぶやいた。

その様子は、どこかしらマリアに似ていた。


二月。連日降り続く雪が、地塩村を真っ白に染めて、根雪となった。

もういいかげん青空が見たい、と思いかけていたときに、見知らぬ青年がまぐだら屋に現れた。

その冬もっともひどい吹雪の朝に、バスに乗ってやってきた青年、丸弧。店先で、眠るように倒れていた。絵に描いたような「行き倒れ」だった。

紫紋の部屋に転がりこんだ丸弧は、そのまま居ついてしまった。所持金はまったくないらしく、部屋代を出してくれるわけでもない。かといって、何か紫紋の役に立つことをしてくれるわけでもなかった。朝食の支度（といってもトーストを焼くだけだが）は紫紋がするし、部屋の掃除をした形跡もなかった。ただただ、こたつの中にうずくまっていた。紫紋は最初、なんにも手伝う気がないなら出てってくれ、と心の中でなじったりもした。けれど、面と向かってみると、不思議と責める気持ちが失せた。丸弧は、まっすぐで混じり気のない視線を紫紋に向けてきた。あまりかわいくはないけれど、おとなしくて従順な大型犬を飼っているような気分になった。

丸弧は、朝食にトースト一枚を食べたきりで、紫紋がまかないの残りを持って帰ってくるまで何も食べないようだった。部屋は冷え切っているのにストーブもつけない。「そんなんじゃ凍え死ぬぞ」と言ってみると、

「部屋の中に雪が入ってくるわけじゃないし、まかない食わせてもらってますし。死にませんよ」

そう返した。居候の身なんだから、勝手に何か食べたりストーブの灯油を使ったりするのがいやなんだという。遠慮をしているのか、と紫紋はこっそりと驚いた。

丸弧は、紫紋がアルミホイルに包んで持ち帰るまかないの残りを——白飯と、漬物と、煮物や焼き魚の切り身のようなものだった——実にうまそうに食べた。ご飯粒はアルミホイルにこびりついた最後のひと粒まで拾い、魚は骨までしゃぶる。まったく犬っぽいな、とおかしかった。

「よっぽど腹減ってんだな。即席ラーメンくらい作って食えばいいのに」

あんまりがっつくので、あるとき言ってみた。すると、意外な答えが返ってきた。

「いや、おれ、カップ麵だめなんです。食ったら吐いちゃう」

「なんで？　アレルギーあるの？」びっくりして問うと、

「逆です。あまりにも食いすぎて、胃がもう受けつけなくなっちゃって」

煮魚の骨をしゃぶって、丸弧が言った。

「引きこもりやってたときに、朝昼晩、カップ麵しか食わなかったときがあったんです。丸四年」

「丸四年……」

紫紋は、こけた頰がいまはほんの少しふっくらしてきた青年の顔を見た。

丸弧が自分の身の上らしきことを口にしたのは初めてだった。この部屋に住みついてからすでに二ヶ月が経過していた。その間、自分が何者なのか、どこから来たのか、そしてこれからどうするつもりなのか、丸弧は何ひとつ話そうとしなかった。

紫紋が尋ねれば、あるいは口を開いたかもしれない。けれど、自分も身の上話はしたくないのだ。だから、何も聞かないままだった。

そのまま引きこもり話でも始めるかと思ったが、丸弧はまったく違うことを言った。

「おれ、紫紋さんの飯、好きです」

紫紋は目を瞬かせた。

「おれの飯って、このまかないの残りもののこと?」

丸弧はうなずいた。

「おれの人生で一番うまい飯です。これ食うと、生きててよかった、って思う」

あまりにも意外なことを言われて、紫紋は苦笑した。

「こんなもんが人生で一番って……どんだけひどい食生活だったんだよ?」

そう言ってから、「でもまあ、丸四年カップ麺よりはましか」と言い添えた。丸弧はまた、うなずいた。

「このアルミホイルに包んである飯、食べると、子供の頃、母ちゃんが教えてくれたことを思い出す」

ホイルの内側にこびりついていた白飯の最後のひと粒を指先で剝がして、丸弧はそれを口に入れた。紫紋は、「母ちゃん、なんて?」と訊いた。

「『ご飯のひと粒には、七人の神様がおわす』。だからひと粒でも残したらばち当たるぞ、って。でもおれ、茶碗一杯で何千人かの神様を食っちゃうってほうが怖くなっちゃって」

紫紋は笑い出した。丸弧の顔が、ほんとうにぞおっとしていたからだ。

「まさか、それでご飯食えなくなったわけじゃないよな? カップ麺なら神様食わなくてすむ、とか思ったわけ?」

「まあ、それに近いかも」丸弧も思わず笑いながら言った。

「トラウマかよ」と続けて言うと、

「ですね」と相づちを打った。

「ったりまえっしょ。おれ、もう二十歳っすよ。好き嫌いなし。カップ麺以外は」

「でも、もういまは食べられるんだ？」

二十歳なのか、と紫紋は思った。悠太の面影が、ふいに脳裏をかすめる。

あと二週間で二十歳になる、というときに、悠太は逝ってしまった。やはり、ふたりは同い年だったのだ。

「あ、違った。まだ十九歳だった」

丸弧がつぶやいた。「なんだ、未成年かよ？」と紫紋が訊くと、

「あと二週間で、二十歳になります」

その答えに、胸の奥に鈍痛が走った。紫紋は、あらためて目の前の青年を見た。まっすぐにみつめ返すその顔に、悠太の顔が重なる。紫紋は下を向くと、次の言葉を探した。

「未成年なら……おふくろさん、心配してるんじゃないか？　ここにいること、連絡したのかよ？」

そう言ったとたん、訊いてはならないことを訊いてしまった、という気がした。もしも自

分が尋ねられたなら、決して答えられない質問だった。

丸弧は静かな視線を紫紋に注いだまま、いいえ、と、はっきりと答えた。

「死んじゃいましたから。つい最近」

紫紋は顔を上げて、丸弧を見た。無垢な瞳をしている。そして、やはり無垢な声で続けて言った。

「殺したんです」

不思議な言葉が、紫紋の耳をよぎった。どこか遠い外国の言葉のように、それは聞こえた。

おれがこの手で殺したわけじゃない。

でも、おれが殺したようなもんです。——おれの母ちゃんを。


冷たい鉛の塊のようなもの。

ずしんと紫紋の胸の底めがけて落ちてきた。そしてもう、どうしたって動いてくれない。

丸弧の告白を聞いた夜半、もうこの冬何度目になるだろう、雪が激しく降り始めた。

丸弧は、自分の胸に秘めていた鉛の塊を、紫紋めがけていきなりぶつけてきた。そして、それっきり口をつぐむと、こたつにもぐりこんだ。その夜、十九歳の少年の寝息は不思議なほどに静かだった。

重苦しい夢を見て、明け方、紫紋は目覚めた。こたつの中で、丸弧は死んだように眠っていた。その顔に思わず耳を近づけてみた。かすかな呼吸の音がして、紫紋は胸をなで下ろした。

その朝限りは、丸弧と向かい合う勇気がなかった。丸弧が眠っているあいだに、音を立てずに支度をし、朝食を取らずに部屋を出た。

夜明けまえの薄暗い闇を、雪がしらじらと照らしていた。

長靴を鳴らし、紫紋は店へ向かおうとしていた。国道へ向かう道と、村落の丘の上に向かう道。ふた股に分かれているところまで来て、紫紋の足はいつしか丘の上へと向かっていた。

丘の上に向かう坂道の途中に、マリアの家がある。

別に訪ねるわけじゃない。彼女はまだ眠っているだろう。あの小さいけれど清潔で、なんともいえぬいい香りのする部屋の中で。毛布にくるまって、たおやかな寝息を立てていることだろう。目覚める直前の浅い眠りの中で、夢を見ていることだろう。

その夢が、あたたかな夢であればいい。

掘立小屋のようなマリアの家。その粗末な玄関の引き戸の前に立って、雪に打たれながら、紫紋はそう思った。

この世界は、なんと多くの負の感情に満ちていることだろう。

寂しさと、苦しみと、悲しみと、憎しみと。絡み合う負の感情の連鎖に縛りつけられている。

その犠牲になった、悠太。

晴香と付き合っていた、と遺書に告白していた。どうして、その事実は悠太を救ってくれなかったのだろうか。

誰かをいとおしいと思う、その思いから、なぜ生きる力を得られなかったのだろうか。心を寄せる誰かがいるなら、その人のために生きていこうと思えなかったのだろうか。

おれは違う、と紫紋は思う。

悠太や丸弧とは――違うんだ。

あなたがいるから、生きていく。その思いに、いま、助けられている。

ふっ、と窓の中に明かりが点った。紫紋は目を見開いた。道に面した台所のカーテンがほんの少し開いた。踵を返すと、紫紋は雪の中へ夢中で駆け出した。

第十話　春雷（しゅんらい）

　四月の初めまでぐずぐずとみぞれまじりの空模様が続いたが、ときおり正気に戻ったかのように、明るい日差しが空いっぱいに満ちあふれる日があった。やがて、三寒四温の言葉通りに、寒い日とあたたかな日が数日ずつ交互にやってきて、四月も終わりに近づいた頃、薄暗い幕をすっぱりと切り落としたように春になった。

　紫紋は、よく知っていた。寒い地方の春がどんなに潔くやってくるか。根雪に閉じこめられていた地面は、太陽を浴びるやいなや、大忙しで緑色の絨毯（じゅうたん）を敷き詰めるのだ。そしてその上を覆い尽くして咲き乱れる菜の花。まぶしくて、目を開けていられないくらいに光を放つその黄色。

「うわあ、すっげえ。まっ黄色だ」

　ある朝、出勤しようとアパートの外階段を下りていった紫紋は、長いこと雪が溶けなかったすぐ近くの空き地に菜の花畑が突如出現したのを目にして、思わず歓声を上げた。早足で部屋へ戻ると、鍵のかかっていないドアを勢いよく開けた。

「おい、春がきたぞ。出てこいよ」

こたつの中にうずくまっていた丸弧が体を起こして、きょとんと紫紋を見た。

「え？　来たって、誰が？」

「春だよ、春。ほら、早く来いよ。ったく、若いくせに不健康なやつだなあ」

有無を言わさずに手首を引っ張って、冬のあいだじゅうその格好だった黒のジャージ姿の丸弧を外に連れ出した。外階段を下りると、「ほら」と背中を押して、菜の花畑の前に突き出してやった。丸弧は「わあ……」と地味に歓声を上げた。

「これ、食えるんすか」

意外な言葉に、紫紋は笑って返した。

「ああ、食えるよ。いまが旬だ。こんなふうに花が咲いちゃったのは無理だけど、つぼみがしまっているのを茎のところから切って、煮びたしにしたり炒めたり……」

呆けたように菜の花畑を見渡して、「うまそう」と丸弧がつぶやく。花畑を眺めてうまそうだと言うやつに初めて会ったな、と紫紋は笑いが止まらなくなった。

「うまそう。でもって、天国みたい」

紫紋が笑うのを気にもとめずに、丸弧はそんなことをつぶやいている。

この冬は、何かと辛いことが多かった。

まずは、信じがたいほどの雪。毎日毎日、飽かずに降った。海がしけて漁が止まり、新鮮な魚の入手が困難になった。克夫が冷凍サンマなどを調達してくれて、なんとか日々の定食を準備できたが、ハンバーグ定食だのコロッケ定食だの、新鮮な魚介類メニューが自慢の「まぐだら屋」らしからぬメニューが増えてしまったのが紫紋には悩みの種だった。

客のほうは、最初はむしろ「こういうのもいいね」と歓迎してくれたが、やがて「やっぱりブリ大根とか食いたいなあ」などと不満もこぼれ始めた。女将などは、紫紋が食事を持っていくたびに「子供だましじゃの」と露骨に文句を言ったりもした。食べてくれないときさえあった。まったく、マリアは毎冬をどう乗り切ってきたのだろうか。

雪国育ちだったから、どんなに雪が降ろうと自分は平気だと紫紋は思っていた。しかし、日々の仕事に加えて雪かきと雪おろしはかなりこたえた。店と、女将の家と、マリアの家。ほぼ毎日、紫紋はせっせと雪かきをした。マリアには「近所のおじさんがやってくれるし、大変だからうちはいいよ」と言われたが、それでいっそうむきになってしまった。

こうなってみると、何もせずにアパートの部屋にこもってぼんやりしている丸弧がうらめしい。せめて雪おろしでも手伝ってくれないか、と頼んだこともあったが、「おれのほうが遭難するかも」と真顔で言われて、あきらめた。慣れない者が雪おろしをして命を落とすことは、雪国ではありえないことではないのだ。

　くたくたになって部屋に帰ると、あいかわらず丸弧が待つともなしに自分を待っているのも奇妙な感じだった。丸弧にまかないの残りを持ち帰ってやらなければ、と思えば、店が終わってからは以前のようにマリアとゆっくり話もできない。少し話がしたいと思っても、「丸弧君、待ってるんでしょ？」とマリアに促されてしまうのだ。そういうときは、アパートへの道々、むしゃくしゃして仕方がなかった。なんであんなやつのために飯を運ばなくちゃならないんだ、もう二十歳なんだから自立してくれ、そんなふうに思いながら家路をたどる。けれど、何もせずにちょこんとこたつにうずくまっている丸弧、まかない飯をうまそうに食べる丸弧を見ると、今日もちゃんと生きてたんだな、と褒めてやりたい気分になった。やっぱりこいつ、役に立たないけど憎めない大型犬なんだよなあ、とつくづく思う。

　その丸弧は、自分の過去をほんの少しだけ、しかし衝撃的に教えたきり、それについてはまったく口を閉ざしてしまった。

「自分の母親を殺したも同然」のことをしてしまった、と確かに丸弧は言った。そのひと言がいつまでも紫紋の胸に刺さっていた。が、何が起こったのか、どうしてここまで来たのか、やはり聞き出すことはできなかった。

　不思議なもので、互いの過去を探り合わない人々ばかりがこの尽果には集まっている。

もちろん、店に来る常連客の中には自分の過去を気楽に打ち明ける者もいた。けれどそれは、その程度の過去なのだ。陽気に酒を飲んで他人にぶちまければ気が晴れる程度の。マリアも、女将も、克夫も、丸弧も——「過去の秘密」のドアを閉ざし、誰であれ、そのドアノブに触れさせせない気配があった。もっとも、紫紋自身が誰より固くそのドアを閉めているから、相手に対してもそういう気配を敏感に感じ取ってしまうだけなのかもしれなかったが。

辛く長い冬のあいだ、一度だけ、マリアが自分の過去をかいまみせた瞬間があった。

不漁続きの上に野菜などほかの食材も厳寒のため高騰し、七百円の定食の値段を維持するためにはできるだけ安い食材でやりくりしなければならなくなった。アジフライを定食のおかずにしたところ、常連客のひとりが「マリアひとりのときは、こんなメニューでごまかしたことはなかったのに」と、紫紋に聞こえるように文句を言ったのだ。

自分だってごまかしたくなんかない。でもしょうがないじゃないか、と紫紋は心の中で反論したが、口には出さなかった。が、その客が帰るときに、マリアがレジで言ったのだった。

「私がこの店に来て十年になるけど、ここまでの天候不良はなかったのよ。アジフライだって一生懸命作ってるんだからね」

逆に文句を言われて、常連客は、「あれ、聞こえてたんだ？ こりゃすまなかった」と詫びを入れた。わかればいいのよ、とマリアは笑って見送った。思わぬかたき討ちに、紫紋はすっかり舞い上がってしまった。そして、もう十年もこの店で働いているという事実を知ってしまったことにも。

「アジフライは、今後やめときます」

紫紋は顔を赤くしてそう言った。いいのよ、とまた言って、マリアは笑った。

「この十年間に、こんな冬はなかったんですか？」

さりげなく聞いてみた。マリアはうなずいた。

「まあよく雪の降るところだな、とは思ったけどね。ここまで毎日っていうのはなかったなあ。私、紫紋君と違って雪国育ちじゃないから、最初は雪がちょっと積もっただけでもびっくりしたよ」

「雪国育ちじゃなくて……どこ育ち、なんですか？」

さらに突っこんでみる。ふるさとがどこか尋ねただけなのに、胸が破裂しそうに高鳴った。

「東京よ」

あっさりと、マリアが答えた。

「東京……」

無意識に、紫紋は復唱した。マリアはそれ以上何も言わず、紫紋に背を向けると、調理バットの上のアジフライのしっぽをつかんで、油の中へ次々に落としている。やがて鼻歌が聞こえてきた。調理を楽しんでいるとき、マリアは自然と鼻歌まじりになるのだった。

十年まえ、東京からやってきたんだ……この尽果に。

その事実を知って、紫紋は落ち着かなくなった。なぜ、と頭の中を疑問が飛び回る。

結婚するために？　だとしたら、だんなさんはどうしたんだ？　離婚した……死んじゃったのか？

それとも人生に絶望して？　誰かを追ってきたのだろうか。いや、誰かから……何かから逃げるために？

どこで薬指を失くしたんだろうか。約束の指輪が輝くはずの、左手の薬指を。

楽しそうにアジフライを揚げているマリアを見れば、自分のように人生を転がり落ちてしまったようにはとても思えなかった。

かすかに触れたマリアの過去は、あたたかいものでも冷たいものでもなかった。霞に包まれて、いっそう遠いものだった。それが、紫紋にはくやしかった。

紫紋は、マリアを誘ってみた。うちの近くにものすごい菜の花畑が出現したんですよ、見にきませんか。春だから、そんなうかれたことを言っても許される気がした。

「いいわね、見にいこうか」とマリアは応えてくれた。

「丸弧君も連れ出して、一緒に花畑でお弁当食べようよ」

昼食のあとの休みに、店を閉めて、紫紋とマリアは紫紋のアパートへ向かった。

三人分のおにぎり、いわしの南蛮漬け、筍の煮物などを詰めこんだタッパーを、大きめのふきんで包み、紫紋が持った。マリアはお茶の入った水筒を提げて、白いパーカーをはおった。これで菜の花畑に乗りこめば、絵に描いたようなピクニックの風景になりそうだ。

本音を言えば丸弧にはちょっと遠慮してもらいたかったが、紫紋のアパートに居候を始めて以来、マリアは丸弧に会っていなかった。元気かどうか会いたいな、と、かつて店の前で行き倒れていた若者を思いやるのはマリアらしかった。

マリアをアパートの階段の下に待たせて、足取りも軽く、紫紋は自分の部屋へと向かった。ドアを開けようとして、おや？　と手を止めた。

鍵がかかっている。丸弧が部屋に居ついてからというもの、部屋の鍵はいつも開けっぱなしだったのに。

紫紋は、二度、三度、ドアノブをガチャガチャ言わせた。ドアをノックして、「おい、マルコ？　いるのか？　開けてくれよ」と声をかけた。

返事がない。

一瞬、悪い予感が胸を貫いた。紫紋は、ポケットから鍵を取り出すと鍵穴に挿した。急いでドアを開ける。

部屋の真ん中にあるこたつにうずくまっているはずの丸弧の姿がなかった。玄関先に転がっていた丸弧の潰れたスニーカーもなくなっていた。

——出ていった？

いちおう合鍵を渡してはあったのだが、律儀に施錠して出かけたというのが、かえって不穏だった。

階段をひとり下りてくる紫紋の顔色が失せていることに、マリアはすぐに気がついた。

「丸弧君は？」

紫紋は首を振った。

「……いないんです」

「どうしたの。買い物？」

もう一度、首を横に振る。

「あいつ、金持ってないし。いつもは、おれが帰ってくるまでどこにも出かけないみたいだったのに」

そう、とマリアが小さく言った。

「春だからね。出かけたくなったのかも」

もっともな話だ。引きこもりの青年すらも外へ引っ張り出すほどの陽気だった。

春の陽気に誘われて出かけたのであれば、あいつも正常な人間になったってことじゃないか。

「お弁当、部屋に置いてってあげよう。私たちは店に戻って食べればいいから。昼定食の残りがもう少しあるし」

マリアに言われて、紫紋はタッパーの包みを持ってもう一度部屋へ戻った。こたつの上に包みを置く。こたつ布団に手を触れると冷たくなっていた。それで、ずいぶんまえに出かけたのだとわかった。

なんでもないさ。——あんなやつでも、春に誘われたんだ。

自分に言い聞かせて、部屋を出た。後ろ手にドアを閉めた瞬間、遠くの空で不穏な音が響いているのを耳にした。

晴れ渡っていた春空に、みるみる雲が広がっていく。こんなふうに、あっというまに空模様が変わるところも、この土地はどことなく紫紋のふるさとに似ていた。

暗闇の中で、携帯電話が光を放って震えている。

「吟遊」の社員寮、四畳半一間のアパートの部屋で、大の字に寝そべったまま、もうどのくらい時間が経ったのだろう。

カーテンの隙間から、かすかに明かりが漏れ入ってくる。隣の家の二階の明かり。

きっと迷惑してるだろうな。連日連夜、テレビや新聞や、マスコミが押し寄せてきたもんな。周りの家じゅうに、聞きこみしてたもんな。

「吟遊」で食材の使い回しをしていた板前が、そこのアパートに住んでいますね？　いったいどんな男でしたか？　自殺した若い見習いとはどういう間柄だったんですか？

そう、まるで人殺しを吊るし上げるような勢いで。

あの日──紫紋が思いを寄せていた仲居の晴香に、東京都福祉保健局に内部告発したメールを見せられたあの日から、紫紋の世界は一変した。

そして、渋谷警察署の霊安室で、人間のかたちをどうにかとどめた肉の塊を目にした瞬間。

それが後輩の悠太なんだと警察官は言っていた。

あのとき、紫紋は悟った。自分の夢はこれで終わりなんだと。

働きづめの母を手伝いたくて、料理を始めた。意外にも楽しくて、やめられなくなった。

紫紋が作るおまんまが、この世で一番、うまがっぺ。紫紋がおまんま作って待っでるって思うど、母ちゃん、走って帰ってきちゃうんだべよ。

ふるさとでの、十代の日々。いつも待っていた。母が帰ってくるのを。

いつか、故郷でひとり暮らす母を呼び寄せて、「吟遊」に招待する。最高の料理をこの手で作って、悠太に盛り付けてもらい、晴香に運んでもらう。そんな空想をして、一日いちにちを繋いでいた。

その夢が、消えてしまう。

けれど紫紋は、告発者である晴香を助けたかった。命を賭けて晴香を救おうとした悠太をかばいたかった。

――自分は、板場の不正を内部告発しました。

晴香をふるさとに帰した日――つまり、悠太の死を確認した日の午後、ようやく「吟遊」へ出向いた紫紋は、三人の社員――紫紋と悠太、そして晴香――が無断欠勤をしたことに怒り心頭になっていた料理長に向かって、告げた。

あなたは、嘘つきだ。……あなたは、裏切った。

お客さんと……晴香さんとを。

こんな腐った料亭、なくなればいい。

だから……告発しました。

途切れても途切れても、またかかってくる電話。紫紋はようやく重たい体を起こして、ぶるぶる震える携帯を手に取った。

着信を知らせる液晶には、「母」の文字が浮かび上がっていた。

紫紋は、そのなつかしいひと文字をしばらく眺めた。そして、「切」キーを押した。

あれが、母との——故郷との永遠の断絶になるとは、あの瞬間、まだ気づかずに。


夕方の空に、ときおり妖(あや)しい閃光(せんこう)が走る。

ずっと遠くの空が鳴っている。春雷が近づいてくるのを耳にしながら、紫紋は、「まぐだら屋」の厨房で夜の仕込みに没頭しているふりをする。

窓際に身を寄せて、海を眺めていたマリアが、「ねえ」と振り向いた。突然声をかけられて、紫紋は包丁を持った手をすべらせそうになった。

「帰ってきてるかな、丸弧君。部屋に戻って見てきたほうがいいんじゃないかな」

ああこの人も同じことを考えていたのだ。紫紋は何か救われたような気がした。

紫紋は、急いで前掛けを外して調理台の上に放り投げた。

「……見てきます。十分で帰ります」

店を飛び出すと、アパートに向かって走っていった。

濃厚な雨の匂いがする。いまにも降り出しそうだ。紫紋は息を切らしてアパートの部屋に飛びこんだ。

部屋は、やはり空っぽだった。昼間に置いていった弁当の包みは、こたつ板の上にそのまま載っていた。

「あいつ……どこ行きやがったんだ」

独り言が口をついて出た。鍵をかけずに部屋を出て、階段を走り下りてから、はっとした。

おれが今朝、あいつを連れていったところ。

——菜の花畑だ。

いちめんの黄色、菜の花畑へ、紫紋は駆け寄った。湿った風に小さな花々が揺れている。薄暗くにじみ始めた黄色の絵の具の真ん中に、ぽつんと人影が見えた。紫紋は、その人影目指して花々のあいだを分け入った。

はたして、放心したように丸弧が座りこんでいた。

すぐにでもぶん殴ってやりたい気分をどうにか抑えて、紫紋は痩せた背中に声をかけた。

「ひとりでピクニックかよ？」

ぼさぼさ髪の小さな頭が振り向いた。紫紋をみつけると、無表情のまま、ゆっくりと立ち上がった。

「歌、探しにきたんです」

紫紋は両手で拳を作った。この馬鹿は、一発や二発殴ったところで治りそうもないな。

「子供の頃に、母ちゃんに教わった歌……」

霞をつかむように、丸弧の両手が空を泳いだ。右手に固く握られた尖ったものがぬらりと光る。左手が、まるで別の生き物のように、ぶるぶると震えている。いましがた釣り上げられて呼吸のできない魚、黒々と血に染まった怪魚のように。

ぽつり、と頬を打つ雫があった。近づいているのか、遠ざかっているのか。それすらもわからないほど、はるか彼方で春雷が轟いていた。

第十一話　聖母

六畳一間のアパートの部屋、こたつを真ん中に挟んで両側に、紫紋と丸弧、ふたりの青年が横たわっている。

古いシーツを洗濯ばさみでぶら下げただけの即席のカーテンは、紫紋がこの部屋に入居したときのままだ。その向こう側がうっすらと明るくなり始めていた。雀のさえずりも聞こえてくる。枕元の目覚まし時計を見ると、五時半だった。

日が長くなってきたな、とぼんやりと思う。冬には六時を過ぎなければ部屋は明るくならない。確実に季節は動いているのだ。その事実にほんの少し慰められる思いがした。

こうして早朝に目が覚めてしまうのは、板前修業を始めた頃からで、すでに体にしみついた習慣だった。朝が訪れるまえに起床して、冬には凍りつきそうな空気の中、板場へ出る支度をした。六時には板場に着いていたことを思えば、いまの仕事は十時に店に着いていればいいのだから、かなり楽だ。それなのに、いつも九時まえにはアパートを出てしまう。携帯もテレビもないし、起きてしまったあとすることがない、というのもあったが、一瞬でも早くマリアの気配を感じられる場所に行きたかったのだ。それは、丸弧がこの部屋に転がりこんできて、なりゆきで同居を始めてからも変わらないことだった。

次第に明るさに満たされつつある部屋の中で、紫紋は、シーツ一枚隔てた向こうの世界に、あっけらかんと春がやってきている不思議を思った。

世界は、まったく自分たちとは無関係に、まぶしい季節を迎えている。

勤め先の老舗料亭が起こした食品偽装・使い回し事件の渦中から逃れてきた自分と、どういう理由からか、自らの手首を切った丸弧。ふたつの体が、こたつを挟んであっちとこっち、朝を迎えようとしている。

命が芽吹き、花ほころびる世界が、この日に焼けたシーツの向こう側に存在している、ということが、不思議でならなかった。


昨夜、左手首を血だらけにしていた丸弧を菜の花畑の真ん中で発見してから、自分のしたことを反芻すると、あれでよかったのかどうかわからない。

紫紋は興奮して暴れる丸弧をどうにか部屋へ連れ帰り、克夫からもらって置いてあった古シーツを細く引き裂いて止血の処置をした。板場で指を切ることがよくあったので、止血の方法は心得ていた。そのあいだじゅう、丸弧は震えて目を見開いていた。自分の身に起こった出来事ではなく、他人の傷口を見せられておびえる子供のように。

それから紫紋は丸弧を引っ張り出して、克夫の家へ連れていった。克夫はふたりを見て驚いたが、事情を説明せずとも、一番近い病院——女将を回診してくれている立浪医師の小さな医院——へ軽トラックで連れていってくれた。もちろん診療時間外だったが、緊急の患者は受け付けるようで、立浪医師はすぐに診察をしてくれた。七針縫う「怪我」だった。

「こんな遅くに、申し訳ありませんでした」

治療が終わってから、紫紋は立浪医師に頭を下げた。自分も保険証を持っていないのだ、丸弧が持っているはずもない。治療費の支払いをどうしたらいいか、と思ったが、

「治療費のことは、後日話しましょう。今日のところはいいですから」

医師のほうから、そう言ってくれた。こういうことは慣れている、という応対だった。

処方された薬を飲ませると、すべてをなかったことにするかのように、丸弧はあっけなく眠りに落ちた。音を立てないように玄関から出て、鍵をかけると、紫紋は夜道をマリアの家へと急いだ。

昼間、丸弧がいなくなってしまったあとに何が起こったか、マリアはまだ知らずにいる。

ひょっとすると、自分が何か伝えに来るのを待っているかもしれない。

道路に面した台所の窓からは、心細く明かりがこぼれていた。玄関の引き戸を叩くと、す

ぐに開いて青白い顔がのぞいた。

あれこれ前置きをしても仕方がない。紫紋はすぐに言った。

「あいつ、手首切りました。カツオさんに立浪先生のとこへ連れてってもらいました。七針縫ったけど、無事です」

きゅっと口を結んで、マリアはそれを受け止めた。

「いまは、どうしてるの」

「薬飲んで、寝てます。落ち着いています」

「そう……」

安堵(あんど)と心配が入り交じったような色が、マリアの目に浮かんだ。紫紋は複雑な気持ちになった。

「明日は、そばにいてあげて。お店のほうは大丈夫だから」

そう言われて、紫紋はうなずくしかなかった。

店に迷惑をかけたくはなかったが、丸弧をひとりにすれば再び自傷行為をしないとは言い切れない。せめて一日くらいそばにいてやったほうがいい。

「すみません。心配をかけてしまって」

マリアは微笑んだ。

「どうしてあなたがあやまるの？」

丸弧をかばっている自分に気がついた。まるで、弟の非をかばうかのように。

「いや、別に……同居人のよしみです」

言い繕って、うつむいた。

「優しいのね」

囁くような声がした。紫紋は、こっそりと視線を上げた。薄暗い裸電球に照らし出されて、濡れたような瞳がみつめている。あわてて目を逸らすと、

「じゃあ、これで。おやすみなさい」

ぶっきらぼうに告げて、玄関を出た。

おぼろ月夜の道をアパートへ向かう。じれったい気持ちでいっぱいだった。マリアに、丸弧のことで心配をかけたくない。いやだったのだ。マリアが、自分ではないほかの誰かを心配することが。こっちじゃなくて、そっちのほうに気持ちが向いてしまっているのが。

「はあ。ちっちぇーなあ、おれ」

ため息をついて、地面を蹴った。丸弧をうらやましいとすら思った。子供のようにすねている、こんな自分をどうしたらいいかわからなかった。

起きることを忘れてしまったように、丸弧はこんこんとよく眠った。

紫紋はいつも通りに起きて、布団を上げ、朝食をすませたが、なお丸弧が起きる気配がないので、この調子なら店に行っても構わないかもしれないな、とも思った。が、店に顔を出せば、きっとマリアに帰ってくれと言われるだろう。今日いちにちは丸弧君のそばにいてあげて、と。そんなふうに言われればくやしいに決まっているので、仕方なくこたつの前にあぐらをかいて、眠りこける丸弧を観察することにした。

少し伸びた髭のある頬とあごは尖ってはいるが、そう不健康な感じはしない。髪の毛はぼさぼさだが、髭は毎朝、紫紋が出かけてからきれいに剃っているようだった。かけ布団の上に投げ出した両手の爪も短く切ってある。長いこと引きこもりをしていたわりには、身だしなみをそれなりに気にしているんだな、と気がついた。

おめも、東京さではだらくんなら、ちょっこしめかして、身だしなみさ気ぃつかえっぺな。そんなふうに言って、母は、故郷から送ってくれる宅配便の中にホームセンターで買ったセーターや靴下を入れてくれたものだ。手鏡が入っていたこともある。何を入れようか悩んだあげく、目についたものを入れた。そんな感じが微笑ましかった。

紫紋は、無防備に放り出されている丸弧の左腕を眺めた。手首には包帯が巻かれてある。

そこだけが別の生き物のようにくっきりと白い。寝息のリズムに合わせてかすかに浮き沈みするその包帯をみつめて、紫紋は、自分とわずか五歳しか違わない年頃の青年たちの死に向かう一途さを考えた。

悠太も、丸弧も、迷いがなかったのだろうか。自らの人生に——まだほんの二十年しか経っていない人生に決別することを、あっけなく決意してしまう一途さ。

ほんの五年、彼らより長く生きているだけなのに、自分にはその一途さがなかった。けれど、そのおかげで、どうにかこうして生きている。

そんなことを思いながら、その日はずっと丸弧の傍らで過ごした。

日中、窓を開けた。いい匂いのする風が部屋に吹きこんだ。シーツのカーテンをたぐり上げると、道のはずれに菜の花畑の黄色が見えた。まぎれもない春がそこにはあった。

翌朝、いつもより三十分早く店に出た。そして、それを知っていたかのように、いつもより三十分早くマリアがやってきた。

紫紋が店の前を掃き掃除しているのをみつけ、「おはよう」とマリアが声をかけた。

「今日は早く来たつもりだったのに……さきを越されちゃったな」

紫紋は、几帳面に頭を下げた。

「きのうはすみませんでした。店、大丈夫でしたか」

マリアはうなずいた。

「なんとかね。でもやっぱり、ひとりだと回すの大変」

そう言ってから、ため息をついた。

「不思議よね。紫紋君が来るまでは、なんとかひとりでやりくりしてたくせに。なんだかもう、すっかり紫紋君に頼っちゃってるんだなあ」

その言葉には、素直な響きがあった。胸の中を窮屈に流れる小川に、ふいに手を浸されたような気がした。

「あいつも、もう大丈夫です」

問われるまえに告げた。マリアの口もとが、ほっと緩んだ。

「そう。大丈夫なのね」

きのうは一日、丸弧は眠りこけていた。夕方、一度目覚めたので、鍋で炊いた白米を茶碗に盛り、梅干し一個を載せて「これ食え」と丸弧に差し出した。丸弧は目をしょぼしょぼさせて、また眠ろうとしたので、「食え！」と、強制的に箸を持たせた。すると、スイッチが入ったようにものすごい勢いでご飯をかきこんだ。そのまま三杯、食べた。食べ終わって大きく息をつきながら、丸弧は言った。

「ああ、うまかったあ！」

その話をすると、マリアはくすくすと笑い出した。

「かなり元気なんだね」

「元気ってか、ゲンキンなやつです」

紫紋が返すと、マリアは楽しげに声を上げて笑った。

「今日もまだ寝てるの？」

「いや、全然。五時頃起きて、『腹減った、シモンさ〜ん、めしぃ』って。うるさくって、起きちゃいましたよ」

マリアはさも面白そうに笑っている。紫紋もつられて笑ってしまった。

まったく、現金なものだ。二十歳の若者は、死ぬ、ということにも一途なのかもしれないが、生きるとなると、いっそうがむしゃらだった。

マリアと紫紋は、いつもより早く仕込みにかかった。そろそろ克夫が到着するだろうと待ちかねていると、案の定、入り口の戸が開いた。カウンターで出汁をとっていた紫紋は、「おはよっす」と顔を上げて、驚いた。暖簾の向こうから現れたのは、丸弧だったのだ。

寝て起きたままのジャージ姿で、丸弧はすたすたと店の中に歩み入った。

「丸弧君？　どうしたの？」

マリアが声を上げた。紫紋はカウンターから飛び出した。物騒な気配を感じたのだ。

「どうしたんだよ。朝飯は食っただろ？　また午後に、昼飯持ってってやるから……」

「電話、貸してください」

紫紋の言葉をさえぎって、丸弧が言った。

「この店にありますよね。電話」

「電話がどうかしたの？」

マリアが口をはさんだ。丸弧は、まっすぐな目をマリアに向けた。

「警察に、電話したいんで」

マリアと紫紋は、言葉を失って丸弧を見た。丸弧は、白い手首をだらりとぶらさげたまま、言った。

「おれ、自首します」

一瞬、意味がわからずに、紫紋は「じしゅ？」とおうむ返しに言った。丸弧は、こくんとうなずいた。

「おれ、母ちゃんを殺したんで。刑務所に入ります。これ以上、シモンさんのとこにいたら、犯人をかくまったとかで、シモンさんまで罪に問われるんでしょう？　犯罪ゲームとかネットでやってたから、おれ、そういうの知ってるんです」

紫紋はあっけにとられた。マリアは全身をこわばらせている。丸弧は、店の片隅に置いてある公衆電話をみつけると、それに向かっていった。

「ちょっ……おまっ、お前何言ってんだ⁉」

紫紋は、後ろから丸弧の肩をつかんだ。その勢いで丸弧の体がよろけた。そして、あっけなくどさりと床に倒れこんだ。

「マルコ⁉」

紫紋は膝をついて丸弧を立ち上がらせようとした。が、動かない。そのまま床に伏せて、じっとしている。その背中は、シーツの包帯を腕に巻き付けたときに逆戻りしてしまったかのように震えている。

なんてことだ。

本気なのか？　ほんとうなのか？

母親を殺したって……。

戸惑う紫紋の横に、マリアが音もなく近寄った。そして、その場にしゃがむと、丸弧の背中に向かって言った。

「話、聞かせて」

丸弧の背中は、しばらくのあいだ、ただ震えるばかりだった。紫紋は、薄っぺらい背中が床に張りつくのを見下ろしていたが、マリアの隣にしゃがみこむと、丸弧が語り始めるのを待った。

ゆらりと背中が大きく動いた。丸弧は、床にしゃがみこんでいたマリアと紫紋に向かい合った。ひび割れた唇がやっと動いた。

「……つまんねえ話、ですよ」

おれ、母ちゃんを殺しました。

おれが手を出したわけじゃない。でも、結果的にはおれが殺したようなもんです。

引きこもってました。五年間も。きっかけは、いじめです。

おれんち、父ちゃんが酒乱で。毎日毎日、母ちゃんやおれのこと殴って。ひでぇ親父。飲み屋の女をアパートに連れこんで、おれと母ちゃんが寝てる隣の部屋でヤっちゃうような、動物みたいな男で。母ちゃんが、このままじゃあいつに殺されるって、おれを連れて逃げ出しました。中二のときです。

どっかちっちゃい町のぼろアパートに、おれら、住み始めました。

母ちゃんは、昼も夜も働きっぱで。おれは転校先の学校で、ゴミとかウンコとか言われていじめられました。すんげえガタイのでかいやつがいて、先生もおそれてた。そいつの犬にされて、めちゃくちゃされました。学校の連中はみんないじめを知ってたけど、そんなん、誰もどうすることもできない。おれは、このままじゃ殺されるって思って、校長にメールしました。そしたら次の日に、そいつに呼び出されて、なあ、どっかのだれかがこーちょーにメール書いたらしいべ？　助けてくれって？　きょういくいいんかいのえらいひとに言いつけるって？　だれだっけかな、そんなメール書いたんは？　そう言われました。

おれ、まじで恐怖を感じて、助けてください、殺さないでください、って泣きながら頼んだんです。そしたらそいつ、言ったんです。おれはウンコなんか殺さねえよ、手が汚れるし。それで、ぶっといカッターをおれの目の前に投げて、言いました。

死んでみ？　これで。自殺してみ？　できるだろ？

お前が死んだら全員が幸せなんだよ。お前みてえなウンコが生きてっからややこしいんじゃね？　お前が死ねば、ぜんぶうまくいくんだよ。世の中のにんげんは、全員、お前の存在がうざいんだよ。

消えろ。さっさと死ね。一秒でも早く。

おれ、カッターを握って、いや、握らされて、左手首に、思いっきり、ぐっさ、って刺しました。血が、だらだら流れて……あとのことは、よく覚えてません。でも、それっきり、学校には行かなくなりました。

母ちゃんには、パソコン買ってくれなきゃ、ネットを繋いでくれなかったらまた自殺する、って言って、脅しました。どうやってそんな金を作ったのかわからない。母ちゃんは、おれの言う通りに、パソコンを買って、ネットに繋いでくれました。そうして、おれはおれの世界に引きこもる準備を整えて、このさき一生外の世界へ出ないつもりで、三畳の部屋で生き始めました。

朝昼晩、朝昼晩、カップ麺食い続けました。母ちゃんは仕事に出るときに、カレーやら握り飯やら作ってくれたけど、おれはわざと食わなかった。それは、おれの世界の食いもんじゃなかったからです。母ちゃんにも会わない、おれの世界の住人じゃないから。おれの世界で呼吸できるのは、おれだけ。あとは仮想空間の住人たち。おれはイケてるアバターを作って、仮想空間の住人たちとどんどん繋がって、そこで友だちも彼女も作って、いい気分だったんです。おれはもう、この世界から一歩も出る気はなかった。出てこいなんて言うヤツは、ひとり残らず殺す。そう決めてた。

実際、おれに「出てこい」なんて言う人間はいなかった。たったひとり、母ちゃんを除いて。

母ちゃんは、毎日毎日、おれにメールを送ってきた。出てきてよ、顔見せてよ、って。メモに走り書きで「お弁当おいとくよ」、「食べたいものない？」、「母ちゃんにも、ネットのこともっと教えてよ」とか書いて、部屋のドアの前においてある。おれはそれをみつけるたびに、苦々しい思いになって、ぐしゃぐしゃに丸めて壁にぶつけた。ほっといてくれよもう、うぜえんだよ。そうつぶやいて。

そんな生活を、中三のときから最近まで、やってた。

ちょっとまえのあるとき、おれの掲示板におかしなことを書きこんでくるヤツがいた。母ちゃんうざい、っておたくしょっちゅう書いてるけど、殺してやろうか？

ちょっと面白いなと思って、おれはそいつとウラでやりとりを始めた。おう頼むぜ殺してくれ。ただじゃねーぞ。いくらだよ。十万。たけーよ。じゃ五万。三万にしてくれ。しょうがねえなわかった。そんなやりとりをして楽しんでたんだ。

何週間か経って、突然そいつが、お前の母ちゃん殺し明日実行する、と書きこんできたんだ。今日午後三時までにおれの口座に三万振りこめ、そしたらお前の母ちゃんを明日の朝までに処分する。わかったな、って。それでおれ、なんかわくわくして、初めて母ちゃんにメールを送ったんだ。

これこれの口座に三万振りこんでほしい。じゃないとまたいじめられる。

そしたら、すぐに返事がきたんだよ。わかった、って。おれは笑ったね。だって、おれ、もう十九ですよ？　いじめられるって、誰に？　部屋から一歩も出てねえのに？　なんでそんな嘘信じるんだよ、って。あんまりばかばかしくって。

それで、午後二時五十五分に、母ちゃんからメールがきた。振りこんだよ、って。仕事を抜け出して、三時にまにあうようにコンビニへ走っていったんだ。まにあった、よかった、って、嬉しそうなメールからは、母ちゃんが息せき切ってる感じが漂ってて、おれ、まじでおかしくなって、笑った。

その夜、母ちゃんが帰ってくる気配がなかった。朝まで起きているのはいつものことだったけど、その夜に限ってなかなか母ちゃんは帰ってこなかった。心配になったわけじゃない。ただ、ほんのちょっと……いつもと何かが違うのが、気持ち悪かったんだ。

夜中の三時頃、玄関のドアが開いて、足音を忍ばせて母ちゃんが帰ってきた。おれはなぜだか、胸をなで下ろした。そして、ああ母ちゃん気の毒にな、どっかのネット詐欺師に騙されて、三万とられちゃってさ、と声を殺して笑った。ざまあみろ、と思った。お前に人殺しなんかできるもんか、詐欺師め。殺人予告をしてきたどっかの誰かを、おれは哀れみ、あざけり、心の中で抹殺してやった。それから、急に眠たくなって、寝ちゃったんだ。

次の日、午後に目が覚めた。母ちゃんはとっくに仕事に行ったんだろう、隣の部屋に人の気配がなかった。トイレに行こうと思って部屋のドアを開けたとき。

おれ、見たんだ。母ちゃんを。いや、母ちゃんのかたちをした死体を。

母ちゃんは、いや、母ちゃんのかたちをしたそれは、座卓にぐったりと臥せっていた。目をつぶって、口は半開き。鼻から血が流れ出して固まっていた。なんだろう、あれは……あれは、人のかたちをした、別のものだった。

母ちゃん？　と、おれは一度だけ、呼んでみた。返事はなかった。

殺した？

どっかの、誰かが？……いや、違う。

殺したんだ。……おれが。

すぐに警察か救急車を呼ぶべきだったと思う。大声で人を呼ぶとか。でもおれがやったこと、それは……。

逃げること、だった。

おれは母ちゃんのバッグから財布を抜き出して、自分の鞄につっこんだ。押し入れの中から中学時代のコートを引っ張り出して、ほかにはなんにも持たずに部屋を飛び出した。逃げろ、逃げろ、と本能が頭の中で指令を飛ばしていた。逃げろ、逃げろ、逃げろ。できるだけ遠くまで、誰にもみつからないところまで。

死んだ。母ちゃんが。いや違う、殺されたんだ。殺したんだ、おれが。

殺人予告したどっかの誰か。おれは、おれの名前も住所も、母ちゃんの特徴も、そいつに話したわけじゃなかった。だから、そいつが母ちゃんを殺せるはずなんかなかった。おれは楽しんでいたんだ。名前も知らないどっかの誰かと、残酷な遊びを、自分の母親を餌食にして。

おれが部屋を出てくる日を待っていた、たったひとりの母親を。

おれは、おれは、おれは――殺したんです。


店の中の空気が、重く澱んでいた。

丸弧の告白を、微動だにせず、マリアと紫紋は聞いていた。紫紋は、大きな石でも握るように、両手で拳を固めていた。丸弧の発するひと言ひと言が、恐ろしいほど全身にのしかかってくる。紫紋は、その絶望的な重さにくじけそうになった。

全部話し終えて、魂が抜けたように、丸弧はあぐらをかいたままうなだれた。しゃがんで聞き入っていたマリアは、ぴくりとも動かない。どうしたらいいんだ、と紫紋がまぶたを伏せたそのとき。

「お母さんはね。きっかけを作ったのよ」

マリアが、口を開いた。紫紋は、そっと目を上げてマリアを見た。

「あなたが部屋から出てくるきっかけを作ってくれたんだと思う。だから、いいのよ。これで」

丸弧は、目を見開いてマリアをみつめている。その目に、またたくまに涙があふれた。マリアは、いまにもこわれそうなガラスの青年に向かって、静かに両腕を差し出した。

「いいのよ」

吸い寄せられるようにして、丸弧は、マリアの腕（かいな）に抱かれた。堰（せき）を切ったように、痩せてくぼんだ目から涙がこぼれ落ちた。

丸弧は、泣いた。声を上げて、赤ん坊のように。マリアは、その背をいつまでも優しく撫でていた。励ましも、慰めも、どんな言葉もかけずに。ただ、聖母のように。

紫紋は、もう一度、まぶたを伏せた。これ以上、みつめていられなかった。寂しく、まぶしいふたりの姿を。

第十二話　奇跡

湯気が立ち上る音が聞こえてきて、紫紋は目を覚ました。

上半身を起こして台所を見る。裸電球が点った炊事場の前に佇んでいる人影は、丸弧だ。

枕元の時計を見ると五時半だった。紫紋は大きなあくびをして、「おはよう」と痩せた後ろ姿に声をかける。

「おはよっス」

振り向いて丸弧が返す。湯を注ぐ音がして、インスタントコーヒーの香りが漂ってくる。

紫紋は腰を浮かして、部屋の真ん中に下がっている電灯の紐を引っ張った。いまは座卓になっているこたつへと、丸弧がマグカップと湯呑を運んでくる。

「お前、早起きになったなあ。おれより全然早いし」

コーヒーをひと口啜って、紫紋が感嘆の声を漏らした。

「最近ずっとさきを越されてるよなあ。ひょっとして、寝てないとか？」

「寝てますよ。十一時には電気消してるじゃないっすか。毎日六時間、ばっちし寝てます」

さわやかに丸弧が返す。

「だけどおれ、ちょっとまえまで十二時間睡眠だったんすよ。朝六時に寝て、夕方六時に起きるって感じで。人間って十二時間は寝なくちゃ生きてけないもんだと思ってました。案外イケるもんっすね、六時間くらいでも」

のんきなことを言う。つい最近自殺を図った人間の言葉とは到底思えない。

そう、あれはほんの二週間まえの出来事だ。この二十歳の青年が自らの手首を切り、母親を殺したから自首をすると言い出したのは。そして、マリアの腕の中で子供のように泣いたのは。

あの事件を境に、丸弧はあきらかに変わった。ほんの少し協力的になった、と言ったらいいだろうか。紫紋に迷惑をかけまい、マリアに心配をかけまい。そんなふうにこっち側を気にするようになったのだ。

朝は紫紋より少し早く起きて、コーヒーを淹れてくれる。出かけるまえにふたりして布団を畳む。昼食時には自分からまぐだら屋へ出向いて、マリアや紫紋と一緒に昼食をとる。紫紋が帰宅すると、座卓の前にあぐらをかいて、克夫や常連客から借りた本——地元の歴史や伝説、釣り、菜園の作り方、魚料理のレシピなど、いかにも害のなさそうな内容の——を読みふけっている。紫紋の持ち帰ったまかないの残りを食べ、たあいない会話を交わす。ときに克夫からもらった地酒をちびちびとコップで飲み、いい気持ちになって、十一時過ぎには電気を消して就寝する。

何事も起こらない、平凡な生活。気がつけば、紫紋と丸弧の暮らしは、凪いだ海のようなおだやかさに包まれていた。

丸弧は、病気の人が回復に向かうときに発するひたむきな力に満ちていた。自分の置かれている状況をいまは素直に受け入れ、なんとか生きていこうと前を向く丸弧を、紫紋は、傷ついた野生の鹿が自分の傷口を舐め、立ち上がろうとするのを見守るように、静かにみつめていた。

丸弧がこんなふうに変わることができたのは、あの日、マリアが彼を受け入れたからだ——と思う。

あの日、丸弧は自分の過去をぶちまけた。紫紋はどうしたらいいかわからなかった。あまりにも重い丸弧の過去に自分の過去が重なった。お前はこんなことをやらかしたんだぞ、と秘密を暴かれた気がした。丸弧の手首を無慈悲に刻んだカッターナイフが紫紋の胸をも貫いた思いがした。

けれど、マリアは違った。

マリアは、丸弧のいっさいを、ただ受け止めた。いいのよ、というひと言とともに。

マリアの腕に抱かれて、声を放って泣いた丸弧。まばゆい聖画を目にしたかのように、紫紋は立ち尽くすばかりだった。

涙がこみ上げた。なぜだろう、赦された気がした。――自分までもが。

何も問わずに、ただ受け入れる。その行為を丸弧にし得たのは、いままで、たったひとり、彼の母親だけだっただろう。けれど、その母は、もういない。今度は、丸弧がその現実を受け入れる番だった。マリアのもの言わぬ抱擁は、さまよう青年にそう教えていた。

丸弧は、そうして、受け入れたのだ。唯一の理解者であり庇護者(ひごしゃ)であった母を失ったことを。

このさき、丸弧がどうするつもりなのかわからない。けれど、ここにいるつもりならばそれでもいい。そのほうがいい、と紫紋は考えていた。

死んだ母親を放置して逃げ出してしまったのだ。当然、実家のアパートはその後騒ぎになったことだろう。他殺の可能性も検証されているはずだ。丸弧の言っていることが真実ならば、ネット上の「殺人依頼」のやりとりを警察が押さえているに違いない。「殺し屋」の口座に三万円を母親に振りこませた、とも言っていた。

丸弧がやりとりをしていた相手、「殺し屋」はもう取り調べを受けたかもしれない。殺人予告の日にほんとうに母親が死んでしまったとなれば、警察は他殺の嫌疑をかけるだろう。「殺し屋」と彼女の息子の両方に。

ネット犯罪と引きこもりの息子の母親殺しの容疑、その後の息子の蒸発。かなり大きなニュースになっているかもしれない。マスコミは刺激的なニュースに常に飢えているのだから。自分が関わった老舗料亭のスキャンダルなど、とっくに忘れ去られているかもしれなかった。けれど、いま、世の中で何が取りざたされているか、この尽果にいる限り、紫紋も丸弧も知る由がなかった。いっさいの情報が遮断された世界を、これほどまでにありがたいと思ったことはない。ネットや携帯ばかりではない。テレビも、新聞も、雑誌も、書物も、注意深く排除されているんじゃないかと思えるほど、世間のどんなニュースもこの集落には伝えられないのだ。製錬所に勤めている男たちの世間話の中にすら、世の中で騒ぎになっていることは出てこない。心を迷わせるいかなる情報も耳に入らないという不思議は、この場所に守られているという不思議でもあった。

守られているんだ。ここにいる限りは。

そんな思いに支えられて、一日、いちにちを生きている。

朝食を終え、丸弧が台所で洗い物をしているあいだに、紫紋は布団を上げ、押し入れに入れた。蛇口から水が流れる音、皿の触れ合う音。自分ではない誰かが立てる生活音は、耳に心地よかった。ひとりではない、ということを思い出させてくれるようで。

まったく、と紫紋は押し入れの中に重ねた布団の上に枕をふたつ、放りこんで、苦笑した。

慰められてるのは、あいつじゃなくておれのほうかもしれないな。

いま、誰かと一緒にいる。ひとりじゃない。

そんなふうに思いたがっているのは、きっと自分のほうなんだ。


その日の午後、昼食が終わって、紫紋が後片付けをしようとしたところ、「おれがやります」と唐突に丸弧が申し出た。紫紋とマリアは、驚いて顔を見合わせた。

「どういう風の吹き回し？」

マリアが不思議そうに訊くと、

「おれ、なんにもしないで食って寝てばっかなんで。なんか、役に立ちたいんです」

素直に言う。紫紋とマリアはもう一度顔を見合わせたが、

「じゃあ、片付けはいいから、別のことをお願いしてもいいかな。大切なこと」

マリアが言った。内容も聞かずに、はい、と丸弧は返事をした。

マリアは女将専用の弁当箱を取り出して、手早く総菜とご飯を詰めると、「はいこれ。配達お願い」と差し出した。

「なんすか、これ」丸弧はきょとんとしている。

「あなたの命の恩人へ、配達」とマリアが答えた。

「この店の女将さん。あなたの治療費、支払ってくれたのよ」

えっ、と紫紋は驚きの声を出した。

「女将さんが、こいつの治療費を？」

マリアがうなずいた。紫紋は驚いてさらに訊いた。

「だって、こいつ、保険証も持ってないのに？……けっこう高額だったんじゃないんですか？」

「だからよ。だからなの」

自分に言い聞かせるように、マリアは返した。今度は紫紋と丸弧が顔を見合わせた。

どういう経緯かわからないが、治療費を払ってもらったとなれば、丸弧は直接女将に礼を述べるべきだ。そのきっかけを、マリアは作りたかったのかもしれない。

初めての面会なので、紫紋もついていくことにした。いっときは死にかけた人間に、まさか厳しい言葉をぶつけるとは思えないが、あの女将のことだ、何を言い出すかわからない。

「女将さんって、どういう人なんすか。マリアさんとはどういう関係なんすか」

道々尋ねられて、紫紋は返答に窮した。

「おれも実はよくわかってないんだけど……なんていうか、『絶対的』な存在、かな」

「『絶対的』？」

「まあ、逆らえないって感じだよ。何があっても」

「うわ、おっかね。ＲＰＧゲームの『ラスボス』的な人なんすか？」

「『ラスボス』ねえ」紫紋は苦笑した。確かに、そんな存在かもしれない。

みずみずしい青葉が茂る大きな柿の木の下の門を入って、玄関のすりガラスの戸を三回、叩く。「紫紋です。失礼します」と大きな声で言って、がらがらと戸を開ける。丸弧は玄関脇を見上げていたが、

「おれ、なんか、ここんちの名前知ってる気がする」

奇妙なことを言う。中に入りかけていた紫紋は、「え？」と玄関手前まで引き返した。

丸弧が見上げる先を見ると、表札がかかっている。紫紋は女将の家に来るときはいつも緊張して、表札などに注視することはなかった。「桐江」と刻まれた黒ずんだ木の表札があった。立浪医師が女将を回診していたとき、「キリエさん」と呼んでいたのを思い出す。名字と名前とどっちなんだろう、と紫紋も思ったのだが、その名に記憶がある、と丸弧が言う。

「まさか知り合いじゃないだろうな」

冗談めかして言うと、

「そんな気がする」

真顔で返されて、ちょっと背筋が寒くなった。

ふたりして廊下に正座し、頭を下げて、「お昼のお膳を準備しに参りました」と声をかける。毎度時代がかっているとは思うのだが、これが女将に面会願うときのしきたりのようだから仕方がない。

「どうぞ」としゃがれた声が中から響く。紫紋は顔を上げて言い添えた。

「今日は丸弧が一緒です。治療費のお礼を申し上げたいと」

障子を開けて、中に入った。丸弧は廊下で正座したまま動かない。女将はいつものように布団の上に正座していたが、丸弧のほうを見て、

「入ってごしなれ」

静かに言った。丸弧は黙ったままで、寝室へ入り、正座し直すと、女将に向かって頭を下げた。

「あの、あ、あざっす。その、お金払ってくれたりとか」

目上の人物に礼を述べたことなどないのだろう、丸弧の言葉遣いはめちゃくちゃだった。それじゃ通じねえよ、と紫紋はひやりとしたが、女将は意外にも落ち着いて返答した。

「傷は、もうええんかえ」

一拍おいて、「はい」と丸弧は答えた。そして、今度はまっすぐに女将の顔をみつめると、

「ありがとうございました」

はっきりと言って、もう一度頭を下げた。女将の頬にかすかな笑みが浮かんだ。紫紋は胸をなで下ろした。

それ以上の会話もなく、弁当を渡すと、紫紋と丸弧は女将の家を辞した。ふたりとも黙したままで歩いていたが、アパートと店、それぞれへ続く道の分岐点で、「わかった」と丸弧が急に声を出した。

「『桐江』って名前、本で見たんだ。カツオさんに借りた『地塩村の歴史と伝説』って本」

なんのことを言っているのかわからなかったが、その夜、紫紋は帰宅してからその本を読んでみて、心底驚いた。

地塩村の伝説。それは、いつかマリアの部屋で聞かされた、病気の姫と、その召使いの女――実は姫の母親――の言い伝えのことだった。

姫の病気を治す薬草を探すうちに、尽果の崖から落ちて落命した召使いの名前が「キリエ」。そして「キリエ」はその姿を「マグダラ」という怪魚に変えて、姫のもとに薬草を届けることによって、結局姫の命を救った。姫はその後大名の家に嫁ぎ、やがてその家の名は「桐江家」となったという。桐江家は代々地塩村とその周辺を治め、当主は村人を大切にする善政を敷き、村は漁業で大いに守り立てられた。

つまり、この本に書いてあることがほんとうだとすれば、女将は地塩村一帯の当主の子孫であり、そして、「マグダラ」によって命を繋いだ姫の、そしてその母である「キリエ」の子孫――ということになる。

「なんだこりゃ。ちょっとできすぎじゃないの」

伝説の章を途中まで読んで、紫紋は思わずひとりごちた。まさか、という思いが胸をかすめた。伝説の章の結びにある一節をみつけて、思わず右手で左腕をさすった。鳥肌が立ってしまったのだ。

当主の桐江家は、代々、罪人や落人、被弾圧者を匿(かくま)ったと言われている。源氏や平氏の落ち武者、かくれキリシタン、のちに聖人となった禅僧、明治維新の志士、左派の文学者など、弾圧されつつも歴史上に名を残した人物も多数存在したという。ただし、どのような人物がいたかはいっさい記録に残されていない。

地塩村は一種の治外法権的地域となっていたとの言い伝えもある。その理由は定かではないが、駆けこみ寺のようにも、絶対的聖域のようにもとらえられていたとも言われ、そこへ逃げこんだ者はいかなる罪人であろうとも深追いはしない、との暗黙の了解が時の権力者にあったものと思われる。村の共同墓地となっている名戯寺(なざれでら)に無縁仏が多いのは、この地で没した罪人または被弾圧者が多かったことを物語っている。

それ以来、女将の家に食事を届けにいくのは丸弧の日課となった。

おれ、なんもすることないんで。行かせてください、女将さんのとこへ。

自分から言い出して、昼と夜の一日二回、丸弧は女将の家に通った。そして紫紋に「今日は白イカの甘酢あえがうまかったって」「なすの煮浸しが食べたいって」と女将のメッセージを伝えるようにもなった。いったいどんなことを話しているのだろうかと聞いてみると、たいした会話はないようだった。女将は毎日布団の上に正座して、丸弧が来るのを待っている。丸弧の運んだ弁当箱に向かって手を合わせ、いただきます、ごっそうさん、と言う。食事のあいだはずっと黙っているが、食事がすむと、何々がおいしかった、何々が食べたいというようなことを伝える。ただそれだけのことのようだった。それでも丸弧は、どこか嬉しそうに女将の家へ通うのだった。

「なんなのかな、あいつ。女将さんにすっかり気に入られたみたいだけど、あいつのほうも楽しそうだし」

弁当の包みを抱え、軽い足取りで店を出ていく丸弧を見送って、紫紋が呆れたようにつぶ

やくと、

「きっと嬉しいのよ。誰かの役に立ってる、ってことが」

さりげなくマリアが言った。

誰かの役に立っている。

それは、紫紋が密かに胸の中に宿し続けている希望の灯火だった。こんな自分でも、この場所で誰かの役に立っているかもしれない。だとしたら、嬉しい。そしてその誰かがマリアであるなら、もっと嬉しい。そんなふうに感じていた。

この土地に来た初めの頃、無為に生きている、そのことがただ切なかった。けれどいまは、生きていることの意義を、誰かの役に立っている、と思うことでみつけたかった。

丸弧も自分のように、変わったのだ。この場所に来て、ごくささやかなことだけれど、誰かの役に立っている——と感じることで、生きることも悪くないじゃないか、と思えるようになったのかもしれない。

「あいつ、変わりましたよ。けっこう、気持ちのいいやつになった」

紫紋が言うと、マリアは笑顔になった。

「女将さんと、紫紋君のおかげね」

紫紋は、「いや、おれは何も……」と照れ笑いをして、

「おれのほうが助けられてる気がします」

正直な気持ちを口にした。マリアは、いっそう明るい笑みを浮かべた。

ほんとうのことだった。丸弧がどうにか命を繋ぎ、ささやかな幸福を自分で見出そうとする姿に、紫紋は励まされた。そして自ら命を絶ってしまった悠太の面影を重ね見た。

誰かのことを思いやる気持ち。思い詰めなくてもいい、思いやる気持ちが、あのとき、悠太にも自分にも、あったなら。

悠太は、命を絶たずにすんだかもしれない。そして自分は、悠太を逝かせずにすんだかもしれない。

泥のように重たい後悔に、いままでずっととらわれていた。けれど、この場所でのさまざまな人々との出会いが、清水となって少しずつ泥を洗い流してくれた。

後悔をし続けるよりも、いま近くにいる誰かのことを思いやろう。丸弧を、悠太のようにしてはならないのだ。

そんなふうに思い始めていた。この地で、マリアや女将や克夫、そして丸弧とともに、いつまでもおだやかな暮らしを続けていければ、と。

この地が、きっと自分たちを守ってくれる。だって、そういう伝説の土地なのだから。

一度、丸弧と一緒に、名戯寺の無縁仏の墓に手を合わせにいこう。

どうか自分たちを守ってください、あなたたちが守られたように。そんなふうに祈ろう。


五月も終わりに近づいたある日の夜。店から帰ってきた紫紋を待ち受けていたのは、炊きたてのご飯と味噌汁、梅干しひとつの夕飯だった。

「おいおい、どういう風の吹き回しだ?」

いつかマリアが言ったのを口真似て、紫紋が言った。丸弧は箸を卓上に揃えて、

「おれだってその気になればできるっつうことっす。味噌と梅干しは、女将さんちからいただいてきました。どうぞ、食ってください」

晴れやかに言った。紫紋は笑い出したいのをこらえて、「そうか、じゃあ」と、持ち帰ったタッパーを卓上に載せた。

「今日のテイクアウトはさばの味噌煮とマリア特製きゅうりのぬか漬けだ。炊きたてご飯に合うぞ」

「うわ、うまそう。じゃあおれも、いただきます」

紫紋は店でまかないを食べてきたのだが、それでも初めての丸弧の手料理をふたりして食べた。ご飯はやわらかすぎたし、味噌汁は塩気が強すぎた。けれど、「うまい」と紫紋は言

った。丸弧は照れくさそうな笑顔になった。

こんなふうに、仕事のあとの遅いまかないを、悠太と一緒に食べたっけ。

ご飯をかきこむ丸弧を眺めて、紫紋はなつかしい思いにかられた。こうしていると、悠太の元気な声と笑顔がありありと蘇る。

及川さんの作るまかないが一番うまいっすよ。

おれの味噌汁、どうっすか？　しょっぱすぎませんか？　だめだなあ、おれ、まだまだ及川さんに追いつけねえや。

ねえ、及川さん。おれも、いつか自分の店持って、母ちゃん呼んでやりたいなあ。

夢っすけどね。おれの場合。でも、及川さんは夢なんかじゃ終わらせませんよね？

ねえ、及川さん？

「シモンさん。おれ、ずっとここにいちゃいけないかもしれない」

はっとした。

顔を上げて、正面を見る。丸弧がこちらをみつめている。悠太によく似た目。

「女将さんに訊いてみたんです。おれ、ずっとここにいられますかね？　この場所は、おれらのこと守ってくれますかね？　って。そしたら……」

紫紋は座卓に身を乗り出した。丸弧は視線を逸らさずに続けた。

「『あんたの母ごぜは死んどらんけ。生きとるけ、はよう帰りなれ』って」

紫紋は息をのんだ。思わず丸弧に詰め寄った。

「なんで女将さんが知ってるんだよ？　そんなこと」

丸弧は、少しうなだれた。

「おれ、なんでここまで逃げてきたのか、女将さんに全部話したんです。そしたら、『あんたは母ごぜの死んだんをちゃんと確認したんか？』って訊かれて……それで、思い出したんです。おれ、アパートから駅に向かって走りながら、ケータイで１１９に電話したこと」

××町の〇〇アパート、２０２号室で、おれの母ちゃんが倒れてます。

ひと言だけの電話を、丸弧は消防署に入れたのだという。もちろん、そのあとどうなったのかはわからない。

「馬鹿野郎っ！」

叫んで、紫紋は立ち上がった。丸弧の体が、びくりと揺れた。

「お前、なんでそれをさきに言わないんだよ⁉　女将さんの言う通り、助かってるかもしれないじゃないか！」

丸弧の顔が、一瞬、こわばった。紫紋は肩で息をつくと、腰を下ろした。

「ケータイ、どうした？」

「え？」

「119番したんなら、ケータイ持って出てきたんだろ？」

丸弧はまた、うなだれた。

「ここに来る途中で……バッテリーなくなっちゃって」

紫紋は、丸弧の目の前に手を差し出した。

「貸してみろ」

丸弧は鞄の中を探って携帯電話を取り出すと、言われるままに紫紋の手に載せた。

「電池切れても、起動するとき一瞬生き返ることもあるんだ。知ってたか？」

丸弧は首を横に振った。

「電池切れたの、これが初めてだったんで」

紫紋は携帯を握ると、ぐっと電源キーを押した。ふっと鮮やかな光が点る。『バッテリー残量不足です』と液晶画面にメッセージが現れた。が、次の瞬間。

携帯が震え始めた。紫紋と丸弧は、同時に息をのんだ。

ふたりして、頭をぶつけ合うようにして小さな画面を覗きこんだ。携帯はすさまじい勢いでメールを受信している。五件、十件、十五件、二十件……。止まらない。どんどん、入ってくる。

「か、貸して。貸してくださいっ」

丸弧が紫紋の手から携帯を奪った。液晶の白い光にほのかに照らされた顔が、みるみる崩れていく。べそかき顔になって、丸弧は、母ちゃん、と声を絞り出した。

何十通ものメール。すべて、母からだった。

生きている。母は、生きているのだ。

「母ちゃんっ！」

丸弧が叫んだ瞬間に、ふっと携帯の電源が落ちた。

母ちゃん、母ちゃん、母ちゃん。何度も何度も、丸弧は叫んだ。小さなもの言わぬ箱に向かって。紫紋は、いつしか丸弧の肩をきつく抱きしめていた。飛び立ちそうになる鳥をとどめようとするかのように。

それは、奇跡と呼ぶにはあまりにも些細なことだったかもしれない。けれどそう呼ぶ以外に、どんな言葉があっただろうか。

第十三話　朝靄（あさもや）

梅雨入りまえ、正気に返ったように冴え渡った青空が広がっている。その下の山道を、ワゴンがゆっくりと上っていく。

車を運転しているのは、克夫だ。上機嫌でさっきからずっと鼻歌を歌っている。耳を澄まして聞いてみると、どうやら八代亜紀の「舟唄」のようだ。ずっと昔、母が洗濯をしながら口ずさんでいたのを、助手席の紫紋は思い出した。

「それ、『舟唄』ですね」と言ってみると、

「あっじゃいやぁ、こげな古ぃ歌、知っとるんかえ」

克夫は驚いて、「若いのにの」と付け加えた。

「おれも知ってますよ。名曲じゃないすか」

後部座席から体を乗り出して、丸弧までそんなことを言い出した。

「母ちゃんが歌ってるの、聞いたことがある」

「じゃあ、丸弧君のお母さん、カツオさんと同世代なのね」

丸弧の隣のマリアが愉快そうに言った。

「うちの店でときどきカラオケ大会やるんだけど、あの歌、カツオさんの十八番。カツオさんが歌い出すと、ほかのお客さんもみんな一緒になって大合唱になるもんね」

「カラオケ大会？」紫紋と丸弧は声を合わせた。

「まじっすか。あの店、カラオケセットなんかあったっけ？」

丸弧が訊くと、

「カラカラオケだぁね」と克夫が笑う。「伴奏もなんもなしで歌うんだでぇ」

「あ。アカペラですね」紫紋が膝を叩いた。

「カツオさんのアカペラ……すっげ。パねぇ」

丸弧が、さも面白い冗談を聞いたように笑った。それにつられるようにしてマリアも笑っている。後部座席で笑い転げるふたりをバックミラーに映して眺めながら、紫紋も笑う。

「どがした？　なんがそげにおかしいんかえ」

克夫はいい気分で、本格的に八代亜紀の歌を「カラカラオケ」で歌い始めた。

まるで遠足にでも行くようにはしゃぐ大人四人。日曜日、名戯寺へ無縁仏の墓参りに行くところだった。

死んだと思いこんでいた母が、生きているかもしれない。

三日まえの夜、電池が切れかけていた丸弧の携帯電話は、何度も震えてメールを受信し続けた。母からの無数のメールだった。すっかり混乱してしまった丸弧をなだめ、一刻も早く自宅へ帰るよう、そして母の安否を確かめるよう、紫紋は説得した。近頃めっきり明るくなっていた二十歳の青年は、たちまちおびえた目つきに戻ってしまった。

「帰れません、おれ。とんでもないことしちゃったんすから。母ちゃんのこと、見捨てて飛び出しちゃったんすから」

そう言って、両手の中の携帯を握りしめた。もう一度震えはしないかと確かめるようだった。

「違う。逆だ。お前はおふくろさんを助けたんだよ。逃げ出すまえに、救急車を呼んだんだから。それで助かったから、メールを送ってくれたんじゃないか」

紫紋は恐れおののく丸弧を励ました。丸弧は決して母親を見捨てたのではない。１１９番への一報が、ぎりぎりで母の命を繋いだに違いなかった。

バッテリー切れ寸前だった丸弧の携帯は、母からのメールを受信するのが精いっぱいで、その内容を確認するまではもたなかった。けれど、そのメールには、母の祈りがひたすらにつづられているはずだった。どこにいるの、帰っておいで――と。

紫紋と丸弧は、その夜、まんじりともせず朝を迎えた。そして紫紋は、丸弧を連れて店へ行った。マリアに昨夜の出来事を話すと、「そうだったの」と、つぶやいた。それから、丸弧に向かって静かな声で言った。

「丸弧君。いますぐじゃなくてもいい。だけど、自分が『帰ろう』って思ったときに、帰りなさい」

その言葉を耳にして、すっかり固まっていた丸弧の肩がほぐれるのがわかった。紫紋は、ああこれがマリアの力なんだ、と思わずにいられなかった。

一刻も早く帰れ、帰っておふくろさんに元気な顔を見せてやれ。自分は丸弧を励ましたつもりで、せっついてしまっていたのだ。ふるさとの母のもとへ帰れない自分の苛立ちを、そのまま丸弧にぶつけていたのかもしれなかった。

マリアは何ひとつ押し付けてはいない。丸弧の意思をあくまでも尊重している。それでいて、帰りなさい、と強くあたたかく諭している。

丸弧がうらやましかった。お前は幸せもんだよ、と心の中で文句を言った。そしてやっぱり馬鹿野郎だ。自分が幸せもんだってことに、ちっとも気づいてないんだから。

丸弧はしばらく黙っていたが、

「ひとつ、やりたいことがあるんです。それやったら、……帰ります」

そう言った。それが、名戯寺の無縁仏の墓参りだった。

絶対行こうって決めてたんです。マリアさんと、カツオさんと、シモンさんと、一緒に。

次の休みの日、一緒に行きませんか。


小高い山の中腹あたり、小さな山門をくぐって、紫紋たちは寺の境内へ入っていった。そう大きくない本堂の庇が、涼しい陰を作っている。お堂には木枠の格子がはめこまれ、中の様子はうかがえない。克夫、マリア、紫紋の順に賽銭を投げて手を合わせた。お堂の前でもじもじしている丸弧の手に、「ほら、行ってこい」と紫紋は百円玉を握らせた。丸弧はそれを賽銭箱に落として、長いこと手を合わせていた。その背中を見守る三人が飽きてしまうほど長々と祈っていた丸弧は、ようやく振り返ると、「生まれて初めて願い事、しました」とはにかんで笑った。

「ほいじゃ、わしゃあ、おっ母の墓参りしてくるけ。無縁仏の墓ぁ、このお堂の裏路をずっと下ったところやけ、おまいたち、ふたりで行ってきなれ」

　去年他界した母の墓が寺の墓地にあるということで、克夫はそっちの墓参りに行くということだった。ふたりで行ってこい、と言われて、紫紋は、はあと気の抜けた返事をした。

マリアはどうするんだろう。克夫と一緒に行くのだろうか。

提げていた大きめのトートバッグを地面に置いて、マリアは石灯籠(いしどうろう)の下の石壇に座りこんだ。そして「いってらっしゃい」と三人に笑顔を向けた。

「あれ、マリアさん、行かないんすか」

丸弧が訊くと、

「私、行けないの。ここで待ってる」

笑顔のままで答えた。紫紋と丸弧は、一瞬、顔を見合わせた。

「ほれ。線香、持っていきなれ」

克夫に線香の束とライターを持たされて、紫紋と丸弧は草に埋もれた寂しい山道を下りていった。

「行けない、って言いましたよね、マリアさん。行かない、じゃなくて」

頬を打ちそうなほど伸びた木の枝を避けながら歩いていくうち、背後で丸弧の声がした。

「なんだろ。霊感強すぎて、感じちゃうのかなあ」

なるほど、霊感か。そう言われてみると、奇妙に納得できた。

マリアの澄んだ瞳。心の内側まで見透かしそうなまなざしは、見えないものも見えてしまうのかもしれない。尽果は不思議な力がうずまくところだけに、なんとなくそんな気がした。

伝説を信じるならば、ひとくせもふたくせもある人物がこの地に引き寄せられて、ある者は出ていき、ある者はここで死んだ。かなり磁場の強いところなのだろう。その証拠に、自分も丸弧も、引き寄せられるようにしてこの地へやってきた。

からきし霊感などない自分だが、この地で不思議な出会いを経験し、丸弧が再生する姿をみると、何かしら人智を超えたものの力を感じてしまう。

マリアもまた、そんな力に引き寄せられてここへやってきたのだろうか。

そもそも、どうしてここへ来たのだろう。そしてなぜ留まり続けているのだろう。

ここへ来てもうすぐ七ヶ月が経つ。それなのに自分は、マリアのことをやっぱり何ひとつ知らずにいる。

目の前が急に拓けた。なだらかな斜面に苔むしたたくさんの墓石があった。背中を丸めた群衆のように密集して立っている。彼方に海が浮かんで見え、薄青の帯を作っている。その手前には尽果の集落、家々のトタン屋根や瓦屋根が初夏の光を弾いて光っている。肩を寄せ合うようにして集まっている家々は、まるで尽果に暮らす人々そのもののように見えた。

丸弧はとりあえず線香に火を点けると、それを持ったまま墓石のあいだを行ったり来たりしていた。

「何やってんだよ」紫紋が声をかけると、

「わっかんねー。どれに線香あげたらいいんすかね」本気で困っている。

「どれでもいいんじゃないの。どれも一緒だろ」

マリアをひとり待たせているのが気になって、紫紋は何気なくそんなことを言った。すると、独り言でもつぶやくような声が返ってきた。

「違うっしょ。この墓、ひとつひとつが、ひとりひとり、別々の人間だったんだから」

その言葉に振り向いた。ひとつの墓の前にしゃがんで、丸弧は線香を手向けている。紫紋は、自分の無意識の発言を苦々しく思った。

心のどこかで、無縁仏なんて、と蔑んでいたのではないか。どこの誰とも知られないまま、こんなところで命を落としてしまったなんて、と。

けれど、自分だって、ここに集まる墓石の一群と似たような存在なのだ。

故郷を追われ、何事もなさず、誰にも知られぬまま死んでいった人々。けれどこの墓石のひとつひとつに人生があった。生まれた場所があり、父がいて、母がいたのだ。

しゃがみこんだ丸弧は、目を閉じて頭を下げ、再び長々と手を合わせていた。その隣に紫紋もしゃがんだ。手を合わせて目を閉じる。すがすがしい線香の香りが湿った斜面を漂っていった。

境内へ戻ると、さっきと同じ場所にマリアがぼんやりと座っていた。紫紋と丸弧をみつけると笑顔になった。とっさに作ったような笑顔だった。

「すいません、待たせちゃって」

小走りに近づいて紫紋が言うと、にっこりと笑いかけた。今度は自然な微笑みだった。

「カツオさんが戻ってきたら、お弁当にしよう。おにぎり、作ってきたんだ」

やったあ、と丸弧が両手を上げて喜んだ。ったく、お前はいちいちおおげさなんだよ、と紫紋が丸弧の頭をどついた。その様子がよっぽどおかしかったのか、マリアは声を上げて笑った。

境内の日だまりの中で、四人はそれぞれの膝の上で小さな包みを広げた。海苔(のり)を巻いたおにぎりがふたつ、現れた。丸弧はすぐさまかじりついた。紫紋は手に取り上げてしげしげと眺めた。マリアの手のかたちそのままに、すんなりと丸いおにぎり。口に含むとほんのり磯の香りがした。

「お祈り、できた？」

水筒から紙コップに温かいお茶を注ぎながら、誰にともなくマリアが言った。はい、とすぐに丸弧が反応した。

「無縁仏にどげな願い事したんかえ？」

コップを受け取りながら克夫が訊くと、にっと笑って、

「『おれが帰ったあとのことは、ひとつよろしく頼みます』」

丸弧が答えた。紫紋は思わず噴き出した。生意気だぞお前、ともう一度頭をどついてやった。マリアも克夫も一緒になって楽しげに笑っていた。


六畳間の真ん中にぶら下がっている電灯の紐を引っ張った。

紫紋のアパートの部屋は、電気を消してしまうとほんとうに真っ暗になる。周囲に街灯がないせいか、外も中もなく真っ暗なのだ。暗闇に目が慣れてくると、部屋の中の物のかたちがうっすらと見えてくる。座卓、ゴミ箱、台所の小さな食器棚、自分が寝そべっている布団。

座卓を挟んで隣に寝ている丸弧が何度も寝返りを打つ。さすがに興奮して眠れないのだろうか。

明日、丸弧は、町へと向かう朝一番のバスに乗ってふるさとへ帰る。

交通費もないだろうと、紫紋は自分の給料から用立ててやる約束をしていた。いつか必ず返します、と丸弧は繰り返し誓った。気にすんなよ、と言いつつも、借金を返すために努力をするつもりならばそれもいいだろう、と思ってもいた。

ところが、帰る前日になって、「お金はいりません」と言い出した。またおかしなことを

言い始めたと思ったが、

「女将さんが、餞別だからって」

あいさつをしに行ったところ、封筒に包んで少なくない現金を手渡したと言う。紫紋は面食らってしまった。やはりどこから球を投げてくるかわからない人だ。

女将は無愛想な人物ではあったが、紫紋や丸弧に対して決して不親切ではなかった。口にこそしないが、マリアや紫紋が日々作り届ける食事にいつも敬意を払ってくれているような気がした。紫紋が生まれたときにすでに祖母は他界していたのだが、もしもばあちゃんっていうのがいたらこんな感じかな、と考えることもあった。丸弧も同じように思っている感じがあった。

ただ、ほんとうになぜなんだろう。マリアにだけ憎悪を募らせているのは。

丸弧が帰ったら、また自分が女将の家に通うことになる。マリアに惚れとらんだろうな？と念を押されるような気がして、ぞくりとする。

「シモンさん。……もう寝ちゃいました？」

真っ暗な部屋の中で、丸弧の声がした。目を開いて天井をみつめていた紫紋は、

「ああ、まあ……起きてるよ」

わざと眠たそうな声を作って返事をした。

「あの、ひとつお願いがあるんすけど。いいすか」

「なんだよ」

ほんの数秒暗闇が静まり返った。それから、しんみりした丸弧の声がした。

「女将さんを助けてあげてください」

意外なことを言われて、紫紋は闇の中で目を見開いた。

「おれがいなくなったあと、またシモンさんが女将さんのとこに通うんすよね。だったら助けてあげてください。できるだけそばにいてあげてください」

「何言ってんだよ。なんで急にそんな……」

寝返りを打って丸弧のほうを向いた。丸弧もこっちを向いている気配があった。ふたりは、座卓を真ん中に挟んで横になったまま向かい合っていた。

「なんでかわかんないけど、おれ、女将さんが病気なのは寂しいからじゃないかって思う。いっつもちゃんとしてっけど、ほんとはあの人、寂しいんじゃないかって」

紫紋は苦笑を漏らした。

「何を根拠に、んなこと言ってんだよ」

丸弧はまた黙りこくった。紫紋は目を凝らして丸弧のかたちをした影をみつめた。丸弧が目を開けているのか閉じているのかもわからなかった。

「だって、おれの母ちゃんがそうだったから」

つぶやき声が聞こえた。紫紋は息を潜めた。

「なんつってね。ほんとは……女将さんだけじゃなくて……マリアさんの……そばに……」

言葉が途切れた。しばらくして、寝息が聞こえ始めた。

紫紋は寝返りを打って仰向け（あおむ）けになった。暗闇の中、うすぼんやりと四角い照明の笠のかたちが天井に張りついて見える。それをみつめて、紫紋は寂しい人々のことを思った。

自分は、いままでもう何人の寂しい人たちに出会ったことだろう。

晴香。悠太。克夫。女将。そして……マリア。

ひとりひとりに降り積もる寂しさ。その重さ。せつなさ。

丸弧のおだやかな寝息が耳に届く。その呼吸にはどこか満ち足りた気配がある。

いままでさんざん降り積もられた寂しさをいっさい振り落として、明日、丸弧はこの村を出ていくのだ。

それを、もっと喜んでやりたかった。けれど、寂しかった。それが、ほんとうの気持ちだった。

海岸沿いの国道には、うっすらと朝靄がかかっていた。

バス停に、丸弧が粗末なバッグひとつを提げて立っている。マリアと紫紋が、その傍らで丸弧に話しかけている。ときおり笑い合いながら、バスが来るまでの数分間をなごやかに過ごしている。

遠くからバスのエンジン音が近づいてきた。それに気づいて、丸弧は、「じゃあ」とマリアに向き合い、几帳面に頭を下げた。

「ほんとにお世話になりました」

マリアは何も言わず、ひとつ、うなずいた。丸弧はマリアをみつめると、

「いつかまた、ここへ帰ってきてもいいですか」

言いにくそうにつぶやいた。マリアも丸弧をみつめ返していたが、首を横に振った。

「これからはずっと、お母さんのそばにいてあげて」

丸弧は口を結んで、うなずいた。

国道の向こうにバスがぽつんと現れた。みるみる近づいてくる。丸弧はあわてて紫紋に向き合うと、

「シモンさん。おれ……」

何か言おうとして、飲みこんだ。紫紋も同じだった。かっこいい言葉のひとつやふたつ、

かけてやりたい。なのに、喉に引っかかって出てこない。

丸弧は思い切ったように顔を上げた。そして、言った。

「おれ、シモンさんに会えて、よかった」

ふっと輝く笑顔を見せた。紫紋の口もとにも笑みがこぼれた。マリアも笑顔になって、もう一度うなずいた。

バスの乗車口が開いて、丸弧がステップを上がる。最後部座席に座ると、窓越しに手を振った。最初は遠慮がちに。発車したあとは、だんだん大きく。最後は子供のように、大きく、大きく。国道の彼方にバスが消えて見えなくなるまで、マリアと紫紋も手を振り続けた。

「……行っちゃったね」

マリアがつぶやいた。少し寂しそうな横顔で。

潮風が長い髪を揺らして通り過ぎる。紫紋は、朝靄に白く透き通る横顔を一心にみつめた。こんなふうに、もう何度も見送ってきたのだろうか。この村を出ていく誰かを。

そしていつも、寂しい思いを胸にしまってきたのだろうか。

マリア、心の中で呼びかける。人気のない国道を店に向かってゆっくりと歩き始めたその人の、はかない背中を追いかけながら。

マリア。自分は、自分だけは、そばにいます。おれは、ここに、ずっと。

第十四話　晩餐(ばんさん)

その年、ずいぶん梅雨が長引いた。

海の日を過ぎてもまだ雨が降ったりやんだり、紫紋は、空と海を灰色の絵の具で溶かしてしまう季節にうんざりしていた。製錬所に勤める男たちも、「まぐだら屋」へ食事をしにやってくるたびに「いいかげん梅雨が明けんかなあ」と口々に言う。店の窓から見渡す海になかなか青い色が広がらないのを、誰もがもどかしがっていた。

七月も終わりに近づいたある朝、目覚めてすぐ夏の気配があった。紫紋は起き上がって、窓に洗濯ばさみでぶら下げたシーツを引っ張って落とした。窓の向こうに、すとんと真っ青な空が現れた。

さわやかに晴れ上がった空の下、足取りも軽く、紫紋は店へと向かった。気温はぐんぐん上がり、汗が噴き出す。国道沿いの林では蟬が大合唱をしている。崖の上に佇む「まぐだら屋」は、空と海の青のただ中に浮遊するおもちゃの家のようにも見える。入り口のサッシ戸の鍵をポケットの中で探っていると、軽やかに戸が開いた。

「あら、おはよう」

いつもは紫紋より三十分遅く出勤するマリアが、目の前に現れた。ふいに胸が鳴った。真っ白なノースリーブのワンピースを着て、長い髪をさっぱりと結い上げている。さわやかないでたちは、マリアの定番、Ｔシャツと膝丈の木綿のスカートという姿とはずいぶん違って見えた。

「あれ……なんか、今日、早いんですね」

駐車場へ出ていく後ろ姿を追いかけながら声をかけると、

「まあね。梅雨が明けたから、なんだか嬉しくって」

出入り口の横にある蛇口にホースを繋いで、空中に勢いよく水を放った。もう三十度以上あろうかという午前中の熱気の中に水しぶきが弧を描く。紫紋は目を細めて夏服のマリアを眺めた。

「なあんてね。ほんとは、今日はちょっと特別な日なんだ」

ホースの先から噴き出すしぶきに視線を投げたまま、マリアが言った。

「特別な日？」と紫紋は訊き返した。

「誕生日。私の」マリアが答えた。

「そうだったんですか。おめでとうございます」おおっ、と紫紋は声を上げた。

「おめでとう、って言われるような年じゃないんだけどね」

「え？　何歳になったんですか」

女性にむやみに年を訊いちゃならん、とわかっていたが、この際訊いてみた。すると、観念したような声で、「三十五歳」と返ってきた。

自分よりは年上だとわかっていたが、三十歳前後だと思いこんでいた。しかし、確かにマリアには二十代の娘にはない落ち着きがある。凛とした佇まいは三十代後半に入ろうとする女性のものかもしれない。

「へえ、そうなんだ。けっこう、いってるんですね」

思わず口走ると、たちまち水しぶきが飛んできた。わあっ、と紫紋は悲鳴を上げた。

「悪かったわね、けっこういってて。正直に答えたんだからねっ」

「すいませんっ、ごめんなさ……うわわっ、ちょっ、やめて……ひゃあっ」

紫紋は奇声を上げながら、懸命に水鉄砲から逃げ回った。マリアは声を上げて盛んに笑っている。まるで夏の化身のようだった。


その日、多くの常連客がプレゼントをマリアのもとへと運んできた。いつもはそっけない男たちがマリアの誕生日を覚えていることに、紫紋は驚かされた。

プレゼントはさまざまだった。野に咲く夏の花で作った花束、読み古した本、貝殻のペンダント、珊瑚で作ったマスコットのようなもの。都会で売っているきらびやかなものではないが、素朴なものたち。克夫にいたっては、「ほれっ、大漁だでぇ。店に出すんでなくて、おまいたちで食ってごぜ」と箱いっぱいのアカアマダイを持ってきた。

「すげえ。こんなにいっぱいのアマダイ、見たことない。明日の定食、アマダイの煮付けにしますか？」

紫紋が目を輝かせて言うと、

「マリアの誕生日プレゼントだけえ。定食になんぞ出すなぁや」

にらまれてしまった。マリアは笑って、

「ありがと、カツオさん。私が一尾、紫紋君が一尾、女将さんに一尾いただいて、あとは『バースデー煮付け定食』にします」

楽しそうに言っていた。

常連客たちに囲まれて笑顔をふりまいているマリアを見れば、こっちまで嬉しくなる。と同時に、自分だけがマリアの誕生日を知らなかったことがくやしくてならない。

「じゃあ、おれからのバースデープレゼントは、『アマダイの活け造り』で」

などと言ってごまかした。知っていれば、町まで行って、今日マリアがもらったどのプレゼントよりも気が利いたギフトを選んできたのに。

明日、私の誕生日なの。

きのう、そう言ってくれればよかったのにな。鮮魚のアクアパッツァとか、いつもと違うバースデーディナーの準備くらいはできたのに。

そんなことを考えながら、昼の営業の終了後、さっそくアマダイを一尾、活け造りにしてみた。生きているものをおろしたわけではないので、正確には「活け造り風」だったが。

木桶に粒状に砕いた氷を敷いて、クマザサの葉をあしらい、プレゼントにもらった野花の花束からキツネノボタンの黄色い花を抜き出し、飾り付けた。

「わっ、すごくきれいな盛り付け。食べるのがもったいないな」

マリアは全方位から活け造りを眺めた。そして、

「これ、すぐに女将さんのところへ持っていってくれる?」

などと言う。

「マリアのための『バースデー活け造り』なのに?」

不満げな声を出してしまった。マリアは噴き出しそうになって、

「何それ。ヘンなの。『バースデー活け造り』って」

ついむっとする。ほかにプレゼントがないから、作ったのに。紫紋が気を悪くしたのに気づいたのか、マリアは「ありがとう。嬉しいよ」とすぐに言った。

「でもね、すごくきれいだから。女将さんに見せて喜んでもらいたいの。だから……」

「わかりましたよ」

憮然として答えた。木桶にラップをかけると、

「じゃあいってきます。帰ってくるの待たなくていいんで、さきにまかない、食べててください」

ぶっきらぼうに告げて、そのまま木桶を抱えて外へ出た。

なんなんだおれ。なにスネてんだ。

木々が日陰を落とす国道の端っこを早足で歩きながら、後悔が頭をもたげる。自分の気持ちを受け取ってもらえなくてスネるなんて、まるで中学生だ。

マリアの前でいつも気持ちをうまくコントロールできない自分がいる。マリアと一緒にいると、そのまんまの自分になってしまうのが不思議だった。

女将の家に入っていく。午後の日差しが縁側を真っ白に照らしている。すだれか何か、日よけを付けてあげたほうがいいなと思いつつ、女将の部屋の外側の廊下に木桶を置き、両手をつく。

「紫紋です。お食事の準備に伺いました」

寝間着代わりの浴衣姿の女将は、いつものように布団の上に正座していたが、活け造りを見ると、「あれまあ」と驚嘆の声を出した。

「こがに、まいこと作りなしたな。今日は、なんぞええ日かえ」

珍しく笑顔になった。紫紋は、「ええ、まあ」と答えた。それから、思い切って言ってみた。

「今日はマリアの誕生日です」

女将の顔からたちまち笑みが消えた。紫紋は注意深く女将の表情の変化を見守った。すぐにでも箸を取ってアマダイの身をつつきそうだったのに、伸びかけた細い両手は引っこんでしまった。

女将は紫紋をにらんで、言った。

「嫌味か」

なんのことかわからず、紫紋は答えに窮した。女将は顔を逸らすと、

「いらん。持っていんでごしなれ」

不機嫌な声でそう言った。

「ちょっと待ってください」と紫紋は身を乗り出した。

「マリアの誕生日だからって、カツオさんがアマダイをたくさん持ってきてくれたんです。じゃあお祝いに、ってことで、おれも活け造り風のお造りにしてみました。でもマリアは、自分よりさきに女将さんに食べさせたい、っておれに持たせたんですよ。喜ぶだろうからって。何がいけないんですか？」

ふん、と女将が鼻から息を吹いた。

「そがなこと。いっかな、きょうさめえやわ。おのれの誕生日の贈りもんを、うちに回すなんぞ。嫌味やがな」

女将を気遣うマリアの気持ちが踏みにじられたようで、紫紋はがまんできなくなってしまった。

「お言葉ですけど、マリアはそんな人じゃありません」

怒りが爆発しそうになるのをこらえながら、紫紋は言った。

「マリアは、いつだって誰よりも女将さんのことを気にしています。毎日の食事だってバランスよく栄養が取れるように献立を考えてるし、おれがお宅から帰ってくれば、どうだった？　咳してなかった？　顔色はよかった？　って必ず訊くんですよ。それに、女将さんが……」

言葉が口から一気に流れ出してしまう。けれど、止められなかった。

「女将さんがよくなったら、外へ連れ出して、一緒に歩きたいねって」

ねえ紫紋君。女将さん、きっともうすぐよくなると思うの。

紫紋君が来てくれて——短いあいだだったけど、丸弧君も会いにいってくれて、すごく嬉しかったと思うんだ。

もう長いこと外へ出かけずに、家の中に引きこもっているんだけど。きっともうすぐ元気になって、外の空気を吸いたくなるんじゃないかな。

ね、そしたらさ。紫紋君、連れ出してあげてくれる？　一緒に景色を眺めながら、ゆっくり歩いてあげてくれる？

この村のすみずみまで、女将さんに、もう一度、見せてあげてほしいの。

世の中がすっかり変わってしまっても、この場所だけはちっとも変わりませんよ、って。

丸弧が去っていったあと、再び紫紋が女将の家へ通い始めたとき、マリアはそんなことを語って聞かせた。

マリアがどれほど女将の身を案じ、心を寄せているか。マリアの言葉には、女将への思いやりがあふれていた。たったひとりの老母を思いやるようなせつない気持ちでいっぱいだった。

紫紋はマリアに問いたかった。どうしてあなたがそうしてあげないんですか？　と。

そんなにまで女将を思っているあなたこそが、外の世界へ、もう一度連れ出してあげるべきなんじゃないですか。

おれがそうするより、あなた自身がそうしてあげたほうが、女将さんだってきっと嬉しいんじゃないかな。

あなたの思いを、女将さんはちゃんと受け止めてるはずですよ——と。

もちろん、そんなかっこいい言葉、簡単には口にできなかったけれど。

「もう長いこと外へ出かけていないから、連れ出してあげたいんだって、マリア、言ってました。そのためにも元気になってもらいたいって。だから……」

「……ええ、気がわりぃ！」

突然、女将が叫んだ。「そがなこと……」と言いかけて、がろがろと苦しそうに咳きこんだ。

「そがな、そがなこと……全部、嘘や。信じんけえな。あの女は、そげして、いつも……」

咳が途切れない。紫紋はあわてて女将の背をさすり、枕元の水差しを取り上げて、口にあてがった。女将は水を吸い、ようやく咳がおさまった。そのまま紫紋に背を支えられて、横になった。

空中に息を放って、女将が弱々しく言った。

「もうええ。帰んでごしなれ」

紫紋は何も返せなかった。立ち上がると、木桶を抱えて台所へ行き、大ぶりの皿にアマダイの身の部分だけ移し替え、黄色いキツネノボタンの花を一輪、載せた。ラップをして冷蔵庫に入れる。手早く米を洗い、炊飯器にセットして、味噌汁も作った。

寝室の外の廊下へ戻ると、もう一度正座して、声をかけた。

「食事の支度しておきました。これで失礼します」

障子の内側はしんとして返事がない。紫紋は黙って立ち上がると、足音を忍ばせて玄関へと向かった。


その夜、暖簾を下げてきたマリアに向かって、紫紋は言った。

「今日のまかない、『バースデースペシャル』にします。ちょっと手をかけたいんで、小一時間ほど待ってもらっていいですか」

「え、ほんと？」

マリアは、花開いたような笑顔になった。

「私、手伝うよ。何したらいい？」

「何言ってるんですか。マリアは主役なんだから……さあ、こっちへ来て座ってください」

　窓際のテーブルへ歩いていくと、「さあ、こちらへどうぞ」と、おもむろに椅子を引いた。

「なんだか、レストランみたい」

「そうですよ。今夜は『レストラン・シモン』ってことで」

　マリアが席につくと、カウンターの隅から紙袋を持ってきて、中から白いシーツを取り出してテーブルの上に広げた。その上に野花の花束を挿したコップを置く。フォークとナイフ、スプーンを並べ、白い丸皿、プラスチックのワイングラスを配置した。マリアは目を丸くしている。

「すごい。本格的」

「それでは、少々お待ちください」と紫紋は告げて、カウンターの内側へ戻り、料理に取りかかった。

　女将の家から帰る道々、マリアのために何かしてあげたくて、たまらない気持ちになった。女将の極端なまでのマリアへの拒絶。マリアの女将を思う気持ちと、女将のマリアを拒否する気持ちのあまりの温度差に、自分はいつも戸惑うばかりだ。

　いまとなっては、マリアと女将のあいだを間接的に繋いでいるのは自分だけなのに。女将がマリアを罵倒すれば自分が罵倒されたように感じてしまう。女将を憎く思ってしまう。マリアがあんなにも気にかけ、また、自分を雇い入れて生活を支援してくれているのは、ほかでもない、女将なのに。

悶々(もんもん)としながら、足は自然と克夫の家に向かっていた。店に帰ってマリアの顔をすぐに見られない気がしたのだ。

庭へ入っていくと、克夫がちょうど市場から帰ってきたところだった。

「どがした。神妙な顔して」

克夫に声をかけられ、とっさに答えられなかった。が、思い切って打ち明けた。

「おれも、マリアの誕生日に何かしてあげたいんです。力、貸してくださいませんか」

紫紋の頼み事を聞き入れて、克夫は町まで買い出しにいってくれた。夜の営業時間に食事にきて、こっそりと紙袋を紫紋に手渡した。「がんばれや」とひと言添えて。

店には用意のなかった、フォークやナイフやスプーン、白い丸皿、プラスチックのワイングラス。「全部で千円っきりや。百均で揃えてきたけえ」と克夫は紫紋に耳打ちした。そのほかにも、紫紋が頼んだ食材を、どこでどうやって探してきたのか、きっちりと揃えてきてくれたのだ。

恩にきます、カツオさん。

心の中で感謝して、紫紋は軽快に包丁を動かし、フライパンを揺らした。

マリアはテーブルの上に頬杖をついて、紫紋の様子を眺めている。ほんとうに自分の店にマリアを招いたような気分になって、紫紋は心躍らせた。

いままで本格的に作ったことはなかったが、イタリアンに挑戦してみた。

まずは国産のワインで乾杯。最初の一杯だけ、紫紋もご相伴に与った。

前菜は、アマダイのカルパッチョ。夏野菜のジュレを添えて。フルーツトマトとモッツァレラチーズ、バジルのサラダ。オクラとホタルイカの冷製パスタ。

メインは、アマダイのグリル、レモンソース。夏野菜のグリルを添えて。

デザートは、「おれのおごりだあや」と克夫が買ってきてくれたイチゴのショートケーキ。

そして、インスタントだけど、エスプレッソコーヒー。

ひと品ひと品、テーブルに載せるたびに、マリアは歓声を上げた。ひと口ひと口、噛みしめるように味わっていた。

紫紋は、今日はマリアをもてなすことに集中したかった。だから、デザートのケーキ登場の段になって、ようやく、「おれも一緒にいただいていいですか」と声をかけた。

マリアは瞳を輝かせてうなずいた。エプロンを外すと、紫紋はマリアの向かいに座った。

「すばらしいディナーだった。ありがとう」

紫紋は大いに照れた。

「いや、半分はカツオさんが作ってくれたようなもんです。食器もワインも食材も、こっそり買いにいってくれて。……あ、このケーキもです。これは、カツオさんからのプレゼントで」

マリアは紫紋をみつめている。なかなか言葉が出てこない、そんな感じで。あんまりみつめられて、紫紋はいっそう照れてしまった。

「なんだかこういうの、ひさしぶり……」

マリアが言うと、

「おれのほうは初めてです」

苦笑して、紫紋は言った。

「初めて、って……イタリア料理作るのが？　それとも、女性と向き合うディナーが？」

「まあ、両方です」と紫紋は答えた。ほんの一瞬、渋谷のカフェで向かい合った晴香の顔が脳裏をかすめて消えた。

「いなかったの？　彼女とか」

意外な質問が飛んできた。紫紋はあわててしまった。

「いなかったですよ。板場修業中の身で、そんな余裕ゼロ」

「そうなんだ。でも興味はあったんでしょ？　女の子に」

「そりゃあ、まあ」

「好きな子、いなかったの」

今日のマリアは妙に積極的だった。珍しくワインを飲んで、イタリア料理を楽しんで、三十五歳の誕生日で——そんな話題を持ち出したくなったのかもしれない。

そして、ひょっとすると、ほんの少し自分に興味を持ってくれたのかもしれない。そんな期待が紫紋の口を軽くした。

「いました。片思い、でしたけど」

「そう。どんな子？」

「えーと、色白で、ちっちゃくて。けっこう可愛くて」

そして、ずるくて、残酷な子だった。

紫紋の顔に霧が立ちこめるのに気づいたのか、マリアはそれ以上、聞かなかった。ショートケーキをつついて、マリアは明るい声で言った。

「これ、おいしい。こんなケーキ屋、町にあったんだ。カツオさん、さすがだな」

それから、紫紋が作った料理の数々をしきりに褒めてくれた。カルパッチョのバルサミコソースが夏にぴったりだった、フルーツトマトの甘さが際立っていた、アマダイのグリルの焼き加減が絶妙だった、などなど。

紫紋は笑顔で聞いていたが、だんだん聞こえなくなっていた。心の中が、マリアに訊きたいただひとつのことでいっぱいになってしまっていたのだ。

あなたのほうこそ、好きな人はいたんですか。

その人のことを、もう忘れたんですか。それともいまもまだ好きなんですか。

いや、そんなことを訊きたいんじゃない。

自分は、告げたいんだ。——たったひとつの真実を。

けれど、引っこみ思案な紫紋の口は、どうしてもその言葉を告げられずにいた。

昔のことなんか、もう、どうだっていい。

いま、おれが好きなのは——あなたなんです。

そう告げたかった。

誕生日の夜。ふたりきりの晩餐。

勇気を持って、告げるべきだった。けれど、できなかった。

ふたりきりで過ごす夏の初めの夜は、静かにふけていった。嵐が近づきつつあることを、まだ知ることもなく。

第十五話　驟雨（しゅうう）

その年の夏は、大変な酷暑に苦しめられた。

日照り続きで、農作物も生育が阻（はば）まれ、野菜はすっかり高騰してしまった。海で上がる魚も、普段なら大量に獲れるものが獲れなかったり、あまり獲れないものが獲れたりで、漁師たちも不気味がるほどだった。

いつもの夏ならば夕暮れどきに駆け抜けてゆく恵みの驟雨も、その年は一度もないありさまだった。気温がまったく下がらない中で製錬所の仕事はかなりきついらしく、まぐだら屋にやってくる常連客たちも、こう暑くては仕事に身が入らんわ、と口々にぼやいていた。熱中症で倒れた人もひとりやふたりではない。いつもは静かな集落の路地を救急車がサイレンを鳴らしながら走っていくのを、紫紋は何度か目撃した。

食欲のない客のために、また、少しでも涼しさを感じてもらえるように、紫紋は献立に工夫を凝らした。薬味をつけたそうめんや冷やし中華、冷やし汁など。客たちは涼しげな食事をたいそう喜んだ。

「今年の夏は去年の夏とは違うなあ」

マリアがつくづくと言った。

「今年のほうが去年よりずっと暑い。それに、今年のほうが去年よりずっとお客さんが食事を喜んでくれてる」

紫紋君がいてくれてよかった。そう言われているようで、熱気と闘いながら額に汗して料理した苦労が報われる気がした。

酷暑を避けられるように、紫紋は女将の家にも細工をした。南向きの縁側にはすだれをつけ、風が抜けるように家中の窓を開け放って回った。縁側の先には狭いながらも庭があり、夕方にはホースで三十分、水やりもした。おかげですっかり日に焼けてしまった。

女将はマリアの誕生日の一件以来、紫紋とあまり口を利かなくなっていた。もともと無口なほうだからあまり気にもかけなかったが、どうも様子がおかしい。食事も残すようになっていたので、医師に往診にきてもらったところ、ひどい夏バテだということだった。クーラーを取り付けたほうがいい、という忠告があったが、女将はどうしても首を縦に振らない。このままでいいのだとしきりに言う。何も変えず、何も変わらず、このままで。その言葉には、長らくこの土地でひっそりと生きてきた人間の切実さがあった。

店の窓の向こうには、目を向けていられないほどまぶしい空と海が広がっていた。

青のさなかに力強い入道雲が立ち上る。あの雲がふいに崩れて雨を降らせてはくれまいか。

太陽の容赦のなさに、マリアも紫紋も倦んでいた。この夏が永遠に終わらない気さえしていた。

九月になっても記録的な猛暑が続いていたある日の夜半、紫紋はふいに発熱した。

床に就くまえになんとなく体温が上がっているような気がしたのだが、夜中に息苦しくて目が覚めた。びっしょりと汗をかき、喉が渇ききっている。熱があるな、と氷をポリ袋に入れてタオルで包み、わきの下に挟んだ。母がいつもこの方法で冷やしてくれたのだ。熱でもうろうとしながらも、明日の献立を頭の中で思い描いていた。ほんとうに自分はいつもこうして店のことを考えているな、とおかしくなった。それはつまり、マリアのことを考えている、ということにほかならないのだけれど。

風邪を引いた感じもなかったし、食べ物にあたったわけでもない。酷暑のせいで体が音を上げたのだ。眠れば治る、と自分に言い聞かせた。

秋よこい。雨よ降れ。これ以上、苦しめないでくれ。マリアを、女将さんを弱らせないでくれ。熱に浮かされながら、祈りのような言葉が横切って消えた。

何かよからぬことが起こる。

原因不明の発熱は、紫紋の未来にかかった暗雲のようなものだったかもしれない。

その男は、「尽果」のバス停前に立っていた。

白いYシャツを着て、古ぼけた小さなボストンバッグを右手に提げ、左手はズボンのポケットに突っこんで。

ぽつん、と文字に書いたような立ち方で、潮風にさらされて錆びついたバス停の表示板の横に並んでいた。

朝、どうにか熱が引いた紫紋は、あまり食欲はなかったが、トースト一枚を冷たい牛乳で流しこんでからアパートを出た。その瞬間に身震いをした。驚くほど冷たい風が吹いていたのだ。きのうまであんなに暑かったのが冗談のように思える涼しさだ。これで、マリアも女将さんもひと息つける。秋の到来がこんなに嬉しく思われたことはなかった。

いつものように国道へ出る。遠くに「尽果」バス停が見える。崖っぷちの先端にまぐだら屋がある。そこへ向かって歩いていくのはことさらに好きな時間だ。もうすぐあの店の戸を開ける。厨房に入って火をおこし、湯を沸かす。やがてマリアがやってくる。おはよう、今日も早いのね、とさわやかな声であいさつをして。その瞬間を予感しながら店へと近づく数分間。

その数分間に思いがけない不協和音が入りこんできた。

国道の反対側、下り車線のバス停にその男が立っているのをみつけたのだ。

男の周辺には不穏な空気が立ちこめていた。あのときと同じように——冬の日、丸弧が店の中、ストーブのそばでうなだれているのをみつけたときのように。

バスを待っているのだろうか。

紫紋は無意識に歩く速度を緩めて腕時計を見た。八時五十分。

午前中、町から来る下りのバスは二便しかない。八時台と、十一時台。自分が乗ってきたのは、八時四十分に「尽果」バス停に到着する下りの一便だった。

ということは、あの男は十一時台の下りの二便を待っているのだろうか。

地塩村の住人はさして多くはない。皆、顔見知りだ。製錬所に勤めている作業員は、ほとんどが一度は店に来たことがあるから、大体知っている。その男の顔はこの地域で一度も見たことがなかった。あきらかに、どこかからやってきたという様子だ。

もしかして、下り一便で町からやってきた？

製錬所の新入りだろうか。こんな中途半端な季節に？

それとも、自分が、丸弧がそうだったように、なんとなく降りてはみたものの、これからどうしたらいいのか途方にくれているのだろうか。

国道を挟んでちょうど正反対の位置で、紫紋は足を止めた。男は紫紋に気づいたようだ。目を細めてこちらを見ている。紫紋は左右を見て車の往来がないことを確認すると、小走りに国道を渡った。

「こんちは。……おれ、この村の住人ですけど。何かお困りですか」

男に近づきながら、さりげなく声をかけた。

ひょっとすると丸弧のような厄介者かもしれない。声をかけずに行き過ぎることだってできる。けれど、そうすることができなかった。

見知らぬ人物でも、面倒くさくても、ひと声かけてみる。そうすることで何かが変わるかもしれない。丸弧と暮らしてそう学んだのだ。

男は口を結んだまま紫紋と向き合った。そして、どことなく遠い目で紫紋を見た。頬はこけ、口もとには皺が刻まれているが、整った顔立ちだ。髪には白いものが混じっている。年齢は四十代後半か、五十代はじめくらいだろうか。白いYシャツは清潔な感じがした。

ふと、かつて自分が働いていた「吟遊」の料理長、湯田を思い出した。湯田と同年代だからだろうか、何かが似通っていた。人の心をくすぐる邪悪な何か。治りかけて痒くなった傷口をすっと羽根で撫でるような。

「ここは、尽果……ですか」

しばらく黙って視線を交わし合ったあと、ふいに男が言った。しわがれて生気のない声だった。

「そうです」と紫紋は短く答えた。男は、自分の真横に立っているバス停の丸い表示板を見上げると、

「そうですね。ここに書いてある」

と言った。それきり、黙りこくってしまった。

紫紋はまた時計を見た。九時ちょうどだった。店へ行って戸を開けないと、まもなく克夫が到着する。紫紋の中に葛藤が生じた。

もしも次のバスを待っているなら、うちの店で休んでいってください。

そう声をかけてやりたかった。しかし、そうやすやすと店に引きこんではいけないない気がした。

ひと声かけたら何かが変わるかもしれない。けれど、とてつもなく変わってしまうような暗澹（あんたん）とした気配――。

「お急ぎなんじゃないですか。もう行ってくださってけっこうですよ、お引き止めしませんから」

迷っている紫紋に気づいたのか、男がそう言った。そのひと言に肩の力が抜けた。

「じゃあ、失礼します。お気をつけて」

紫紋が言うと、男は律儀に頭を下げた。そして口もとで微笑した。その微笑がいっそう男を寂しげに見せた。

男に背を向けると、店に向かって歩き出す。しばらく歩いたところで立ち止まった。振り向くと、男は、やっぱり右手にバッグを提げ、左手をポケットに突っこんで、バス停の表示板と肩を並べて立っている。海と空とを覆っている暗雲を背景にして。

ぽつりと頬に冷たいものが落ちてきた。紫紋は空を見上げた。夏のあいだじゅう落ちてくることのなかった雨粒だった。

紫紋は踵を返すと、もう一度、男のもとへと駆け戻った。

そうして、秋を告げる雨が村を覆い尽くす寸前に、ふたりの男は崖っぷちの店へと走っていった。

男は、店の入り口近く、一番隅っこの席を選んで、ごく浅く椅子に腰かけた。すぐにでも出ていきます、と意思表示しているようで、紫紋はなんとなく気の毒になった。

「冷たい麦茶、淹れますね。それか、熱いお茶にしましょうか」

カウンターの内側から声をかけると、

「おかまいなく。すぐ、出ていきますんで」

そんなことを言う。紫紋は苦笑して、「別に、遠慮しなくてもいいっすよ」とわざと軽く返した。

「次の下りのバスは十一時四十分です。上りは十時二分。それまで雨宿りされていったらどうすか」

そう言いながら、店の壁に掛かっている時計に目をやった。九時十五分。

「ちなみに、どっち行きのバスに乗るんですか」

さりげなく訊くと、

「いえ、バスに乗るわけでは……」

男は言いかけて、

「上りのバスです」

決心したかのように言い直した。

「そうですか」と相づちを打って、すばやく頭の中で計算した。

マリアが店に出てくるのはいつも十時ちょうどだ。ここからバス停まではゆっくり歩いても十分はかからない。男が上りのバスに乗るなら、九時五十分に出れば間に合う。そうすれば、マリアとこの男が会うことはない。

紫紋はまな板の上に視線を落として、こっそりとため息をついた。安堵のため息だった。

何を恐れているのかわからない。けれど、この男をマリアに会わせるのが怖かった。

男と会ったときに感じた、あの得体の知れない感覚。中年ではあるけれど、端整な顔立ちをしているからだろうか。それとも、声をかけずにはいられない寂しさの気配が立ち上っているからだろうか。女性の目から見ればくすぐられるものを持っている。そんな気がした。

熱いお茶を淹れながら、紫紋は、落ち着け、と自分に言い聞かせた。

何事も起こらない。この人はもうすぐ出ていくんだ。

おれはこの人を見捨てたわけじゃない。その証拠に、こうして店に連れてきて、お茶まで淹れてるんだ。町へ帰るまでのひとときを、ほんの少しでもくつろいでもらうために。

紫紋の脳裏に男の最初のひと言が蘇る。

ここは、尽果ですか？

ということは、この場所を目指して町からやってきたんだ。

——なんのために？

「どうぞ」

湯呑をテーブルに置くと、

「ありがとう」

小さく言って、男はそれを手に取った。

駐車場に軽トラックが停まる音がした。紫紋は急いで雨の中へ出た。

運転席から降りてきた克夫が、「ようやっと雨やな」と言いながら、荷台にかかった雨よけのシートを外している。紫紋は駆け寄ってそれを手伝った。

「雨が降ったはええけんど、明け方から時化（しけ）て、いっかな漁はあかんやった。たいしたもんはねえで」

冷凍ボックスを紫紋に手渡しながら、「おかしげなことでな」と言った。

「ゆうべはええ月夜だったのに、今朝は雨になるまえから急に時化てな。なんぞ怪魚でも出てくるげな、不気味な海やったわいな」

「怪魚ですか」と紫紋は驚いて返した。なんとなく、冗談に聞こえなかった。

「どんな魚ですか。シーラカンスとか、巨大ザメとか？」

「そんなもん、怪魚じゃねえけ。マグダラや、マグダラ」

紫紋は一瞬、手を止めた。

伝説の怪魚、マグダラ。その昔、ほんとうは自分の娘である姫を救おうとして、召使いの女がここの崖から落ちて化身した――という、あの魚だ。

「獲れたんですか」と訊くと、

「だら（馬鹿）す。んなわけ、あるめえ。過去四百年、現れたことねえけ。現れたら、いっかな、おばえ（大騒ぎ）になるわいや」

克夫に笑われて、紫紋も笑ってみせた。が、心の中では、店に入らずに早く帰ってくださいカツオさん、と祈っていた。

あの男を克夫にも会わせたくなかった。もしも会って、話が長引いたりして、男が店を出るのがほんの少しでも遅れたら、マリアと鉢合わせしてしまう。今度はそこで立ち話にでもなって、バスに乗り遅れて、次のバスがくるまで店で待つ、なんてことになったら。

丸弧のときのように、いや、自分がそうだったように、しばらくこの村で暮らしたら？などとマリアが言い出しでもしたら——。

幸い、克夫はそれ以上無駄口を利かずに、運転席に乗りこんだ。紫紋は、今日は軽めの冷凍ボックスを抱えたまま、「お疲れさまでした」と声をかけた。克夫はエンジンをかけながら、「けんどなあ。四百年ぶりとか五百年ぶりに怪魚が出たちゅう日も、いつかはあるだらあな」なんの気なしにそんなことを言った。それから、じゃあな、と片手を上げて、雨の中、軽トラックは国道を走り去った。


「どうもお邪魔しました。そろそろ行きますので」

九時四十五分、男が立ち上がった。カウンターの中で仕込みを始めていた紫紋は、顔を上げて男を見た。湯呑をカウンターまで運んで、「ごちそうさまでした」と頭を下げた。

ずいぶん律儀な人なんだな。

湯呑を受け取りながら、そう思った。罪人流人が数多く流れ着いたという伝説のあるこの場所だが、まだ悪人に出会ったことはない。少なくとも、この店に出入りする人々は、ひとり残らずいい人たちだった。この男も、善人に違いなかった。

あの女は、聖母なんかやない。悪魔やけ。

なんの脈絡もなく、初めてまみえたときの女将のひと言が浮かんだ。とたんに、心臓の鳴る音が耳の中で響いた。

そうだ。女将は、確かにそう言っていた。マリアだけがこの地塩村でたったひとりの悪人なのだとでも言いたげに。

なんでこんなタイミングで、そんなこと思い出すんだ。

笑顔を作ってカウンターを出る。壁の時計は九時四十八分を指していた。

「急いだほうがいい、バスに間に合わなくなりますよ。よかったら傘、持ってってください。ビニール傘ですけど」

店を出ようとする男に、出入り口の近くに置いてあった傘立てからビニール傘を取り上げて差し出した。

「ありがとう」

男は口もとに微笑を浮かべて、ボストンバッグを提げている右手の代わりに、左手でそれを受け取った。その瞬間、稲妻が紫紋の胸を貫いた。

男の左手には、薬指がなかった。

見てはいけないものを見てしまったかのように、紫紋は目を逸らした。男は、ボストンバッグを足もとに置くと、両手で傘を持った。長いあいだ使われていなかったビニール傘は、めりめりと引きはがされる音を立てて雨の中に開いた。

「じゃあ、これで。ありがとうございました」

もう一度礼を述べると、男は雨の中を歩いていった。紫紋は、その後ろ姿を正視できずに、すぐに店の中へと入り、サッシ戸を閉めた。胸の中では心臓が激しく鼓動している。

失われた薬指。

同じだった。——マリアと。

そうだ。似ているのだ。あの男の醸し出している雰囲気は、湯田料理長に似ているんじゃない。マリアがまとっている空気に酷似しているのだ。

口もとに点る微笑。どこか寂しげな風情。心のひだにそっと忍び寄ってくる感覚。抗(あらが)いがたい磁力。

誰なんだ、あいつは。

紫紋の足先が何かに触れた。見下ろすと、男が提げていたボストンバッグが置き去りにされていた。

――あ。

はっとして、壁の時計を見た。十時五分まえだった。

マリアが来る。

紫紋はバッグを取り上げた。そのまま、雨の中へと飛び出した。

あの男がこれを取りに店へ戻ってくるまえに。バスが来るまえに。

間に合わせなければ。

雨が全身を激しく打つ。雨脚はさっきよりずっと強くなっていた。

紫紋は全力で走った。走りながら、こんなに走ったのはいつ以来だ、と考えていた。

そうだ、あのときだ。警察から電話がかかってきた、あのとき。悠太が電車に飛びこんで死んだって言われた、あのとき――。

バス停の文字、「尽果」が見えるくらいの距離に近づいて、紫紋は足を止めた。ふわりと目の前を転がっていくのは、ビニール傘だった。傘は風雨にあおられて、国道を海の方角に向かってすべっていく。

バスのエンジン音が背後に近づいてくる。それは次第に雨音よりも大きくなってくる。紫紋は、左手で雨の雫の滴り落ちる顔をこすった。

バス停の表示板と並んでいたのは、あの男ではなかった。何か、大きな白い塊だった。紫紋は目を凝らした。

白いYシャツを着た男と、白いシャツの女。ふたつの白い影が重なりあっていた。長い髪を濡らし、男の胸に抱かれているその人。男の背中には、両手の指——九本の指が、不思議な生き物のように食らいついていた。

乾いた口の中で、紫紋はその人の名をかすかに呼んだ。

マ、リ、ア。

低いうなり声を上げて、バスが紫紋を追い抜いていった。ゆっくりと減速して停留所で停まる。音を立ててドアが開き、閉まる。雨の降りしきる中、国道を車影がぼんやりと遠ざかる。

バス停からふたつの人影は消えていた。

潮風に錆びた表示板の隣に、紫紋は立ち尽くした。いっさいに容赦のない雨に打ちのめされるままに。

第十六話　鬼火（おにび）

そら恐ろしく、もの悲しい夢を見ていた。

大切な誰かがはてしなく遠い場所へと行ってしまう夢。

それが誰なのかわからない。顔かたちが霞のヴェールに包まれていた。その人はゆらりと空中に浮かんで遠ざかる。鬼火のようににじんだ光があたりを飛び交っている。その人の名を呼んで止めようとするが、声が出ない。

その人は、女性だった。とても大切な人。

母だろうか。それとも……晴香？

いや、違う。あの人は……。

目が覚めると、紫紋は、見知らぬ部屋に横たわっていた。

額に湿ったタオルが載っている。しみだらけの木目の天井と古ぼけた蛍光灯が見える。静かな雨の音が響いている。

……どこだ、ここ？

襖の開く音がして、足音が畳を伝わって近づいてくる。紫紋は片肘をついて起き上がろうとした。

「ああ、起きんでもええけ。がいに熱が出とったんやけ、今日はゆっくりしていったらええ」

克夫の声だった。再び紫紋は横たわり、大きく息をついた。

どうやら、熱を出して克夫の家で寝こんでしまっていたようだ。克夫が枕元に膝をついて、額の上のタオルを取り上げる。「ちいたあ、熱、下がったようやな」と紫紋の顔を覗きこんだ。

「すいません、カツオさん……おれ、もう行きます。店、開けなくちゃ……」

仰向けのまま言うと、「だらす」と即座に返ってきた。

「雨ん中、道にぶっ倒れとったもんが何言うとるんだあ？　今日はもう、店はあきらめいや。マリアもおらん、鍵もかかっとらん。しゃあないで、『臨時休業』の張り紙、出しといちゃったけ」

その言葉を聞いて、たちまち記憶が呼び戻された。

そうだった。

おれ、どうしていいかわかんなくなって、雨の中、走り回ったんだ。

マリアが、行ってしまったから。

「尽果」のバス停で、見知らぬ男と固く抱き合っていた。マリアを抱きしめるために男が手放したビニール傘が、不思議な生き物のように風に舞い上がっていた。ふたつの白い影はひとつになったまま、到着したバスに吸いこまれ、国道の彼方へと消えてしまった。

頭の中が真っ白になった。紫紋はがむしゃらにバスの後を追った。息も絶え絶えになるほど走って、それから、尽果の集落へ雨に打たれるままに引き返した。足は自然とマリアの家へと向かっていた。肌は雨に刺されて氷のように冷たいのに、体の芯が燃えるようだった。体の内側に燃え上がる炎を抱いて歩いているような。

糸がふっつりと切れてしまったように、記憶はそこで止まっていた。

克夫の家の近くの道ばたで倒れていた紫紋は、出先から帰ってきた克夫に発見されて助けられた。いま紫紋が横たわっているのは、克夫の家の仏間だった。

枕元であぐらをかく克夫の背後に大きな仏壇が見える。克夫の両親、そして祖父母らしき人々の遺影が天井近くに掲げられている。去年亡くなった克夫の母の写真が静かなまなざしをこちらに向けている。写真と目を合わせるうちに、苦々しい思いがこみ上げてきた。

かすれた声で、紫紋はつぶやいた。

「連れていかれちゃいました。……マリアを」

克夫はあぐらの両膝の上に手を据えたまま、紫紋を見下ろしている。紫紋は天井に視線を放って続けた。

「今朝、カツオさんが配達にきたとき……実は、店の中にいたんです。どこの誰とも知らない男が。雨が降ってたのに、傘も差さずに尽果のバス停に立ってたんで、おれ、つい誘っちゃったんです。店で時間つぶしたらどうですか、って」

もしもあのとき、あの男を、店へ連れ帰らなかったらどうなっていただろう。

マリアは「尽果」バス停近くを通って出勤するから、どっちにしても、バス停に突っ立っていたあの男をみつけただろう。そして、やっぱり男はマリアを連れていってしまったに違いない。そうしたら、マリアが忽然(こつぜん)といなくなってしまって、警察を呼ぶような騒ぎになったかもしれない。

あの男に連れ去られたとわかっているだけましなんだ、と考えようとして、紫紋は奥歯を噛んだ。

違う。その逆だ。

あの男に連れていかれたとわかっているから、こんなに苦しいんだ。

「そいつは、町へ行くバスに乗るために、十時ちょっとまえに店を出ました。荷物を店に置き忘れてたんで、おれ、間に合うように追いかけました。それで……そいつと、マリアが、バス停にいるところを見たんです」

抱き合っていた、とは言えなかった。思い出すだけでまた発熱しそうだった。

「で、バスに乗っていきよったんやな。ふたりして」

念を押すように克夫が言った。紫紋は力なくうなずいた。

「その男の特徴は、どんなだったかえ」と克夫が質した。

年齢は四十代後半から五十代、すらりと背が高く、頰はこけ、唇は薄く、憂い顔がなんともいえずに蠱惑的だった。男と一緒にいたのはほんの一時間足らずだったが、驚くほど鮮明に、紫紋は男の特徴を覚えていた。

何よりの特徴は、左手の薬指を失っていることだった。

紫紋は、決心したように、端的に告げた。

「中年の男でした。……左の薬指が、なかった」

克夫の肩がわずかに揺れた。それに気づいて、紫紋は克夫のほうへ頭を向けた。

克夫の顔にたちまち暗い雲がかかった。苦い薬を口に含んだような表情で、じっと押し黙っている。何かを知っているんだ、と紫紋は察知した。

かけ布団から手を出して克夫の手首をつかむと、紫紋は上半身を起こした。そして、食らいつくように責め立てた。

「カツオさん、何を知ってるんですか。あいつ、誰なんですか。なんでマリアを連れてったんですか。教えてくださいよ。どうして、いっつもそうやって隠しちゃうんですか、マリアのこと」

そうだ。克夫はマリアの秘密を知っているのだ。知っているからこそ、マリアをかばっている気がした。

自分だって秘密を抱えた身なのだ。マリアの身の上はいっさい聞くまい、と紫紋は自分を律してきた。だから、克夫が、そして女将が、マリアの秘密を知っていると気づいていても聞き出そうとはしなかった。

マリアの秘密を知ること。それはすなわち、ようやく得られた安息の地を失ってしまうことだった。

マリアの秘密を知れば、自分の秘密も打ち明けることになるだろう。

故郷を捨て、後輩を見殺しにし、「老舗料亭崩壊」の不祥事に関わった男。死に場所を求めてさまよった人間。それが自分だった。

秘密を打ち明ける日が、いつかくるかもしれない。けれどその日はもう少しさきであってほしい。マリアや克夫や女将に何もかも打ち明けるには、紫紋の心はまだ弱すぎた。

けれど、もはや限界だった。マリアが連れ去られたいまとなっては、安息の地を失ってしまったに等しかった。

「教えてください。……マリアのこと。いったい、彼女は誰なのかを」

克夫の手首をつかんだまま、熱にうかされたように紫紋は言った。

克夫は黙りこくったままだったが、やがて自分の手首に絡みついた紫紋の手を取って、かけ布団の中へと静かに戻した。それから、病床の息子を見舞う父親のように、おごそかな声で語りかけた。

「とうとう、やってきたんやな。……この日が」

あの男が帰ってくる日が。


男の名は、与羽(よはね)といった。

いまから十七年まえ、三十歳のとき、東京近郊の小さな町で高校の数学教師をしていた。大学を卒業して翌年に結婚したひとつ年下の妻とのあいだに、五歳になるひとり娘がいた。平凡ながら幸せな家庭だった。専業主婦の妻、杏奈(あんな)は、朝早く起きて夫と娘のために弁当を作り、幼稚園のスクールバスに乗りこむ娘を見送って、家事に地元のサークル活動に忙しくしていた。夫が帰ってくるまでは夕食を取らず、いつも「おかえり」とあたたかく出迎えられるように心がけていた。

与羽もまた、そんな妻と娘の待つ家へ帰るのが楽しみだった。妻と娘がいればこそ仕事もがんばれる。高校生相手の授業は気力も体力もいることだった。与羽の勤務先は都内でも有数の公立進学校だった。有名大学へ進学する優秀な生徒を増やすために、昼夜を分かたず学習指導に明け暮れる日々だった。

娘の花南は健やかに成長していた。父の帰りを待てずに眠ってしまうかわりに、毎朝、父を起こすのは花南の役目だった。父の首に抱きついて、パパ起きて、と囁く。ああ起きるよ花南、そのまえに抱っこだ、と与羽は娘を抱きしめた。そのぬくもり、湧き上がる幸福感。

幸せが怖いくらいだった。この幸せを守るためならどんなことでもできる、と思っていた。

――ひとりの女子生徒と出会うまでは。

その年、新学年が始まって早々、与羽が受け持った三年生クラスに不登校生徒が出てしまった。

赴任して六年、受け持ちのクラスで登校拒否生徒がひとりもいなかったのは、むしろラッキーだったかもしれない。教師であれば必ず通る道だとわかっていた。しかし、不登校が長引けば学校の沽券に関わる。それどころか教師としての自分の評価にも関わる。とにかく、なんとか学校に出てくるようにしなければならない。

与羽は何度もその女子生徒の自宅に電話をした。当時はまだ携帯電話は普及しておらず、連絡を取るには自宅に電話をするほかなかった。しかし、電話を何度鳴らしても誰も出ることはなかった。

与羽は、クラスの受け持ち時に提出された女子生徒の内申書を詳しく見た。

有馬りあ。それが女子生徒の名前だった。

公立の小学校、中学校を優秀な成績で卒業。難関で名高いこの高校でも、一、二年生のときは常に定期試験でも上位の成績を収めていた。かなりの秀才だったので、与羽もよく覚えていた。ただし、地味で目立たない生徒だった。家庭の年収が低く、奨学金を受けて進学している。

保護者欄には母の名前があった。母子家庭のようだ。複雑な家庭環境が不登校に繋がっているのかもしれない、と推測された。

クラスに有馬りあと一、二年のとき同じクラスだった女子生徒が何人かいた。その生徒たちに聞いてみると、「マリアって呼ばれてた」ということしかよく知らない、と言う。友だちはいなかったの？　と尋ねると「超暗かったから」と返ってきた。どうやら、友だちには恵まれていないようだった。

マリアが登校しないようになって一週間が過ぎた。さすがにまずいと思い、ある夕方、与羽はマリアの自宅を訪問した。学校の最寄りの駅から私鉄に乗って三つ目の駅、そこから歩いて十五分。見捨てられたような路地裏にある粗末なアパートだった。

部屋の中には明かりが点っていた。薄汚れたドアを与羽は二、三度ノックした。返事がない。××高校の与羽です、こんばんは、与羽です、と繰り返し声をかけながら、根気よくドアを叩き続けた。しばらくして、ようやく、ぎい…と音を立ててドアが開いた。

ドアの向こうから現れた顔を見て、与羽はぎょっとした。頬がこけ、目の下にくまを作った、老婆のように疲れ果てた顔の少女が、暗いまなざしでこちらをみつめている。与羽は我が目を疑った。

これが有馬……マリアなのか？

新学期が始まって少なくとも三日間は、マリアは学校に来ていた。確かに目立たない子だったが、ホームルームや授業で与羽が話すことを一心にノートに書きつけていたのが印象的だった。ごく普通の、どこにでもいる十七歳のようだったのに。

わずか一週間で、こんなに変わり果てるなんて。

——どうしてたんだ有馬、元気なのか？　みんな心配してるぞ。

担任教師らしく、与羽はそう語りかけた。くぼんだ目が与羽をにらんだ。かすれた声が喉の奥から聞こえてきた。

——嘘ばっかり。あたしのこと心配してくれる人なんて、どこにもいないよ。

そして、与羽の鼻先で思い切りドアを閉めた。有馬、どうしたんだ、話を聞かせてくれ、とドアの外から与羽は懸命に語りかけた。

——確かにクラスのみんなは自分のことで精いっぱいなんだ。新学期なんだから、当然のことだとおれは思う。でもな、少なくともひとりは君を心配している人間がいる。それはおれだ。それだけは嘘じゃない。信じてほしい。

与羽は懸命に語りかけ、マリア、と呼びかけた。

——マリア。君も、自分のことで精いっぱいになれよ。

その瞬間、再び、薄汚れたドアが開いた。くぼんだ目は、かすかにうるんで揺れていた。けれどすぐにまた、ドアは閉められてしまった。


マリアの不登校は、なかなか解消しなかった。

与羽は毎日、勤務を終えてからマリアの家に立ち寄った。最初は警戒していたマリアだったが、次第に打ち解けて、ようやくドアを開けてくれた。部屋の中には入れてはくれなかったが、アパートの廊下に出て立ち話をするようになった。三十分、一時間と立ち話をして、隣室の住人から、うるさいよ、と文句を言われたので、近くの公園へ行き、ベンチに座って話しこんだ。勉強のこと、最近読んだ本のこと、テレビドラマの話、好きな音楽。そんなたあいないことを飽きもせず話し続けた。マリアの話題の中に生い立ちや家族のことが一度も出てこないことに、与羽はとっくに気づいていた。不登校の理由はおそらくそこにあると確信していたが、自分から話し始めるのを待とうと決めて、そのときがくるのを辛抱強く待った。

マリアは少しずつ与羽に心を開いていった。初めは固い表情だったが、次第に笑顔を見せるようになっていた。はにかんだような笑顔がいじらしくて、与羽は、あれこれ軽口を叩いてマリアを笑わせようとした。やがてマリアは、十七歳の少女らしく、自然に笑うようになった。そのたびに、公園の薄闇が照らされる気がした。

もう少しでほんとうの自分に戻ってくれる。そして学校に戻ってきてくれる。そう信じて、与羽はマリアのもとに通い続けた。

いつしか「日課」になってしまったマリアの家庭訪問。不登校生徒に会いにいってるんだ、と夫が言うのを、妻の杏奈は、そう、がんばってね、と最初のうちは励ましてくれた。しかし、徐々に夫の言動を疑うようになっていた。ほんとにそうなの？　それって仕事の一環なの？　と。夫の微妙な変化を、妻は敏感に察知していたのだ。

——なんだか恋人に会いにいくみたいね。最近のあなた、うきうきしてるわよ。

そう言われて、ぎくりとした。何言ってるんだよ、と笑って返しながらも、心中がざわめくのを感じた。逢瀬、という言葉がなんの脈絡もなく浮かんだ。それをかき消そうとすればするほど、心のざわめきは激しくなった。

違う、と与羽は自分に強く言い聞かせた。

恋人だの逢瀬だの、そんなわけないじゃないか。あいつを登校させるために、おれは努力をしているだけなんだ。

そう思えば思うほど、胸の内につむじ風が巻き起こった。それは次第に大きく、激しくなり、やがて制御がきかなくなるほどの嵐に変容していく予感があった。

与羽がマリアのもとに通い始めて一ヶ月が経った。

マリアの不登校については教員会議でも検討されていたが、与羽はマリアの様子が改善されつつあることを報告し、もう少し時間をかけてなんとか登校させたい、と述べた。これ以上不登校が続くと、中間テストも受けられないし、進路決定に支障をきたす。与羽は次第に焦り始めていた。

マリアとの会話の中で、彼女が日本の民俗史や伝説に深い興味を持っていることがわかっていた。子供の頃から昔ばなしが大好きで、関連本をたくさん読んでいるようだった。

ある日、与羽は一冊の本をマリアに手渡した。『まぐだら伝説——尽果の昔語り』という本。

与羽の妻、杏奈は、山陰地方にある地塩村という地域の大地主の娘だった。面白い伝説が言い伝えられる村で、結婚まえに杏奈から話を聞き、実際に村を訪れて、与羽はすっかり魅了されてしまった。杏奈の実家、桐江家は、かつてはその地域一帯を治めた大名の末裔(まつえい)とも聞かされた。杏奈の父は婿養子で、杏奈が子供の頃に他界していたが、一家の当主である母は地元の人望が篤(あつ)い人物らしかった。杏奈との結婚を申し入れにいったとき、義母は、きちんと正座し畳に手をついて、娘を幸せにしてやってごしなれ、と頭を下げた。

与羽から本を受け取って、マリアは目を輝かせた。わずか一晩で読み切って、先生、あたし尽果に行ってみたい、とせがんだ。先生と一緒に行ってみたい。その声にはどこか切実な響きがあった。そのせいか、与羽の胸はせつなく疼(うず)いた。

——ああ、いいよ。いつか一緒に行こう。でもそのまえに学校に出てこいよ。図書館にこういう本、いっぱいあるぞ。日本各地の民俗史や伝説の本が……。

——いや。いますぐ。いますぐに行きたい。学校じゃやなくて、もっと遠いところ。先生と一緒に。ねえ、連れていって。お願い。

与羽はマリアの瞳を見た。大きなうるんだ瞳が一心にみつめている。吸いこまれそうに澄み渡った瞳が。

――おい。何やってんだ。

そのとき、背後で男の声がした。マリアの肩がびくりと震えた。身を隠すように、マリアは与羽の腕にすがった。

――誰だ、あんた。こいつと何やってんだ。

男はふたりに近づきながら、怒気を含んだ声でそう言った。ベンチから立ち上がった与羽は、とっさにマリアをかばって、私はこの子のクラス担任です、あなたこそどなたですか、と返した。

切れかけて点滅する公園の外灯を背中に、男が薄明るい影の中で顔を歪めて笑うのが見えた。

――おれはこいつの父親だ。さあ帰るぞ、早く来い。

男は強引にマリアの手首をつかんだ。いやっ、とマリアがそれを振り切って与羽の背中に隠れた。父親だと名乗ったその男には、ただならぬ気配があった。

マリアは母子家庭のはずだ。父親がいるとは聞いていない。不審に思って、与羽は言った。

――待ってください。お父さんならば話を聞かせてください。娘さんが不登校になったのは、どういう……。

――うるせえっ。ぐたぐたぬかすと警察を呼ぶぞ。うちの娘と夜の公園でいちゃつきやがって、このエロ教師が。

男はマリアの腕をつかむと、乱暴に引っ張った。やだっ、帰りたくない、先生っ、とマリアは泣き叫んだ。与羽は、やめろ、と男に飛びかかった。とたんに、目の前に火花が散った。男が拳で頬を殴ったのだ。

与羽はその場にひっくり返った。口の中に血の味が広がる。先生、先生、とマリアの声が遠ざかる。畜生、と与羽は拳で地面を叩いた。

――マリア!

たまらずに、与羽は叫んだ。それは、生徒に呼びかける教師の声ではなかった。愛する人を求める男の叫びだった。決して届かない叫びだった。

すぐにでもアパートへ追いかけていきたかった。しかし、父親だと名乗る男に対して、これ以上何ができるだろうか。

家にも帰らず、どこにも行かずに、公園のベンチで与羽はうずくまっていた。

与羽は、マリアを待っていた。もう一度、ここへ帰ってくるような気がしてならなかったのだ。自分の助けを求めて、きっとやってくる。与羽は待った。一時間も、二時間も。――深夜までも。

公園の外灯の下に、ゆらりと白い影が立った。マリアだった。あざだらけの顔は涙で濡れていた。それで、何が起こったのか、与羽には全部わかってしまった。

――あの男に、蹂躙されたのだ。

そうだ。きっと、今夜だけではない。何度も何度も、蹂躙され続けていたのだ。

与羽は震える両腕を広げた。マリアは、その腕の中めがけて、まっすぐに飛びこんできた。

与羽は痩せ細った体を力の限り抱きしめた。いとおしさで、どうにかなってしまいそうだった。

――マリア。おれは――君を。

――先生、先生。あたしは汚いんだよ。だから――。

――そんなことない、きれいだ、君はきれいだ。誰よりも、何よりも。

いかなる道徳も、常識も、もう何ものもふたりを止められなかった。

公園の外灯が、ついたり消えたり、弱々しく照らしていた。闇を飛び交う、鬼火のように。

雨の音が、しんしんと庭先に響いている。

克夫の家の縁側に力なく座りこんで、紫紋は雨の降りしきる庭を眺めていた。

克夫の話はほとんどお伽噺(とぎばなし)のように聞こえた。マリアとあの男の関係をそこまで詳しく知っていること自体、奇妙で、おかしくすらあった。

紫紋は、わざとせせら笑って、克夫に言った。

「信じられませんよ。誰に聞いたんですか、そんな馬鹿げた作り話」

克夫は宙をみつめながら、「女将や」とひと言、言った。

「女将がマリアを『悪魔』と呼ぶんは、マリアがあいつを――娘の婿を奪ったからや」

それはそれは恐ろしいことが起こったんだわいや。与羽と、与羽の家族を巻きこんでしもうた恐ろしいことが。

克夫はそうつぶやいて、目を伏せた。

雨の庭に向かい合って、紫紋は放心していた。秋の訪れを告げる雨はいつ終わるともなく降り続いていた。

第十七話　不在

雨上がりの空は秋の光に満ちて、見上げてはいられないほどまぶしかった。

紫紋は、その日、いつもより一時間早く店へ出た。暖簾が取りこまれた店の入り口に、マジックで殴り書きした「臨時休業」の張り紙が貼り出されてあった。それを外して、鍵のかかっていないサッシ戸を開ける。きのうまで丸三日間降り続いた雨の湿気が店内に充満していた。

床を掃き清め、テーブルを拭いて、湯を沸かす。冷蔵庫を開け、今日使える食材をチェックして、米をとぐ。全身の力を右手に集めて、リズミカルに米をかき回す。米をとぐのは好きな作業だった。単調な動作の繰り返しに無心になれるから。板前の見習い時代から、もう何度、こうして米をといできたことだろう。

ざくっざくっと心地よい音の中で、けれど、今日はちっとも無心になれない自分がいる。

ふいに手を止めて、店内を見回した。

しんと静まり返った店の中。いつもなら、サッシの戸を開けて、おはよう、とマリアの元気な声が飛びこんでくる時刻。

遠くに海を映す窓から朝の光が差しこむ。窓の外に立つ桜の木がその光を受けて、窓際のテーブルに枝葉の影を落としている。ときおり海風が通り過ぎると影がかすかに揺れる。店内で動くものといえばその影ばかりだった。


三日まえ、忽然とマリアはこの村から姿を消した。

あの男——与羽に連れられて。

自分はといえば、どうすることもできず、雨の中、村の道ばたで倒れて、克夫に救われた。そのあとは熱を出してうなされた。そして克夫に聞かされたのだ。信じがたいマリアの過去、マリアと与羽の関係を。

克夫はマリアの過去のすべてを語って聞かせたわけではなかった。ただ、高校生のマリアと担任教師だった与羽がただならぬ関係になり、結果、与羽の家庭をめちゃくちゃにしてしまった、と紫紋に教えた。

さらに驚きだったのは、与羽の妻は桐江家の長女だったという事実。つまり、女将の娘だった。だからこそ、女将は生涯マリアを許せないのだと。

克夫は暗い表情で、マリアを弁護することもなく、事実だけを淡々と語った。それがまた、紫紋を苦しませた。

「信じられない」と紫紋は、弱々しくつぶやくことしかできなかった。

「そんなこと、まさか、マリアが……」

克夫はしばらく黙っていたが、

「到底許されることじゃあねえ、とわかっとって、それでもマリアは、尽果に来たんやけ」

自分に言い聞かせるように言った。

一生を懸けて自分の犯してしまった罪を償おうと、ここまでやってきた。

その罪とは、妻子ある男と恋に落ちてしまった、などという単純なものではない。若い娘のいっときの恋なら、ちょっとした気の迷いだった、といつか思い出話にすることもできるだろう。誰でも通過する青春の通り道だったならば、どんなによかっただろう。

マリアと与羽の恋は「いっときの恋」とはまったく異質なものだった。狂おしい嵐は、ふたりの周辺をも巻きこんで根こそぎ奪い去るすさまじい力を持っていた。しかし十七歳のマリアは、自分の恋が周りの人々の人生をも狂わせるほど破滅的なものだと想像することもできなかったのだ。

ふたりが深い関係になったあと、「事件」と呼ぶべきことが起こった。

結局、マリアはひとりで「償いのために」この尽果へやってきた。十年まえ、マリアが二十五歳のときのことだ。

「事件」のあと、女将は持病を悪化させて体調を崩していた。マリアは、ひとり暮らしで病に臥している女将の面倒をみる、と申し出た。

そして、自分の命が尽きるまで、尽き果てても、この地を出ていかない——と女将に誓ったのだ。

しかし、女将はマリアを決して受け入れようとはしなかった。家じゅうの戸や窓を閉ざして、家の中へ一歩も入れまいとした。

女将が経営していた食堂「まぐだら屋」は休業状態のままだった。この店をなんとか再開できないだろうか、とマリアは願ったが、無駄だった。

蜘蛛（くも）の巣がかかったまぐだら屋の入り口に、途方にくれて座りこんでいたマリアをみつけ、自分の家に招いたのは克夫だった。

当時、克夫の家族——両親と妻——は健在だった。ただひとり、マリアと近い年頃の娘だけがいなくなっていた。都会の大学に入学した翌年、不慮の事故に遭い、命を落としてしまったのだ。

克夫がマリアを家に連れ帰ったとき、死んだ娘が帰ってきたのかと、誰もが息をのんだ。その瞬間から、マリアは克夫の家族に見守られて生きてきたのだった。

克夫たちの取りなしで、どうにかまぐだら屋は再開を果たした。立浪医師の説得もあって、やがてマリアは女将の身の回りの世話をするようになった。女将はマリアとはいっさい口を利かなかったし、目を合わせようともしない。ときどき癇癪が爆発して、手近な物を投げつけることもあった。このもんは悪魔やけ、と罵ることも。それでもマリアは、ただ、耐えた。

ほとんど給金ももらわず、村から一歩も出ずに、マリアは店の切り盛りと病身の女将の世話に全力を傾けた。身元の知れない若い女が尽果で古くから人望を集めてきた桐江家に出入りしている、ということで、初めはずいぶん怪しまれた。が、もともと流れ者が居着く風土だったため、やがてマリアは地域の人々に受け入れられるようになった。

克夫の家族や店の常連客に支えられて、マリアはどうにか生きてきた。ときどきやってくる流れ者が店の切り盛りを手伝ってくれることも何度かあった。そのつど、彼らは女将に言い渡されるのだった――店で働くためには条件がある。あのもんに惚れてはならん。悪魔やけ、と。恐れをなして行ってしまう者もいれば、気にせずに働き出す者もいた。しかし、たいてい長続きはしなかった。マリアに思いを寄せて、受け入れてもらえずに、絶望して出ていく。あるいは、打ち明けられずに、やはり絶望して出ていく。いずれにしても、マリアに恋して成就した者はいなかった。

この十年のあいだに、克夫の家族はマリアの過去をすべて知ることになった。しかし、父も、母も、妻も、そして克夫も――マリアにどんな過去があろうとも、この地にあの子がいる限り見守ってやろうと決心した。やがて、克夫の父は老衰で他界し、克夫の妻は病気で亡くなった。去年、母も老衰で逝った。家族同然の人々との別れを、誰よりも悲しんだのはマリアだった。

この村に来て、私、初めてほんものの家族に恵まれた気がするの。

いつだったか、マリアが、そんなことを克夫に言ったことがあった。

父にも母にも恵まれなかった。母は未婚で私を産んで、それからずっと、くるくると恋の相手を代えた。あんたなんか産まなきゃよかった、と母には疎まれ、相手にはいつも折檻された。あたたかい思い出なんて、ひとつもない。

自分で家族を作ることもできなかった。家庭のある人に恋して、何もかもめちゃくちゃにしてしまった私には、新しく家族を作ることなんて許されるはずもないもの。

でも、尽果に来て、家族というものが、どれほどあたたかく、ありがたいものかを知ることができた。

克夫さんの家族、店にやってくる人たち。それから、女将さん。

私にとって、みんな、いとしい家族なの。

私、ずっとここにいてもいいよね。ここで生きていってもいいよね。

ここが、尽果が、ほんとうの私のふるさと。

もう、どこへも行かない——。

マリアが不在のまま、夜九時、まぐだら屋の一日が終了した。

手早く片付けて、タッパーに総菜を詰めこむ。小さめのおにぎりをふたつ握ると、いつも女将の家へ行くときに料理を入れていく保温バッグに入れ、火の元を再確認して、消灯し、紫紋は店を出た。

その日いちにち、言葉にできないほど辛かった。治りかけの瘡蓋を爪で無理やりはがすような、じめじめした痛みが心を苛んでいた。

店の再開を待ちわびていた客がどっと押しかけ、目が回るほど忙しかった。マリアがいないので、いつもの倍、働かなければならない。しかし、いっそそれがありがたかった。余計なことを考えるほんのちょっとの隙間さえ、胸の内に作りたくなかった。病み上がりだというのに、一瞬も止まらずに紫紋は立ち働いた。そうでもしていなければ、マリアが不在であるという事実に打ちのめされて、到底耐えられなかっただろう。

丸三日間、克夫の家で世話になり、熱はすっかり下がった。しかし、食欲が一向に出ない。そがいじゃいつまでたっても店を開けられんがな、ちゃんと飯ぃ食えや！　とどやされて、ようやくご飯と味噌汁と焼き魚を口にした。克夫が作ってくれた即席の「定食」は、泣けるほどうまかった。

マリアがいなくなり、紫紋が倒れてしまってから、克夫は店に「臨時休業」の張り紙を出し、女将の家に料理を届け、紫紋の看病までしてくれた。味噌汁を啜りながら、ふと、親父ってこういう感じなのかな、と思った。

早くに父を失くした紫紋には、父親というものの記憶がほとんどない。その日に限ったわけではなく、いつしか紫紋は克夫に父親像を重ね合わせていたのだった。

家族の様子を気遣い、体調のすぐれない老母の面倒をみて、いい年をした息子が風邪をひけば味噌汁を作ってやる。言葉数は少ないが、淡々と日々の仕事をこなし、仏壇の中のご先祖さまを相手に晩酌をする。

そういう、父。

そう気がついたとたん、ふいに涙がこみ上げた。天井を仰いで、どうにかこぼれるのを止めた。

とにかく、店を開けよう。きっとマリアはすぐに帰ってくるはずだ。「ほんものの家族」がいるこの場所、彼女の「ふるさと」へ。

だから――。

懸命に働く紫紋に、常連客たちは「うまかったよ」「明日もまた来るけえ」と声をかけて帰った。誰ひとり、マリア不在の理由を問う者はいなかった。

この土地で暮らす人々には、あえて聞かない優しさがあった。昔から多くの漂流者がこの地に居着いた理由のひとつは、「言わざる聞かざる」風潮があったからかもしれない。

開店中は、出入り口のサッシ戸が開くたびに、紫紋ははっとして顔を上げた。入ってくるのは決まって方舟島の作業員だった。それでも、戸が開くたびに、はっとせずにはいられなかった。終日、そんな調子だった。崖っぷちぎりぎりに立って、いまにも背中を押されるような気分が店を閉めるまで消えなかった。

タッパー入りの総菜の保温バッグを提げて、紫紋は村の小径を歩いていった。

女将のところへ行くのは、なんとなく恐ろしい気がした。女将とマリアの関係を知ってしまったのだ、いままで通り接することはできないかもしれない。しかし、いつまでも女将の世話を克夫に任せるわけにはいかない。何より、女将の様子が心配だった。急に涼しくなり、体調が思わしくない、と克夫に聞かされた。早く行って様子見てやりいや、と。マリアがいなくなったことを克夫が女将に知らせたかどうかは、わからないままだった。

死ぬまでマリアを赦さない、と女将は言ったそうだ。

マリアは、死ぬまで償い続ける、と。

相容れないふたりは海と空の関係のようだった。すぐ近くに向かい合っているのに、水平線を挟んで、永遠の対立を描いている。それを思うと、紫紋の胸中にうら寂しい風が吹くのだった。

桐江家は昔から地塩村最大の権力者だったと聞いた。けれど、いま、病身の女将がたったひとりで寝起きするこの家のわびしさはどうだろう。質素を常とし、この地に流れ着いた人々を貴賤の別なく支援してきた。代々、桐江家の当主は、そうやってこの土地を静かに護(まも)ってきたのだ。

紫紋は丸弧の一件を思い出した。女将は、素性のまったくわからない青年に、故郷へ帰れと支度金まで渡していた。丸弧が人生をやり直すために、大きな力になってくれたのだ。自分もまた、そうだった。条件付きだったにせよ、女将が雇ってくれなければ、いま頃どうなっていたかわからない。

紫紋は、女将がマリアを遠ざけるのをずっと不愉快に思っていた。けれど同時に、どうしてもこの人を嫌いになれない自分にも気づいていた。厳しいけれど、ほんとうは心優しい祖母のような存在。いつしかそんなふうに感じていたのかもしれない。

いつもの寝室に明かりが点っていた。紫紋が熱を出した夜あたりから女将も体調を崩したと克夫に聞いていた。

紫紋は廊下に正座して、「お加減はいかがでしょうか」と声をかけたが、返事がない。障子を開けると、部屋の中へ入って、女将の枕元に正座した。

　女将は布団に横たわり、まぶたを閉じていた。かけ布団の下で胸が静かに上下しているのが見える。

「……出ていったんかえ」

　乾いた唇がかすかに動いて、しわがれた声がした。紫紋は女将の顔を見た。薄明るい蛍光灯に照らされた顔には生気がなく、うつろな目が宙をさまよっている。紫紋は、一瞬、女将の言葉の意味を探したが、すぐに気がついた。

　……マリアがいなくなったことを、もう知っているんだ。

「はい。……三日まえに。おれも、同じ頃、熱を出して……今朝まで、カツオさんのとこでお世話になってました。こちらへ上がれずに、すみませんでした」

　正直に言って、頭を下げた。女将は視線を宙に放ったままで、再び無言になった。しばらくして、長い息を放つと、つぶやいた。

「来たんやな。……あの男が」

　そうなることはもうとっくにわかっていた。そんな口調だった。紫紋は唇を噛んで、答えなかった。そうだ、と言えば、あの男とマリアの関係がいまだに断ち切れていないことを認めてしまうような気がした。

「待ったら、いけんがな。あれは、もう、帰ってきゃあせん」

女将の声が紫紋の鼓膜に重たく響いた。何か言い返そうとしたが、思うように声が出ない。

紫紋の動揺などまったく意に介さぬように、女将は、うわごとのように言葉を繋いだ。

ようく聴くがええ。

あれと、あの男はな……殺したんやけ。

たったひとりの、うちの娘と、幼い孫とを。


与羽とマリアは、崖から転落するように、あっというまに恋に落ちた。

落ちていくさきには、いかなる希望も心の平穏も、決して待っていないとわかっていて。

与羽は、マリアが家庭内暴力を受け、母親の恋人にも蹂躙されていることが、どうしても許せなかった。

マリアを保護し、施設に預けることも考えたが、そうなると、自分もマリアとの関係を続けられなくなってしまう。与羽はもがき苦しんだ。

恋することがこれほどまでに苦しいものだとは、平凡な幸せを満喫していた日々の中では想像することもできなかった。

マリアと会っているときは、与羽はまさしく天国にいた。別れの数秒後には、地獄に突き落とされた。どこにいても、何をしていても、マリアを求めて心は乱れ、さまよっていた。

マリアに会えないくらいなら、死んだほうがましだ。

与羽は思い詰めた。みるみるうちに痩せ細り、仕事も手につかなくなった。当然、妻も娘も眼中になくなった。

妻の杏奈は夫の異変にすぐに気づいた。杏奈は、恐ろしいほどの速度で夫の心がどこかの誰かに支配されていくさまを、黙って見ていられるほど寛容な女ではなかった。

杏奈は夫の相手をあっさりと突き止めた。それが夫の教え子と知って、どれほど後悔したかわからない。知らなければよかった。わかっていても知らんぷりしていればよかったのに、と。

知ってしまった以上は到底許せるはずがない。杏奈は、毎日毎晩、夫を責めた。生徒に手を出すなんて犯罪じゃないか。別れなければ学校に通達する。警察に突き出す。良妻賢母を絵に描いたような優しく明るい妻は消え失せた。呪いの言葉を吐き続ける妻に、与羽はいっそう追い詰められた。

ある日、とうとう、与羽は観念して言った。

別れよう。もう、おれたちはやっていけないよ。おれは、彼女と一緒にどこかへ消える。

言ってしまうと、どうしてもっと早くそうしなかったか、不思議に思えるくらい心が軽くなった。

何もかも捨てて、マリアとどこかへかけおちする。それ以外に方法はない。それですべてが解決できる。与羽は突然、そう理解した。たちまち舞い上がってしまいそうになったが、どうにかこらえて言葉を続けた。

花南のことはよろしく頼む。このさきも、なんとかして、生活費は送るから……。

杏奈は白い顔をして聞いていたが、やがて無言で部屋を出た。しばらくして、部屋に戻ってきた杏奈の手には包丁が握られていた。

行くならあたしを殺して行けば。そんなにあの子が好きなら、殺せるでしょ、あたしのこと。

そう言って、床に包丁を投げてよこした。

さっきまで歓喜で爆発しかけていたのに、冷や水を浴びせられて、与羽は凍りついた。吸い寄せられるように包丁をみつめていたが、震える右手を伸ばしてそれをつかんだ。そして、いきなり、自分の左手に突き刺した。

包丁は、薬指を貫通した。うめき声を上げながら、与羽は夢中で包丁を動かした。固くて湿ったいやな音がした。金色の結婚指輪が埋まる薬指を根こそぎ落とすと、おびただしい血が噴き出した。苦痛に顔を歪め、汗をしたたらせて、与羽は言い捨てた。

これでいいだろ。ほら、指ごと指輪を還(かえ)すから……。

杏奈は悲鳴を上げた。それっきり、与羽は気を失ってしまった。

目をさますと、病院の一室に横たわっていた。

部屋の中には誰もいなかった。左手は、どうなったのか、きっちりと包帯が巻かれていた。

夢からさめた与羽は、ほんとうの悪夢がこれから始まるのだとはまだ知らなかった。

枕元に、四つにたたまれた紙片があるのをみつけた。片手で広げて見ると、

屋上に来て

杏奈の文字でそう書かれていた。とてつもなく悪い予感が走った。与羽はすぐさまベッドを抜け出し、裸足(はだし)で屋上への階段を駆け上がった。

それは、悪い夢の続きを見せられているような光景だった。

屋上の柵を背にして、杏奈が娘の花南を抱いて立っていた。幼い娘はしゃくり上げながら震えている。それに向かい合うふたりの女——ひとりは、杏奈の母親。そしてもうひとりは、マリアだった。

三人の女の中央に無造作に包丁が投げられていた。いましがた終わったはずだった悪夢が

再現されているかのようだった。

杏奈は、マリアに向かって叫んだ。

さあ、あたしと娘を殺しなさいよ、それからあの人とどこへでも行けばいい。

やめてござ、杏奈、やめてごしなれ、と母が金切り声を上げた。

やめろッ。

与羽が飛び出したそのとき、マリアの手が包丁をつかんだ。そしてひと思いに、自分の左手の薬指を断ち切ったのだ。それは、一瞬の出来事だった。けれど、すべてがスローモーションのように与羽の視界を通り過ぎていった。

悲鳴を上げて、与羽はマリアを抱きかかえた。そして、その名を何度も呼んだ。

マリア、マリア、マリア！

ああマリア、なんてことを！

それから、ほんの数秒後だった。杏奈と花南、ふたつの体が宙に舞ったのは。

永遠のような一瞬の間。ずっと遠くで、どさり、と重たい音がした。

切り裂くような誰かの叫び声が風に乗って聞こえてきた。杏奈の母が声を上げた。動物じみた声だった。

与羽の腕の中で、マリアは気を失った。どくん、どくん、与羽の波打つ心臓に呼応するように、真っ赤な血が流れていく。コンクリートが赤く濡れて光って見える。

これは、夢だ。決して終わらない、覚めない悪夢。

この悪夢の主人公は、誰だ。

ああ、そうだ。おれだ。

いや、違う。

……マリアだ。


少し湿った夜風には秋の気配があった。虫の音があちこちの草むらで響いている。

紫紋は、マリアの家の前に佇んでいた。

真っ暗な窓に向かって息を吐く。女将の家にいるあいだじゅう、暗い海の底に沈められて息ができないようだった。

鉛のように重たい体を引きずって、ここまでやってきた。マリアはいないとわかっていても、彼女の気配のある場所に行かずにはいられなかった。

女将に教えられたマリアと与羽の過去は、あまりにも壮絶だった。

目の前で娘と孫をいっぺんに失った女将が、与羽とマリアを許せるはずがない。紫紋は、ようやくそう理解した。

もう、このさき一生、ふたりのあいだに和解はないのだ。その現実が、紫紋の胸にいっそう重くのしかかった。

マリアはいったい、どんな思いで与羽と別れ、尽果へやってきたのだろう。

決して女将に受け入れられないとわかっていて、死ぬまで償い続けると誓ったこの地は、マリアにとってはさながら流刑地だったのではないか。

そして、結局、マリアをこの土地の呪縛から解き放ったのは――与羽だったのだ。

あれは、もう、帰ってきゃあせん。

うわごとのように、女将は繰り返した。その言葉には、どこか悲しげな響きがあった。

帰ってきゃあせんよ。

紫紋は、あばら屋の玄関先に、力なく座りこんだ。

マリアがいない、その現実が、身を切られるほど寂しかった。

誰かの不在が、これほどまでにせつないことだとは。

その夜まで、そんなことなど知らずに生きてきた。そしてもう、知らない頃には戻れなかった。

第十八話　呼吸

尽果の村落の裏手に迫る小高い山に、紅葉の木々が群れている。

その葉が真っ赤に色づくのを、まぐだら屋へ通う道々、紫紋は遠く眺めていた。

色づいた紅葉は、紫紋にとって特別な意味を持つ。

東京で板前修業をしていたときのこと。秋の膳に添える紅葉を求めて、料亭「吟遊」の社長の「お屋敷」へ出かけていった。家政婦だった宮本静子が携帯に写メールを送ってくるのが、出かける合図になっていた。そろそろお屋敷の紅葉赤くなってきたわよ、というメッセージに誘い出されて、こっそり「紅葉狩り」にいったっけ。

一年まえのいま頃、後輩の悠太とともにお屋敷へ出向いた。そのときに限って、庭の紅葉の枝を手折っているのを女将にみつかってしまった。紫紋をかばって静子は家政婦の職を失い、お屋敷を去っていった。

もう少し。もう少しだけがんばって、一人前の板前さんになってください。

紫紋君。ありがとうね。

そんなメールが紫紋の携帯に届けられた。

それから、同僚だった仲居の晴香のこと。

紅葉が赤くなったら、と料理長の湯田に言われていたのだ。今年、紅葉が赤くなったら妻と離婚する。そうしてお前と一緒になるから、と。

密かに湯田と付き合っていた晴香にとっては、紅葉が赤くなるのがどれほど待ち遠しかったことだろう。湯田の言葉のすべてが嘘だったと、紅葉が色づくまで気がつかないほどに、待ち焦がれて。

そして、悠太。

晴香に思いを寄せていた悠太は、晴香の思いを全部背負って死んでいった。

一年まえに起こった、さまざまなこと。

紅葉のただひと葉にさまざまな思い出が蘇る。そのほとんどが思い出すだけで刺されるような痛みを伴うものばかりだ。

内部告発、老舗料亭「吟遊」の零落。責任のなすり合い、中傷、怒号、こなごなに砕けた夢。

死のう、と思った。

生きていても無駄だと思った。

あの夜、悠太が渋谷駅のホームに立っていたとき、おれは何をしていた？

円山町のラブホテルで晴香と抱き合っていたんだ。

何度も何度もジャケットのポケットの中で震えていた携帯。悠太からの、最後の電話。

助けてほしい、と悠太の命が叫んでいた。

あの電話に応えずに、おれはいったい何をしていたんだ——。

死のう、と思った。

無我夢中で寮を飛び出し、電車に乗って、バスに揺られて、死ぬ場所を求めた。

所持金が底をつくぎりぎりのところでバスを降りた。それが、この土地——尽果だった。

あれから、一年が経った。

紫紋が尽果へやってきて、一年。はるか昔のようにも、ついきのうのことのようにも思われる。

この土地にたどりついて、崖っぷちに立つ小屋のような店の前に佇んだとき。紫紋の目を奪ったのは、大きな壺に投げ入れてあった真っ赤な紅葉だった。

そしたら、最初に紅葉、取ってきてくれる？

店の手伝いをする、と申し出た紫紋が頼まれたのは、そんなささやかなこと。

刺身の皿に添えるためのひと葉を、店の前の壺に挿してある紅葉の枝から取ってきてほしい。

そう頼んだのは、マリアだった。

あれから、一年。

まぐだら屋からマリアがいなくなるなどと、どうして想像できただろうか。


尽果の秋は、驚くほど短い。

堪えがたいほど暑い夏が終わり、ようやく秋がやってきたかと思ったのも束の間、十月の終わりには冷たく張り詰めた空気に冬の気配を感じるようになった。

店へ出勤する道すがら、集落の裏山に紅葉の群生を眺めて、ひと枝いただきたいな、と紫紋は思いついた。いやいやだめだ、誰かの土地かもしれないし、勝手なことをしたら店の沽券に関わる、と思い直す。

そういえば、と、ふと思い出した。

女将さんの家の小さな庭にも、紅葉があったな。

最近は、午後二時頃に昼食を女将のもとへ届けるのは克夫の役目になっていた。夜、店じまいしてから女将の様子を見にいくので、どの程度紅葉が色づいているのか、紫紋にはわからなかった。

今日、女将さんに聞いてみよう。

もしも色づいているようだったら、ひと枝分けていただけませんか、と。

そんなことを考えながら、店へ行くまえにマリアの家に立ち寄る。

あばら屋の引き戸をぐっと引っ張って、閉まっているのを確かめる。道に面した台所の窓に下がったカーテンの位置が変わっていないかどうか、確かめる。

やはり、帰ってきていない。

ため息をついて、店へ向かう。マリアの家に立ち寄ったあとは、まるで橋のない川に行き着いてしまったような、やるせない気持ちが胸に広がる。

マリアがこの村からふいにいなくなって、二ヶ月が経とうとしていた。

ほとんどなし崩しにまぐだら屋の経営は紫紋に引き継がれた。いままで金銭の管理にはいっさい触れてこなかったが、こうなってしまった以上やらざるを得ない。「収支の管理をしても構いませんか」と尋ねると、女将は力なくうなずいただけだった。

店の収支はそこそこに黒字だった。店はもともと女将の所有で、賃料も発生しないし、スタッフは自分だけだ。経費はさほどかかっていない。いままで通りに仕入れをして、自分の給料もいただいた。残ったお金は金庫で管理して、月末に封筒に入れ、女将のもとへ届けた。女将は「そのまま金庫で管理するように」と言って、受け取らなかった。いちおう収支表のようなものも作成して届けたが、軽く目を通しただけだった。何もかも紫紋に任せる、ということのようだ。

毎朝、店へ出て仕込みをするたびに、自分がこのさき一生、この場所で、こうして働き続ける姿を想像した。

湯を沸かし、食材を刻み、料理をし、皿に盛り付けて、テーブルへ運ぶ。

腹を空かせた気のいい男たちが、ごちそうさん、ありがとさん、と言葉少なに声をかけてくれる。

自分の料理を待っていてくれる人たちのために、料理し続ける日々。

悪くない、と思う。そうだ。決して悪くない。

勤務中、紫紋はとにかく料理することに集中した。働いていないあいだは、一瞬たりともマリアを思わない瞬間はなかったのだ。だからこそ、料理しているときには目の前の食材に心のすべてを注いだ。

無味乾燥な料理に仕上げるわけにはいかない。

そんな料理をマリアはきっと望まない。

ひと口食べれば、心あたたまる料理を。

家族も頼れる人もおらず、流浪の果てにこの地へやってきた人がいるならば、その人の家族になり代わって、味わい深い料理を。

そう自分に言い聞かせ、一心不乱に包丁を動かした。

克夫や常連客たちの口から、ふっつりとマリアの名前が消え去った。自分を気遣ってのことだともちろんわかっていた。ありがたかったが、たまらなく寂しくもあった。

ごちそうさん、マリア。

また来るけえ、マリア。

どがしたんや、マリア。今日は、なんやら楽しそうだがな。

名前を呼ばれれば、マリアは微笑み返した。そのたびに心地よい潮風が吹き抜けるようだった。

あの風がもう一度吹き渡る日はくるのだろうか。

秋が深まるにつれ、女将の体調は芳しくなくなっていった。

ほんとうは昼にも様子を見にいきたいところだったが、何しろ大量の片付けと夜の仕込みがある。克夫が食事を入れた保温容器を取りに店へやってきて、紫紋の代わりに女将の家まで軽トラックで通ってくれた。午前と午後、一日に二度、まぐだら屋に通ってくれる。二日に一度は夕食のために夜も現れる。申し訳がなくて、昼もなんとかして自分が女将のところへ行く、と申し出ると、克夫は笑って答えた。

「そがな無理すんな。おまいはとにかく店のことだけぇようく面倒みてごせ」

やはり、困ったときに頼りになる父親のようだった。

売り上げの計算や掃除、すべてを片付けて店を出るのは十時近くだった。女将の家へ行くと、一日じゅうつけっぱなしの玄関の照明が細々と闇を照らしている。中へ入り、いつも通りに廊下に正座して両手をつく。

「紫紋です。お加減はいかがでしょうか」

以前なら、入ってごしなれ、とひと声あったが、このところ返事もない。十秒ほど待ってから、障子を開けて寝室の中に入る。枯れ葉に埋もれた古木のように、分厚いかけ布団に包まれて女将の体が横たわっている。その様子を見るたびにどきりとせずにはいられない。

耳を澄ますと呼吸の音がかすかに聞こえてくる。顔色や表情を観察してから、「いかがですか」ともう一度声をかける。ああ、としゃがれた声がひとつ、返ってくるばかりだ。

このところ女将はめっきり痩せ、顔つきもげっそりしてしまった。食欲がないようだと克夫に聞かされていたので、おかゆや野菜の煮物、ほたての貝柱で出汁をとったスープなど、食べ易いように調理にも気を遣った。以前は昼の定食に出したものをそのまま持っていくことも多かったのだが、最近はひと手間かけた料理を女将のためだけに作った。大変だったけれど、そうしてあげたかった。

紫紋は女将の顔をみつめた。色のない、深い皺だらけの顔。

いったい何歳くらいなのだろうか。積年の心労と長患いが実年齢よりも老いさらばえて見せているのだろう。

それでも、みつめていると、この人こそが、昔話に出てくる「由緒正しい日本のおばあさん」のような気がしてくる。「桃太郎」や「かぐや姫」に出てくる心優しいおばあさんのような。

辛い思いをしてきた人なのにな。

マリアを憎んで、どうしようもなく怨んで、そのためだけに人生の後半を捧げてしまったような人なのにな。

こんなふうに、毎晩毎晩、誰かの顔をみつめ続けているのが不思議だった。風邪を引いて寝こんだ母親を看病したときだって、こんなにみつめ続けたことはない。

皺の一本一本、呼吸するたびに少し膨らむ鼻腔、乾いた唇をみつめながら、女将の体験した凄絶な過去を思わずにはいられなかった。そして、どんなに苦しく辛い過去であれ、時間というものが人の顔をこんなにも荘厳にする、という事実に胸を打たれた。

いま、紫紋の目の前に横たわる女将からはいかなる憎しみも怨念も立ち上ってはこない。代わりにおごそかな静けさに包まれていた。

「なんぞ、うちの顔に付いとるかあえ？」

突然、女将の口が動いた。吸いこまれるようにみつめていた紫紋は不意をつかれて驚いた。女将は目をつぶったままだったが、全部見えているようだった。

「いいえ。その……いいお顔だな、と」

苦笑して紫紋が言うと、ふんと鼻を鳴らして女将が返した。

「そがなことは、死に顔を見て言え」

ひさしぶりにかわいくない女将が出てきた。少し嬉しくなって、

「はい。そうします」

笑って答えた。もう一度鼻を鳴らしてから、女将は言った。

「持ってってごぜ。うちの紅葉を」

女将の口もとに、ふっと微笑が浮かんだ。それから、消え入るような声が聞こえてきた。

毎年、この時期、うちの庭から紅葉、持っていきよったもんだ。

……マリアがなあ。


はらはらと舞い落ちた紅葉の赤が、女将の家の庭先を染めている。

その夕方、立浪医師の回診に紫紋は立ち会った。

看護師に背中を支えられ、ネルの着物の薄い胸に聴診器を当てられて、女将はか細く息をしていた。

ひと通りの診察が終わると、医師は紫紋に目配せをした。それを合図に、紫紋は医師のあとについて小さな庭へと出た。

紅葉の木の下に立つと、医師は静かな声で告げた。

「君にこんなことを言うのは適切かどうかわかりませんが……そろそろ、覚悟をしておいてください」

紫紋は医師を見た。医師は紫紋をみつめ返している。

「それは、つまり……女将さんは、もう……長くないってことでしょうか」

医師は黙ってうなずいた。紫紋は思わずうつむいた。

薄々わかっていた。女将の命が消え入りそうにはかなくなりつつあることを。

けれど、それを認めたくなくて、紫紋は女将の元気なところを探した。

いまでもときどき憎まれ口をきく。

おかゆをどうにか食べてくれる。

枕元に生けた紅葉を目を細めて眺めている。

それから……。

「紫紋君。君は、マリアさんの行方を知っているんですか」

医師の問いに紫紋は顔を上げた。医師の表情は沈鬱だった。

「もしも知っているなら……早く会わせてやったほうがいい。一日でも早く」

再びうつむいて、紫紋は力なく首を横に振った。医師は、紫紋の青ざめた横顔をみつめて言った。

「桐江さんに、いま、一番必要なのは……あの人なんですよ」

それから、紅葉の枝葉を見上げてしばらく口を結んでいたが、

「帰ってくるといいのですが。……紅葉が散ってしまうまえに」

医師のつぶやきがどこか遠い場所から聞こえてくるような気がした。

その夜から、紫紋は女将の家に泊まりこむことに決めた。

紫紋が店に出ているあいだは克夫が付きっきりで様子を看守る。介護スタッフは頼まないことにした。克夫いわく、「この村じゃあ、年寄りは家族と地域が面倒を看るもんだけ」ということだった。

女将はほとんど口を利かなくなっていた。が、意識ははっきりしているようだった。かろうじておかゆを食べるし、トイレへはどうにか杖をついていった。おむつをしたらええ、と克夫が勧めたところ、烈火の如く怒ったという。

ひさしぶりに元気な女将さんを見たわいや、と克夫は笑っていた。紫紋は複雑な気分になった。

呼吸が浅くなり、尿意を催さなくなったら、すぐに連絡ください。

医師からはそう言われていた。だからまだ大丈夫だ、と紫紋は自分に言い聞かせた。

「今夜からこちらでご厄介になります」

廊下で両手をついて紫紋はあいさつをしたが、返事はなかった。

女将の寝室の隣の和室、ふたつの部屋を隔てる襖を開けて、敷居ぎりぎりのところに布団を敷いた。女将の容体が急変したときに、すぐに気づけるように。

おやすみなさい、と声をかけて、天井から下がっている照明の豆電球だけをつけて、横になった。

女将が呼吸する音がかすかに聞こえてくる。

誰かの呼吸を間近に聞きながら眠った、いくつかの夜。

丸弧の寝息。菜の花畑で手首を切ったあと、精神安定剤を処方されて、大いに眠っていた。母を殺した、と思い詰めていたとは想像もできないほど、あっけらかんと呼吸する力に、かえって元気づけられもした。

母の寝息。風邪を引いて熱を出し、母が寝こんでしまった夜。なあにたいしたことながっぺ、明日には元気になって仕事に出かけていぐよ。少し苦しそうな寝息は、それでも生きることをやめようとしない母の強さそのものだった。

そして、マリアの寝息。

まぐだら屋に転がりこんだ見知らぬ若い男を自宅へ連れ帰った。どういうつもりなんだろう、と胸をときめかせた。あのときの自分を思い出せば、馬鹿だったなあ、と苦笑がこみ上げる。

苦しんでいる誰かを助けたい。その思いひとつで、マリアは自分を救ってくれたのだ。

襖一枚隔てて、マリアと自分と、ひとつ屋根の下、眠った夜。

マリアのおだやかな寝息に聞き耳を立てて、生きているんだ、と涙があふれた。

ふと、マリアの部屋の様子が脳裏に浮かぶ。

白いカラーボックスがあった。その上に、コップに挿して飾られていた薄紫色の一輪の野菊。そして、小さなふたつの位牌。

薄明るい闇の中で、紫紋は、そっと目を開けた。

ああ、そうか。

そうだったのか。

あれは、女将さんの娘と孫を供養する位牌、だったんだ——。

紫紋は、静かに起き上がった。布団の上にあぐらをかいて、横たわる女将を闇の中にみつめる。

白いかけ布団に繭のように包まれて、女将がいまはただ静かに待っているのがわかる。

女将は待っている。そして、受け入れようとしているのだ。

生涯にわたってどうにか遠ざけてきたふたつのもの。——死と、マリアとを。

紫紋は天井を仰いだ。こぼれそうになった涙を、ぎりぎりにこらえていた。

第十九話　再会

その朝、尽果の風景からいっさいの色を奪い去って雪が降った。

十二月の初め、去年よりも早い初雪だった。克夫が町で買ってきてくれたオイルヒーターの温度を最大に上げ、湯たんぽに熱い湯を入れ替えて女将の布団の中に入れてから、紫紋は女将の家を出た。ニットキャップを目深（まぶか）に被り直し、マフラーで口を覆ってから、いちめん白の景色の中へ分け入っていった。

女将の家で寝起きをするようになって、もう一ヶ月近くになる。つまり、マリアが尽果から姿を消して三ヶ月近くが過ぎようとしていた。

マリアがいない、という現実から逃げていた紫紋だったが、あきらめに似た気持ちが音もなく募っていくのを感じ始めていた。ちょうどこの雪のように、色も音もない気持ちが。

あの人はもう、帰ってこないのだ。なぜなら――。

――なぜなら、いま、幸せだから。

そんなふうに思うようになっていた。そう思うことで、少しずつ、自分の気持ちにケリをつけようとしていた。

あの人はいま、幸せなのだ。だから、帰ってこない。

ならば、それでいいじゃないか。

でも、女将さんは——どうなるんだ。

どんなかたちであれ、マリアがいま、ほんとうに幸せならばそれでいい。けれど、風の中で心細く揺れるろうそくの火のように、残りわずかな命を削りながら女将が待っていることを、紫紋はわかっていた。

女将は待っているのだ。あんなにも憎み続けたマリアが帰ってくるのを。

女将の体調は、紅葉が落ちる頃から日増しに悪化していった。

ここ数日はトイレに起き上がるのもやっとという状態だったので、紫紋は克夫と相談して、日中はいよいよ介護のヘルパーに来てもらうことにした。入院することを克夫から勧めてもらいもしたが、女将はがんとして受け付けない。仕方がないので、主治医の立浪医師には毎日午後に往診にきてもらえるよう頼んだ。立浪医師は町の個人病院の院長らしかったが、代々桐江家に世話になったとかで、熱心に女将の診察をしてくれた。毎日の往診も、まったくそれが自然なことのように、主治医は車に乗って定刻に現れ、ていねいに診てくれるのだった。

女将の容体を気にかけて、近所の人々がひっきりなしにやってきては何くれと面倒をみて帰っていく。紫紋が夜十時頃に戻ってくると、ヘルパーではなく、必ず近所の誰かが付き添っているのだった。当番制にしているわけでもないのだが、皆やりたくてそうしているのだった。

克夫によれば、この村の人々は何かしら女将や桐江家に世話になっている者が多いらしい。その内容はさまざまだった。経済的な援助、結婚や出産、仕事、心の悩み、先祖代々何百年もの付き合いがある家。紫紋ももうとっくに気づいていたのだが、この村の住人は皆、女将を頼りにし、心の拠りどころにしていたのだ。

自分だってそうだ。女将にどれほど助けられたことだろう。

女将の介護をしながら、紫紋には、どうしてもこの人のことが他人に思えないのだった。この人は自分の祖母であり、母だった。もはや会うことにもままならなくなってしまった母、女将より若いはずの母の面影を、紫紋は女将の痩せ衰えた姿に重ね合わせた。

近隣の人々も、自分の祖母や母に接するように、心をこめて女将に接しているのがわかる。こうしてみると、女将はまさしく尽果の母そのもののようだった。

そんな女将が、唯一突き放し続けたのが、マリアだった。

けれど、マリアは、懸命に女将の心に寄り添おうと努力してきたのだ。

それなのに。

女将の容体が刻一刻と重くなっているこんなときに限って、そばにいてあげないなんて。マリアが、いま、幸せならば、帰ってこなくても仕方がない。そう思う反面、帰ってきてほしいと願う自分がいる。

行き先を失ってしまった自分の思いには、どうにかケリをつける。けれど、せめて女将の最期に間に合うように、いっときでもいい、戻ってきてほしい。

店に向かって雪道を歩きながら、紫紋は冷えきった心を抱きしめる。

紅葉の終わる頃までにマリアが帰ってこなければ、女将の最期に間に合わないかもしれない。

医師は、そう言っていた。けれど、それに反して、女将はどうにか命の灯火を絶やさずにいる。

——待っているのだ。

雪に煙る国道を渡れば、崖っぷちに立つ「まぐだら屋」が見えてくる。ふと、店の入り口の前に人影を認めた。心臓がぎくりとする。

……まさか。

雪に足を取られながら、紫紋は店へと急いだ。人影の輪郭がだんだん見えてくる。黒いダウンジャケットにジーンズ。男のようだとわかった瞬間に、気持ちが急速にしぼんでしまった。

入り口の前に立っている男は、肩を縮こまらせ、足踏みをして、あきらかに誰かが来るのを待っている様子だ。紫紋の足音が聞こえたのか、うつむいていた顔がふっとこちらを向いた。

あ……。

「……マルコ？」

名前を呼ばれて、真っ赤なほっぺたがたちまちゆるんだ。「シモンさん！」と飛びついてきたのは、あの丸弧だった。

思わぬ再会に紫紋は面食らったが、丸弧が歓声を上げながら跳ね回るので、思わず笑い出した。

「なんだよお前、帰ってきたのか？　元気だったのかよ？」

「はいっ。超元気、めっちゃ元気っす！　この通りっす！」

紫紋は白い息を放って気持ちよく笑った。

ふたり揃って店の中へ入ると、丸弧は店の中を見回して、長らく留守をしていた自分の家に帰ってきたように嬉しそうな声を上げた。

「わあ、変わってねー。って、ここ出てって半年だから、あったりまえか」

「ああ、まあね」と紫紋は、マッチを擦ってストーブに火をいれながら相づちを打った。

「……変わってなくもない、けどね」

そうつぶやいてから、顔を上げて丸弧に訊いた。

「あれからどうしてたんだよ。おふくろさん、元気にしてるのか」

丸弧は、はい、とうなずいた。

「おれが逃げ出しちゃったあと、救急車でかつぎこまれた病院に入院してたらしいんすけど……おれが帰ったときは、もうアパートに戻ってて。おれの顔見たら、あ、帰ってきたの？　おかえり、って普通に言うんですよ。何それ〜、フツーすぎねえ？　って思ったんすけど……」

言いながら、照れ笑いになった。

「すんげえ心配かけちゃったんで。おれ、いま、働いて、母ちゃん養ってるんす」

脳梗塞で半身が麻痺してしまった母はリハビリをしている。その母を支えるために、丸弧は牛丼屋の深夜スタッフと道路整備員の仕事をやっている。先月は四日しか休まなかった、大変っすよ、と言いながらも、屈託のない笑顔がいかに充実した毎日を送っているかを物語っている。

あれは、去年の十二月のことだ。雪の中、この「まぐだら屋」に迷いこんだときの丸弧の瞳はどんよりと濁っていた。その瞳がいま、青年らしい輝きに満ちているのが、紫紋は嬉しかった。

「で……そんな忙しいお前が、なんでまた、こんな中途半端な時期にここへ戻ってきたんだよ」

やかんに水を入れ、ストーブの上へ運びながら、紫紋は訊いてみた。

確か、ここを出ていく日の朝、バス停で別れたとき、丸弧はマリアに尋ねたのだ。いつかまた、ここへ帰ってきてもいいですか、と。それに対して、首を横に振って、マリアは答えた。

お母さんのそばにいてあげて。

そのひと言には、もう決してお母さんをひとりにしないでほしい、だからここへ帰ってくるなんて言っちゃだめよ、という思いがこめられていた。丸弧もそれを理解したのだろう、黙ってうなずいていた。

それなのに、帰ってきた。いったい何があったのだろうか。

ダウンジャケットのポケットに両手を突っこんだまま、丸弧は紫紋をみつめて言った。

「聞きました。女将さんがよくないことと、……マリアさんが、いなくなったこと。カツオさんから」

紫紋は驚いて返した。

「カツオさんから連絡があったのかよ？」

丸弧はうなずいた。

「ケータイに電話、くれたんです。おれ、女将さんのこと気になってたんで、なんかあったら絶対に教えてくださいって、尽果を出るときに、カツオさんにケー番メモって渡しといたんです」

克夫から電話があったのは先週のことだった。マリアがわけあって村を出たきり戻らないこと、女将が年末までもつかどうかわからないこと……。職場に二日間の休暇願を出し、母親にも事情を話して、とるものもとりあえず、丸弧はすっ飛んできたのだった。

「とにかく、女将さん、お見舞いしなきゃって。それから、この店のことも……気になったんで」

シモンさんのことも、と丸弧は口の中でつぶやいた。紫紋は胸の奥が熱くなるのを感じた。

マリアがいなくなって一番苦しんでいるのは、誰か。

何もかも、丸弧はわかっているようだった。

丸弧は、その日いちにち、店を手伝ってくれた。牛丼屋で給仕してるんすから任せてください、と張り切って、定食の盆をテーブルへと運び、空いた皿を下げて、てきぱきと働いた。

紫紋の部屋でむっつりと引きこもっていた青年は、もうどこにもいなかった。

何人かの常連から「マルコやないか、帰ってきたんかいな」「元気そうだな、兄ちゃん」と声をかけられ、そのつど笑みをこぼした。

午前中に食材を持ってきた克夫も、丸弧に再会して、「よう来た。よう来た」と息子が帰ってきたかのように嬉しそうだった。

ひさしぶりに、まぐだら屋に笑顔があふれた。

このタイミングで丸弧に声をかけてくれた克夫に、そして何はともあれ飛んできてくれた丸弧に、紫紋は感謝したい気分だった。


その夜、紫紋は丸弧を伴って、女将のもとへと急いだ。

朝降っていた雪は昼までには止み、それほど積もることはなかった。けれど、夜の空気は刃物のように鋭く突き刺さる冷たさだった。ふたりの青年は背中を丸めて、明かりをつけっぱなしの玄関の中へ入っていった。

昼間に克夫が訪問したときに、「丸弧が来た」と女将に告げているはずだ。ふたりは冷えきった廊下に正座をした。丸弧は廊下に額がくっつくほど頭を下げて、告げた。

「女将さん。丸弧です」

それに応えるように、乾いた咳の音がした。紫紋は、行けよ、と目で丸弧に訴えた。丸弧はうなずいて、静かに障子を開けた。

分厚い布団に埋もれるようにして横たわる女将の枕元に、丸弧は座った。女将は仰向けにしていた顔をかすかに横へ動かした。そして、皺だらけのまぶたをかろうじて開けると、焦点の合わない目を丸弧に向けた。

「女将さん。おれ……帰ってきました」

丸弧の声は、少し湿っていた。

女将は、何も返さず、かすかにうなずいた。それきり、再びまぶたを閉じて、眠りに落ちてしまったようだった。

女将の部屋の隣の和室に布団を並べて、紫紋と丸弧は横になった。紐を引っ張って電気を消す。薄明るい豆電球の闇の中で、もぞもぞと隣の布団が蠢く気配が伝わってくる。紫紋はくすっと笑った。

「なつかしいなあ。横でマルコがもぞもぞしてる感じ」

つぶやくと、丸弧の声が返ってきた。

「ほんと、なつかしいなあ。この、ちょっとかび臭い、重たい綿布団に、みんなでくるまって」

　ふたりとも、肩まで布団を引っ張り上げて天井をみつめていた。

　血の繋がりがあるわけじゃない。昔からお互いを知っているわけでもない。けれど、女将と紫紋と丸弧、こうして三人、布団を並べて横になっている。その不思議なつかしさ。

「なんか、家族みたいだ」丸弧がぼそりと言った。「ねえ、シモンさん？」

「そんなもんかね」紫紋は、わざと関心なさそうに返した。照れ隠しだった。偶然、同じようなことを考えていたから。

「お前には東京で待ってる母ちゃんがいるだろ。それがお前の家族だよ。しっかり支えてやれよ」

　説教じみたことを口にしたら、「兄ちゃんみてえだ」と丸弧がくすくす笑う。

「ねえシモンさん。帰ってきますよ。――マリアさんも」

　薄明るい闇の中で丸弧の声が響いた。女将の耳にも届くほど、はっきりとした声だった。

　きっと、帰ってきますよ。

　だって、ここがあの人のふるさと。でしょう？

翌朝も、いちめんの雪で尽果の一日が始まった。

ちょうど半年まえと同じように、紫紋と丸弧は、並んで「尽果」バス停前に立っていた。

そして、半年まえと同じように、丸弧は帰ろうとしている。母の待つふるさとへと。

けれど、あきらかに違うこともある。降り注ぐ朝日の代わりに粉雪が舞い散っていること。

ふたりのあいだにマリアが立っていないこと。それに——見違えるように成長した丸弧。

その丸弧に向かって、紫紋はわざと不満げに言った。

「カツオさんにケー番教えといて、おれにはなしかよ？」

丸弧は笑って肩をすくめた。

「だって、シモンさん、尽果に来てからずっとケータイの電池切れっぱで、もう使ってねーって言ってたじゃないすか」

「ケータイじゃなくても、店の公衆電話から電話できるだろ。ケー番教えといてくれよ。その……なんかあったら連絡すっからさ」

丸弧は、ごそごそとポケットの中を探って、「これ」と握りこぶしを紫紋に向かって差し出した。紫紋は眉根を寄せて手を出した。

丸弧が紫紋の手のひらに載せたのは、携帯番号が書いてある紙片と、携帯電話の使い切り充電器だった。

「この充電器、東京から持ってきてたんです。シモンさんのケータイも生き返らせたくって」

そう言われて、紫紋の脳裏に、電池が切れたはずの丸弧の携帯電話に電源を入れた場面が浮かんだ。

丸弧の携帯電話が、ほんのいっとき、蘇った瞬間。何度も何度も、丸弧の手の中でそれは震えた。たまっていたメールを次々に受信して。そのすべては、死んだと思いこんでいた母からのものだった。

奇跡、と呼ぶにはあまりにもささやかな出来事。けれど、丸弧にとってはまぎれもない「奇跡」だった。

「何があってシモンさんがここへやってきたのか。おれ、いまだに知りません。でも、ひとつだけわかってることがあります」

紫紋の目をまっすぐにみつめて、丸弧は言った。

「シモンさんにふるさとがあって、シモンさんの母ちゃんが生きてるんなら……シモンさんを、待ってるはずです」

おれの母ちゃんが、そうだったように。

紫紋は、丸弧の瞳をみつめ返した。命の輝きに満ちた瞳を。

「いつか『そのとき』がきたら、ケータイに電源、入れてみてください。きっと、おれのケータイみたく、ブルッブルに震えますよ」

そう言って、丸弧は、自分が携帯になってしまったかのように、ぶるぶるっと体を震わせて見せた。ふたりは白い息を吐いて笑い合った。

国道の彼方から白い雪煙の中をバスが近づいてくる。半年まえと同じように、紫紋と丸弧は向かい合った。

「じゃあな。元気でがんばれよ」

紫紋は、コートのポケットに携帯の充電器を突っこむと、その手を丸弧に向かって差し出した。丸弧は黙ってうなずくと、紫紋の手を握った。丸弧の手は、力強く、あたたかだった。

「来てくれて、ありがとな」

素直な言葉が口をついて出た。丸弧ははにかんだ笑顔になった。

丸弧はバスの一番後ろの席に陣取った。曇った窓ガラスをダウンジャケットの袖でこする。丸く広がった窓の向こうで丸弧が手を振った。紫紋はちょっと片手を上げて合図した。大きく手を振り返したりするのは、やっぱり照れくさかったのだ。

真っ白な煙を噴き出して、バスは国道を走り去っていく。窓の向こうで、半年まえの別れのときとまったく同じように、丸弧は盛んに手を振り続けていた。ばーか、と紫紋はつぶやいて笑った。その瞬間、涙がふいにこみ上げた。あわてて空を見上げると、白い息を空中に放った。

さあ。おれも、帰ろう。

まぐだら屋に。誰もいない店に。

いまはもう、ここがおれの「ふるさと」なんだから。

そう自分に言い聞かせて、雪に煙る風景の彼方に佇むまぐだら屋を眺めた。一歩、踏み出そうとして、なぜだか足が前へ出ない。紫紋はバス停の前に立ち尽くしてしまった。

それは、何かの予感だったのだろうか。

もうしばらくは、その場で「待ちたい」気分にかられていた。何を待つのか、どうして待つのか、わからなかったけれど、とにかくその場を動きたくない、そんな気分だった。

丸弧が乗っていったバスは、八時二十四分の上りのバス。あと十五、六分もすれば、下りのバスが国道の反対側、「尽果」のバス停に到着する。

それは、運命のバス。自分が乗ってきたバス、そして、あの男——与羽が乗ってきたバスだった。

迷い、さまよい、追い詰められた人々。いままでに、もう幾人の男たちが、あのバスに乗り、「尽果」バス停に降り立ったことだろう。そして、この地で、生きる理由をみつけ、生き抜く力を得て、帰るべき場所がある人々は帰っていったのだ。そう、丸弧のように。

自分は——どうなのだろう。これから、どうするのだろう。

帰るべき場所など、とっくに失ってしまった自分は。

町の方角、道の彼方に、バスの影が現れた。雪に降られるままに、紫紋は、車影がどんどん大きくなるのを眺めていた。

生きることをただはかなんでいた自分を乗せてきたバス。かつてあの人が命を注いで愛した男が、あの人を連れ去るために乗ってきたバス。

真っ白に窓ガラスを曇らせたバスが国道の向かい側に到着した。コートのポケットに両手を突っこんだまま、紫紋は、屋根にうっすらと雪を積んだ車体をみつめていた。

停まった、ということは、また誰かが降り立ったのだ。「尽果」という、この世で一番寂しい名前のバス停に。

プシュウッ、とドアが閉まる音がした。紫紋は何度も瞬きをした。何かたまらなくまぶしいものをみつめるように、バスが走り去ったあとに残された人影に目を凝らした。

黒いダッフルコートのフードを被った誰かが、ふと、顔を上げた。

降りしきる雪のさなか、「尽果」に降り立ったその人は——マリア、だった。

第二十話　帰郷

湯気を立てるやかんを載せたストーブを挟んで、紫紋とマリアは、少し離れて、向かい合わせに座っていた。

マリアは、冷えきった手を温めるように、両手のひらで白いマグカップを包みこんでいる。いつも使っている自分専用のカップだ。紫紋が、マリアのカップにインスタントコーヒーを淹れ、コンデンスミルクを溶かして、渡したのだった。

ひと口飲んで、息をつき、「おいしい」とマリアは言った。

ベトナム風ミルクコーヒー。それは、紫紋が初めてマリアの部屋に泊まったときに作ってもらったものだった。あのとき、弱り切っていた体の隅々までミルクコーヒーの甘くやわらかい味がしみ渡る気がしたものだ。

それは、なんてことのない飲み物だった。けれど、あの味が、温かさが、どれほど自分を救ってくれたことだろう。

紫紋が同じものをマリアに出したのは、そんな思いがあったからだった。

あの男、与羽に連れ去られるようにして、マリアが尽果から姿を消して三ヶ月近く。その間、いったい何が起こったのだろうか。

当然、与羽と一緒にいたはずだ。いったんは別れても、若かったマリアが命をかけて愛した相手なのだ。再会を果たして嬉しかったに違いない。そして、この三ヶ月間、幸せに過ごしたはずなのだ。

ここへ、とにかく帰ってきてはくれたけれど……きっとまたどこかへ去ってしまうのだろう。

「ごめんなさい。……突然いなくなってしまって。びっくりしたでしょうね」

うつむいたままマリアが言った。消え入りそうな声で。紫紋は何も答えられなかった。

「ほんとはね。ここへ戻ってくるのが怖かったの。ひょっとすると、紫紋君も出てっちゃって、店をみる人が誰もいなくなって、閉店になってるんじゃないかって」

思いもよらぬことを言われて、紫紋は苦笑した。

「まさか。……出ていけるわけないじゃないですか。この店を……女将さんを残して」

「そうだよね」とマリアはため息をつく。

「出ていけるわけないよね。なのに、私は出ていっちゃったのよね」

しばらくうつむいたままだったが、やがて、意を決したように顔を上げた。

「ねえ紫紋君。私がここを出ていったのは……」

「いいんです。もうわかってますから」

マリアの目を見ずに紫紋がさえぎった。マリアは震える瞳で紫紋をみつめていたが、

「……聞いたのね。私のこと」

弱々しい声で言った。紫紋はかすかにうなずいた。

「すみません。カツオさんと……女将さんから、聞きました」

マリアは言葉を探しているようだったが、

「……全部？」

消え入りそうな声で尋ねた。紫紋は、もう一度、静かにうなずいた。

マリアは再びうなだれて、それきり口を結んだ。

黙りこくったふたりのあいだで、やかんの湯気だけが音を立てている。気まずい、けれど濃密な、マリアとふたりきりの時間。紫紋の胸は、噴き上がる蒸気よりももっと熱く、激しく動悸していた。

マリアは行ってしまうかもしれない。再び、あの男のもとへと、すぐにでも。

行ってほしくない。行かせたくない。もう二度と。

けれど、それがもしも彼女の幸せに繋がるのならば、どうして止めることができるだろうか。

「……昔付き合っていた人が、秋の初めの雨の日にこの村へ来たんだ。それで、私……その人と一緒に、バスに乗ってこの村を出てしまったの」

マリアがようやく話し始めたのを、「知ってます」と紫紋は強い口調で制した。

「おれ、見たんです。ふたりがバス停にいるところ。……あの人、マリアが来るまえにこの店に立ち寄ったんです。そのとき荷物を置き忘れて……それを届けようとして、おれ、追いかけてった……」

雨に濡れそぼりながら、固く抱き合うふたつの白い影。やけどの痕のように、くっきりと脳裏に刻まれた場面。

紫紋の言葉を聞いて、「そう……」とマリアは力なく相づちを打った。紫紋は、傷口に塩を塗る思いで、言葉を続けた。

「あの人は、あなたのことを連れ出すためにここへ来たんですよね。それであなたは、あの人と一緒に……」

「違うの」

今度は、マリアが紫紋の言葉を制した。

「あの人は、自分の命を絶つためにここへ来たのよ。奥さんと娘さんが眠るお墓の前で……名戯寺で」

あの凄惨な事件が起こってからのこと。与羽は職を追われ、マリアと別れた。見知らぬ土地へと流れつき、名前も素性も隠して、ひっそりと生き延びてきた。

マリアを思わぬ日はなかった。それ以上に、自ら命を絶った妻と、巻き添えになった娘のことも。夜叉の如く怒り狂い泣き叫んでいた義母——女将のことも。

いっそ死んでしまえば楽だっただろう。けれど、生きて苦しむことで罪を償うことができまいか。

与羽は自分に鞭打ち、日雇いで働きながら、社会的弱者を支える奉仕活動に従事した。質素に暮らし、日々瞑想した。やがて訪れる「その日」のために。

いつか「その日」がきたら、妻と娘の墓の前へ行って、自ら命を絶とう。それが、与羽に残されたたったひとつの希望になった。

「その日」、それは、与羽が「神に許される日」だった。罪人よ、お前はもう死んでもよい、と。

自分はクリスチャンでも仏教徒でもない。なんの宗教も信じていない。けれど、どこかにいることはわかっていた。「神」のような存在が。

その正体はなんなのかわからない。けれど、与羽はいつもその「神」のような存在に苦しめられ、戒められ、苛まれ、生かされてきた。どんなに逃れようとしても、その手の内側から出ることがどうしてもできなかった。

けれど、いつか「その日」がくる。もう死んでもよい、と許される日が。それだけがいつしか心の励みになっていた。死ぬために、どうにか生きてきた。

毎夜、与羽は悪夢にうなされていた。あの事件が起こってからは、泥のように疲れて眠るか、悪夢にうなされて目覚めるか、そのどちらかだった。自ら空中に身を投げた妻が最後に見せた悲しげな表情。無邪気な娘の顔が血にまみれて足もとにすがりつく。そして義母の暗いまなざし。お前を許さない、絶対に許さないと威圧する。ぐっしょりと汗をかいて、自分の叫び声に目覚めることもしばしばだった。

けれど、この夏の終わり頃から悪夢をみなくなった。

妻も、娘も、義母も、夢に現れない。眠ったあとは、ただ暗闇だった。死とはこういうものか、と思うほどやすらかな眠りが唐突に訪れた。自分を苦しませ続けた悪夢から解放されて、与羽は、むしろ寂寞(せきばく)とした思いにかられた。

苦しまされてもいい。妻に、娘に会いたい。

自分の考えが勝手すぎるとわかっていた。それでも、もういても立ってもいられなくなった。

一刻も早く、ふたりのそばへ行こう。

何かに突き動かされるように、尽果行きのバスに乗った。それが、与羽にとっての「その日」だった。「神のような存在に死ぬことを許される日」だった。

そうして、やってきた尽果で——名戯寺へと向かうバスに乗る直前に、マリアに遭遇した。

死ににきた、と与羽は言った。死んではだめ、とマリアは言った。

あなたが死んでも、何の解決にもならない。

いまはただ静かに生き、報われない人々の役に立つ何かをしているのならば、それこそが、あなたにとっての「解決」なのよ。

マリアは与羽と一緒に行き、繰り返し諭した。死んではだめ、生きるのよ、と。

三ヶ月間、マリアは与羽とともに過ごした。彼が、とある町で、みよりのない子供たちに勉強を教えるボランティアをし、高齢者の話し相手になり、多くの人々に慕われているのを知った。かつてマリアが激しい思いを寄せた与羽はもうどこにもいなかった。けれど、マリアはそれが嬉しかった。

ようやく落ち着きを取り戻した与羽に、マリアは告げた。

あなたが生き続ける限り、救われる人がたくさんいる。

私も、そのひとりです。

許してくれますか？　あなたと私の過去に起こった、いろいろなこと。

そして、私が私のふるさとへ帰ることを——。

紫紋とマリアは女将の家の門前に立ち尽くしていた。

ふたりの肩に、背に、雪が降りかかる。視界の中にあるもの、すべてが真っ白に染め上げられていた。その中で、庭先の紅葉の枝に残った最後のひと葉だけが薄暗い赤を点している。

「入りましょう」

紫紋が促して、さきに踏み出した。と、マリアの指先が伸びて紫紋の左手をつかんだ。振り向くと、少女のようにおびえた瞳がみつめている。紫紋は微笑んだ。

「大丈夫ですよ」

マリアはすがるように紫紋をみつめるばかりだ。冷えきったマリアの手を力強く握ると、紫紋はもう一度言った。

「大丈夫」

固く手を結び合ったまま、紫紋とマリアは女将の家へと入っていった。玄関先には男物の長靴がきちんと揃っている。克夫の長靴だった。

雪の反射でほの白く明るい廊下の板の上に、ふたりは並んで正座をした。紫紋は、両手をついて頭を下げると、障子の向こうへ呼びかけた。

「女将さん、紫紋です。……マリアが帰ってきました」

障子の向こうは静まり返っている。マリアは固く口を結んだままだ。紫紋は顔を上げて言った。

「マリアは、いま、ここにいます」

間があって、静かに障子が開いた。克夫が立ち尽くしていた。マリアは、両手を廊下についたまま、顔を上げられずにいる。

「……入ってごしなれ」

克夫の静かな声がした。マリアは体を硬直させている。紫紋は、その肩をごく自然に抱いて、ゆっくりと立ち上がらせた。

克夫と紫紋とマリア、三人は、布団に横たわる女将を囲んだ。

女将は目を閉じたまま、反応がない。かけ布団がかすかに上下するので、ごく弱い呼吸をしているとわかる。間に合った、との思いが紫紋の胸に浮かんだ。

マリアは顔を伏せていたが、ゆっくりと視線を上げると克夫を見た。克夫はおだやかなまなざしをマリアに向けている。長い旅から戻ってきた娘を迎え入れる慈父のような瞳だった。

マリアはすっかり固まってしまって、氷の彫像のように冷たく正座したままだ。何度も唾を飲みこむたびに白い喉もとがかすかに痙攣(けいれん)している。どうしても声が出てこない。紫紋は、膝の上で拳を握り、心の中でマリアを励ました。

がんばって、マリア。どんな言葉でもいい、女将さんに語りかけてあげてください。

ふと、かけ布団が動いた。克夫がそれに気づいて、「どがした」と声をかけた。女将は、枯れ枝のような両手を布団の中から引き出すと、頭上に弱々しく差し出した。まるで、遠く消えゆく虹をつかもうとでもするように。

克夫がにじり寄り、女将の背を支えて静かに抱き起こした。女将はようやくまぶたを開いた。焦点の合わない目で前を見た。マリアの顔を。

ごくかすかな声が、女将の口もとから漏れるのが聞こえてきた。

……帰ってきたんかえ……。

紫紋は息を殺した。最後のひと葉がいまにも落ちそうなのをみつめる思いだった。

マリアの瞳が震えている。風が吹き抜けた水面にも似て、揺れている。

次の瞬間、女将の両腕の中に抱かれるマリアを、紫紋は見た。

それは、まるで、一枚の絵だった。

ずっと昔、どこかで見たことのある絵。テレビか、教科書か、雑誌か――わからない。けれど、紫紋の脳裏にその絵がはっきりと浮かんだ。「聖母子」の絵が。

女将の胸に抱かれて、マリアは泣いた。真珠の粒のような涙が、赤みのさした頬をすべり落ちる。女将の口もとにふっと微笑が点った。

よう、帰ってきた……。

お母さん、と囁き声が聞こえた。マリアが呼びかけたのだ。女将さん、ではなく、お母さん、と。

お母さん。

紫紋の胸に熱いものがこみあげた。もう、止められなかった。涙が頬を伝うのをそのままに、紫紋は、女将とマリア、ふたりの姿をみつめ、心に焼き付けていた。そして祈っていた。どこかにいる「神のような存在」に。

永遠なんて、そんなもの、はなから信じていない。

けれど、どうか、あと少しだけ――このふたりを、このままで。

ずっと遠くに、鈍色（にびいろ）の海が静かに横たわっている。

線香の青い煙がすがすがしい香りを放って、冷たい風に流されていく。

克夫と、マリアと、紫紋。名戯寺の墓地にある桐江家の墓の前でじっと手を合わせている。

最初に顔を上げたのは、克夫。続いて、紫紋。マリアは、目を閉じ、手を合わせてしゃがんだまま、なかなかその場を離れなかった。

年が明けてまもなく、女将の四十九日の法要が終わり、無事納骨もすんだ。告別式も、法要も、この村にこんなに人がいたのか、というほど、大勢の人が集まった。不思議なことに、悲しみにふさぎこむ者はおらず、誰もが皆、女将の遺影に向かって、ありがとう、ゆっくり休んでごしなれ、あっちでも幸せに暮らしてごしなれと、旅立ちを励ますようにあたたかく言葉をかけていた。

告別式では克夫が喪主になり、村人総出で式を手伝ってくれた。直会（なおらい）では、紫紋が料理長として会を仕切った。数が多いので手のこんだ料理は供せなかったが、うまい、さすがシモンや、まぐだら屋や、とあちこちに笑顔が咲き広がった。マリアがいつしか帰ってきていることも、誰も問い質しはしなかった。不問が、すなわち、おかえり、という言葉そのものになっていた。

初七日が過ぎ、紫紋は「まぐだら屋」を再開する準備を始めた。一方、マリアは店に復帰することをためらっていた。女将が他界するまえに「店を頼む」と言われたわけじゃない。急にいなくなっておきながら平気な顔をして復帰するなんて、と。紫紋は苦笑して言った。

「おれだって、女将さんから『頼む』って言われたわけじゃありません。でも、お客さんたちが店の再開を待っててくれるんだし、開けないわけにはいかないでしょ？」

けれど、無理にマリアを引っ張り出すつもりは毛頭なかった。その気になるまで待とうと決めていた。

女将さんも、おれも。待ち続けた。マリアが帰ってきてくれるのを。

いま、こうして、マリアは尽果へ戻ってきてくれたんだ。ここまできたら、何日でも、何ヶ月でも待つ。マリアが店に戻ってくれるのを。

そうして、「まぐだら屋」は再開した。待ちかねた客がどっと押し寄せた。店をひとりで切り盛りする紫紋にとっては、再び目の回るような日々がかえってきた。

マリアは女将の家の片付けをし、長い時間を女将の家で過ごした。ふさぎこんでいるわけではない。心静かに女将の魂と向き合っているのだ、と紫紋にはわかっていた。

「十分悲しませてやるがええ。それが何より、マリアにとっちゃあ一番の薬じゃけ」

克夫の言葉に紫紋はうなずいた。

いつまででも待とう。

あの人の心がおれたちのところへ帰ってきてくれるまで。

そして、四十九日を迎えたその日、名戯寺の桐江家の墓に納骨をした。この地へやってきて以来初めて、マリアは墓所に足を踏み入れたのだった。行ってもいいのかな、とまだ戸惑うマリアを、克夫と紫紋が励ました。いまこそ、女将と彼女の娘と孫、彼らの先祖代々の霊に向かって一緒に手を合わそう、と。

線香の煙がたなびく中、ずいぶん長いこと、マリアは目を閉じ、手を合わせていた。女将たちと話したかったことがたくさんあるに違いなかった。紫紋と克夫はその細い背中を見守った。

墓所は小高い山の上にあって遠くに水平線が眺められた。紫紋は、ふと、夏の初めに丸弧や克夫とともにこの寺を訪ねたことを思い出した。丸弧は無縁仏の墓のお参りがしたいと言い、克夫は両親や妻や娘が眠る自家の墓へと行った。マリアだけが、私行けないから、と言って、寺の境内でひとり、待っていた。

もうずいぶん長いあいだ、こうして手を合わせたかったに違いない。けれど、死ぬまで許されないはずだからと自分を厳しく戒めていたのだ。

死ぬまで許されないはずだから。その言葉の重さを、紫紋は、いまは自分の身の上に感じていた。

自分もそうだった。死ぬまで許されないはずだと思い続けていた。

後輩を死に追いやり、かつての勤務先を破滅に追いこんだのは、自分自身なんだから。

自分はもうどこにも行けない。どこにも帰れない。その状況は一年以上経ったいまでも変わっていないんだ。

だけど、それでいい。なぜなら、自分の居場所はここなのだから。

これからも、ずっと、いられればいい。マリアのそばの、この位置に。

ふと、マリアが顔を上げた。まっすぐな背中ですっと立ち上がると、克夫と紫紋のほうへ振り向いた。そして、少し照れくさそうに笑みをこぼして、言った。

「私、帰りたい。……まぐだら屋に。いいかな」


名戯寺からの帰り道、マリアと紫紋は、克夫の車で送ってもらって、まぐだら屋へとやってきた。

その日は定休日だったが、マリアは明日の仕込みを手がけたいという。

「料理の勘がにぶっている気がして。ちょっと試しておきたいんだ」

引き戸を開けて、店の中に入る。ストーブに火をおこして、水を入れたやかんをかける。

マリアが帰ってきてくれたのが嬉しくて、紫紋は袖をまくり上げながら声をかけた。

「何から仕込みます？　食材は……ブリの冷凍したのと、小エビもありますね。出汁はいつも通りの量を作ってあります。それに……」

マリアはストーブのそばに立ち尽くしていたが、

「言いたいことがあるの」

紫紋は、カウンターの内側で、食材を取り出す手を止めた。マリアは、紫紋から目を逸らさずに言った。

「あなたにも、帰ってほしいの。……ふるさとに」

それは、思いもしなかった言葉だった。

紫紋は、不意をつかれて、マリアをみつめ返した。その瞳は静かに澄み渡っている。紫紋の心の奥まで見通すようにみつめている。息が詰まりそうになって、紫紋は顔を逸らした。

「何言ってるんですか。……おれには、ふるさとなんて……」

言いかけると、

「ずっと言おうと思ってた。でも、なかなか言えなかったの」

マリアが言葉を挟んだ。紫紋は、もう一度、マリアを見た。マリアの瞳は、やはり静かで真剣だった。

「あなたが、どうしてこの村へやってきたのか……わからなかったけど、私、いつのまにか頼りにしてたんだ。女将さんや私のこと、助けてくれて。紫紋君がいてくれれば、店がにぎやかで、お客さんもみんな喜んでくれて……紫紋君がここにいてくれて、よかった。いつまでもいてくれればいいな、って」

「だったら」と今度は紫紋が口を挟んだ。

「だったら、いいじゃないですか。これからもずっと、おれ、ここで働きます。ここにいたいんです」

あなたのそばに、と言いたかった。けれど、そのひと言だけはのみこんだ。一瞬、マリアは、祈るように目をつぶったが、すぐまた紫紋をみつめて言った。

「あなたの帰りを待っている人がいるでしょう?」

その刹那、母の顔がふっと浮かんで消えた。

「そんな人、いませんよ」

意地を張って言い返した。けれど、ほんとうかもしれなかった。母は、もはや自分の帰りを待ってなどいないかもしれない。いや、待っていてほしくない。現実から逃げ出して、心痛で夜も眠れずにいた母を故郷に置き去りにして、死に場所を求めて尽果へやってきたのだ。そんな自分を母はいまだに待っているかもしれないと考えるのは、どうしようもなく苦しかった。

「似てるよね。あなたと、私」

そう言って、マリアは微笑した。やはり静かな微笑みだった。

「私もずっとそう思っていたの。私のことを待っていてくれる人なんてこの世にいない。私にふるさとなんてないって、突っ張り続けてきた。だけど、こんな私でも、待っていてくれる人がいた」

女将さん、カツオさん、尽果の人たち。それから、紫紋君。

あなたたちが私を待っていてくれた。

だから私、帰ってきたの。帰ってこられたの。——この場所に。

「帰りなさい、紫紋君。あなたも、あなたのふるさとに」

通り過ぎる風のように、ごく自然に、マリアが告げた。

あなたの帰りを待っている人がいる。

その瞬間、紫紋の目の前にふるさとの花畑が広がった。

いちめんの薄紫に大地を染め上げた幾千万の小さな野菊。その花弁を揺らして、そよ風が吹き渡る。

はるかな野原をみつめているのは、母。その母の腕に抱かれているのは、自分。

決めだ。いま、決めだ。生まれだばっかりの、お前の名前を。

お前の名前は紫紋。この薄紫の野原みだく、広ぐ、明るぐ、育っていげや。

父ちゃんいなぐども、母ちゃんがいる。母ちゃんが、お前を守る。

せば、育っていげや、紫紋。この野原みだぐ。

紫紋は、心の目でみつめていた。ふるさとの野菊の原を。微笑みかける母を。

紫紋。母ちゃん、いつまでも待ってるよ。

帰っておいで――。


自室のすり切れた畳の上に、ぽつんと置かれた携帯電話。

あぐらをかいて、紫紋がそれと向かい合っている。

尽果へ来るまえにバッテリーがなくなった。それっきり、唯一の手荷物だったボストンバッグの底に入れっぱなしで、今日まで取り出すことはなかった。

紫紋の右手にパックに入った充電器が握られている。丸弧が別れ際にくれたものだ。これで、シモンさんのケータイも生き返らせてやってください。そう言い残して。

紫紋は、覚悟したように、勢いよくパックを破いた。充電器を携帯電話に繋ぐ。両手の上に携帯を載せて、しばらくみつめた。それから、携帯電話を真ん中に入れて両手を合わせた。何かに向かって祈りでもするように。

フラップを開けて電源のキーを親指で押さえる。ぐっと力を入れる。数秒後、ふっと画面に明かりが点った。
紫紋は、息を止めて画面をみつめた。
数秒後。携帯は震え始めた。画面に文字が現れた。
新着メール五十通。留守番電話五十件——。

差出人：宮本静子
件名：どこにいるの
日付：11.25　23:31
紫紋君、いまどこにいるのですか。テレビでニュースを見ました。大変だったことと思います。でも、何ひとつあなたのせいではありません。誰もあなたを責めません。どうか一日も早くお母さんに連絡してあげてください。そして、もしよければ、私にも。待っています。

差出人：晴香
件名：ごめんなさい
日付：03.03　0:55

あの事件が起こってから、そしてあなたがいなくなってから、三ヶ月経ったね。最近はマスコミの報道も落ち着いたし、事件のことを噂する人たちもいなくなった。「吟遊」は倒産して、社長や女将さんたち幹部は辞任して。料理長も解雇されたね。あなたもきっと、どこかでこのニュースを見たんだよね。

こういう結末になって、もう少しすっきりするかと思ってた。でも……私自身も、失ったものが大きすぎたんだって思う。職場や料理長じゃないよ。悠太君と、紫紋さん。兄弟みたいなふたりの仲を、もう二度と取り戻せなくしてしまった……、それが一番大きな、痛すぎる「喪失物」だった。

あなたの言う通り、私、故郷に帰りました。何度死のうと思ったか、わからない。でも、そのたびに、母に励まされたの。死んじゃだめだ、生きて償えと。母には、何があったか全部話しました。母は、怒りませんでした。ただ、泣きました。そして、亡くなった悠太君のためにも、いなくなってしまったあなたのためにも、しっかり前を向いて生きろと言ってくれました。

そんなこと、許されないいんじゃないかな。ふたりが苦しみ抜いたのに、私だけがのうのうと生きてくなんて。いろいろ考えて、とうとう、カッターで手首を切ったの。でも、迷いがあったんだと思う。死にきれなかった。母は、本気で怒って、私を平手で叩きました。

死んで楽になるくらいなら、生きて苦しみなさい。苦しみ抜いて、生きなさい。それがあんたにできる唯一の償いなんだ、って。それで、やっと目が覚めました。

苦しみ抜いて、生きる。そのさきに、かすかな光が見えてくるかもしれない。いまはまだ苦しみの真ん中で、その光が、いつ、何をきっかけに見えるものなのか、わからないけど。

これからも生きて、いつか幸せになる、とはまだ言えません。でも、あなたは、これからも生きて、いつか幸せになってくれればいいな、と思ってます。

その思いを消さないために、私も生きていければいいな。

紫紋さん、晴香は元気です。生きています。いつか、どんなに未来でもいい、あなたに会って、ごめんなさい、と言わせてください。その日が、きっと、私にとっての「光」になるはずです。

こちらは留守番電話サービスセンターです。五十件の伝言をお預かりしています。

一番目のメッセージ　十一月二十四日　午前一時十六分

『紫紋、母ちゃんだ。メール、いっぺえ送っただども、返事ください。待ってます』

五番目のメッセージ　十二月五日　午後十一時三分

『紫紋、母ちゃんだよ。あんたは、ちっども悪ぐないよ。悪ぐない。帰っておいで』

十番目のメッセージ　一月一日　午後十時五十一分

『母ちゃんだよ。あけましておめでとう。元気？　どっかで、ちゃんと年越ししたか。お餅、食べだか。母ちゃんは、いつもの雑煮作ったよ。食べに帰っておいで』

二十番目のメッセージ　四月二十日　午前八時二十七分

『母ちゃんだ。こっちは、春がきだ。そっちは、どうだい？　桜、咲いてっか。教えてください。待ってるよ』

三十番目のメッセージ　九月一日　午後十時三分

『母ちゃんだよ。暑い夏だった、そっちはどうだった？　まだまだ、秋は遠いよ。夏バテしてませんか。母ちゃんは元気だよ。待ってるよ』

五十番目のメッセージ　十二月三十一日　午後九時三十分

『紫紋。母ちゃんだよ。帰っておいで。もう、いいから。なんでもいいから、帰っておいで。待ってるから。母ちゃん、待ってるから』

待ってるから……いつまでも。

尽果のそこここに広がる野原を、黄色い雲のような菜の花が埋め尽くした。山桜が咲き乱れ、小高い山の斜面のところどころで霞のように白い花が揺れる。そのたびに、まるで山が笑っているように見える。

うららかに晴れた空のもと、布団袋を克夫の軽トラックの荷台に運び入れて、「これで全部です」と紫紋が言った。

「なんや、もうおしまいか。なんも持っとらなんだんやなあ」

拍子抜けしたように克夫が返す。額に汗をかいて、紫紋は笑った。

「だって、もともと最低限のものしかカツオさんに借りてなかったし。ここに暮らすようになってからは、店のことが忙しくって、町にも行かなかったし。結局、おれの持ち物は、ここに来たときとおんなじ。これだけです」

そう言って、右手に提げていたボストンバッグを持ち上げて見せた。「おう、身軽やの」と克夫も笑った。

今日、紫紋は、尽果を出る。母の待つ、ふるさとへ帰るのだ。

復活した携帯電話に、容量いっぱいになるまで残されていたメールと留守番電話。吟遊の元家政婦・宮本静子からのもの、晴香からのものもあった。けれど、そのほとんどは母からのものだった。

マリアが、丸弧が言った通り、母は、ただひたすらに待っていてくれた。息子が連絡をよこす日を。いつかふるさとへ帰ってくる日を。

もう迷うことなく、紫紋は母に電話をした。そして詫びた。

いままでごめん、心配かけて。ありがとう、待っててくれて。

もしもいままでのこと、許してくれるなら——おれ、帰るよ。母ちゃんのところに。

だけど、ひとつだけ、頼みがあるんだ。

いま、東京から遠く離れた場所で暮らしてるんだ。食堂に勤めて、料理を作ってるんだ。たくさんの人のお世話になったんだ。その人たちに、お返しがしたくて。

だから、春まで待ってくれるかな。それまでに、お世話になった人たちに、精いっぱいうまい料理を食べてもらって、ほんの少しでも恩返しして、お礼を言って別れたいんだ。

でも、心配しないで待っててほしい。おれ、必ず帰るから。

春になったら——。

母は、最初、言葉もなく、ただ泣いていた。やがて、言ってくれた。思う存分恩返しをしなさい。人生で一番おいしい料理を作りなさい。それから帰っておいで、と。

春までの三ヶ月間、紫紋はマリアに料理の手ほどきをした。紫紋の無駄のない動きと盛り付けの鮮やかさに、マリアはずっと感心していて、帰るまえに教えてほしい、と頼まれたのだ。味付けやもてなしの心は、自分はマリアの足下にも及ばない、と紫紋は思っていたが、自分がこの店にいたというささやかな足跡を残していけることは嬉しかった。

いつまでも、マリアのそばにいたい。それがかなわないならば、マリアをさらっていきたい。そんな思いが胸からあふれそうになる瞬間が何度もあった。けれど紫紋は、よくわかっていた。この気持ちを乗り越えていかなければ、マリアも自分も幸せにはなれないのだと。

長く苦しい旅路の果てに、マリアは「尽果」というふるさとをみつけ出した。

自分もまた、ふるさとへ帰るのだ。待っていてくれる母のために。送り出してくれるマリアのために。何より、自分自身のために。

明るく澄んだ豊かな冬を、紫紋は、マリアと克夫と尽果の人々と、ともに心ゆくまで過ごした。

そして迎えた、今日。春らんまんの旅立ちの日。

「ほしたら、あしはここで」

荷物をすっかり積み終わった軽トラックの傍らで、克夫が紫紋に言った。

「ええ**?**」と紫紋は情けない声を出した。

「町まで送ってくれるんじゃないんすか**?**」

「だらす（馬鹿）」と克夫が苦笑した。

「そがなこと、思ってもおらんくせに。バスに乗って帰（い）ぬるつもりなんやろ。来たときとおんなじ道を、おんなじように。ほれ、早よう行け。乗り遅れるわいや」

くるりと背を向けて、運転席に乗りこもうとするのを、「カツオさん」と呼び止めた。振り向いたいかつい顔に向かって、

「ありがとうございました」

深々と頭を下げた。ほんとうは、もっと、いろいろなことを言いたかった。けれど、言葉にならなかった。克夫は、ふっと笑顔になった。

「いつでも帰ってこい。ここは、おまいのもうひとつのふるさとやけ」

そう言って、右手を差し出した。紫紋はその手をしっかりと握りしめた。

分厚くて固い、働く男の手。親父の手って、こんな感じなんだろうな。そう思った瞬間、涙がこみ上げた。


すがすがしく晴れ渡った空を映して、凪いだ海は鏡面のように輝いている。

海岸沿いの国道には、春風が吹いている。桜、スイセン、タンポポ、菜の花。春の花々の

香りを乗せて。

国道へ出た紫紋は、上りの「尽果」バス停に佇む人影をみつけた。

おだやかな春風に木綿のスカートの裾を揺らし、空を仰いで佇むその人、マリア。額にかかる髪を片手でかき上げている。何気ない仕草を目にしただけなのに、紫紋の胸がせつない音を立てる。

紫紋の姿を見ると、大きく手を振って合図した。紫紋も手を挙げて応える。

「荷物、それだけ？」

しなびたボストンバッグを見て、マリアが言った。紫紋は、また苦笑した。

「カツオさんにもおんなじこと言われました。これだけですよ、来たときとおんなじ。なんにも変わらないです」

マリアも笑顔になった。そして、言った。

「変わったよ。あなたも、私も」

もしも、このバス停に降り立たなかったら。マリアに出会わなかったら。きっと、もっと別の人生を自分は歩んでいたに違いない。

いま、自分が呼吸し、生きているのが、その「別の人生」じゃなくてよかった。この人生で、よかった。

マリア。あなたに会えて——。

マリアの背後、ずっと遠くに、豆粒のようなバスの影が現れた。胸に募る思いのすべてを伝えるには、バスが到着するまでの時間は短すぎた。けれど紫紋には、どうしても、マリアに伝えたいたったひと言があった。

紫紋は、持てる勇気のすべてを振り絞って、マリアに向かい合った。世にも不器用な告白をするために。

「マリア。おれ、あなたを——」

その刹那、紫紋を包みこんだのは、はたして春風だっただろうか。

花の香りに、ふわりと抱かれた。紫紋の首筋に触れる、やわらかな頬。

ありがとう。だいすきよ。

幻のような囁きを聞いたかと思った瞬間、ふたりのすぐそばにバスが停まった。

プシュウッと音を立ててドアが開く。紫紋は、何も言えないままで、ほんの一瞬、マリアの体を抱きしめた。思いのすべてをこめて。

思ったよりも、ずっと小さくはかない体。けれど、しなやかな命の輝きに満ちあふれていた。

唯一の乗客である紫紋は、一番後ろの席に陣取った。ドアが閉まる。町へ向かうバスが、発車する。

窓の向こうで、マリアが手を振っている。大きく、ゆっくりと。

紫紋も、手を振った。夢中で振った。涙があふれる。どうしようもなく。

かすんだ視界の彼方に、マリアの姿が遠ざかる。やがて白い光の粒になって、消えた。

全開の車窓から潮風が吹きこんでくる。桜の花びらが車内に迷いこんで、古びた板張りの通路の上ではらはらと舞う。入り江の大きなカーブで、バスがゆっくりと減速する。

誰もいない車内なのに、紫紋は座席の背に隠れるようにして涙をぬぐった。それから、座り直して、まっすぐ前を向いた。

ずっと遠くの前方に町が見える。建物が白い集積になって輝くのを、紫紋は目を細めてみつめた。どんなにまぶしくても、ただ前だけをみつめていたかった。

解説

江南亜美子

ひと箸、口に入れ、噛み、嚥下する。またつぎのひと箸、口に入れ、なんどか咀嚼し、嚥下する。「食べる」という言葉が、この単調ともいえる動作の繰り返しを指し示すだけならば、それはなんと味気ないことだろう。

しかしひとは、食べるという日々の営為をたゆまずにつづけることで、一日いちにちを生き延びている。今日の自分を明日の自分へとつなげている。

なにかに絶望した日、あるいは疲れ切った日、目の前へそっと差し出された湯気をまとう汁ものやどんぶりに、思わず自身の空腹を知らされ、食べたいという衝動に突き動かされた経験は、きっとだれにもあるだろう。身体に入ったそれは、熱いエネルギーとなって五臓六腑を活気づかせ、脈打たせる。ひとつの力となって、脳と肉体を駆動させる。食べたものの栄養素が、というより、なにかしら食べるという行為そのものが、気持ちをすこし明るいほうへと向けさせ、視界をひろげてくれるのだ。

幸福なときも、苦境にあるときも、食べることとは、生きることの基本の「き」となる。であるならば、料理をつくってひとに食べさせるという行為もまた、尊い。そんなあたり前のことを、しみじみ、ふかぶかと、私たちに思い知らせてくれるのが、本作品『まぐだら屋のマリア』である。

秋の終わりの弱々しい陽が差す、だれもいないさびれたバスの停留所。港町の駅前からひたすら海岸線沿いの道路を行った先にある、「尽果」と書いて「つきはて」と読むこのバス停に、ひとりの青年が降り立ったことから、この物語ははじまる。

彼にあてはない。ここに地縁や血縁の類はない。所持金もこれですっかり底をついてしまった。あるものといえば、人生をここで終わらせたいという、消極的な欲望だけ。

バス停から緩やかなカーブを描く道のその先は崖で、崖っぷちに、おんぼろの小屋が立っているのが見える。とりあえずあそこまで行こうと、のつりのつりと歩を進め、ようやく辿りついた彼を包み込んだのは、かつおの出汁の豊かな香りだった——。

この青年の名は、紫紋。東北の高校を卒業後、料理人になるという夢を抱いて上京し、専門学校卒業後は二十五歳になるこんにちまで、神楽坂の高級料亭で修業をつづけてきた。長い下積みにたえてこられたのは、一人前になって母に料理を食べさせたいという一心から。しかしそのささやかな夢も、ある事件に巻き込まれたことでついえてしまった。そして気づけば、失意のなか尽果へ。

その彼を、まるで溺れる者の腕をつかんで岸へと引き上げるようにして助けたのは、崖っぷちの小屋で「まぐだら屋」という食堂を切り盛りする、マリアと呼ばれる女性である。彼女は、そのあだ名の通りの慈愛で紫紋を受け入れ、あまつさえ、ともに食堂で働くことを許しもする。だが彼女もまた、数奇な運命を辿り、この尽果にやってきたよそ者なのだった。

物語は、紫紋がマリアの仕事を手伝ううちに、土地に住まう人々と交流し、食べることの意味や生きることの実感を再発見していくいっぽうで、マリアの過去をも目の当たりにしていく様子を描き出す。

食堂を訪れるみんなに好かれるマリアを、ただひとり忌み嫌って拒絶する「女将」とは誰なのか。なぜマリアは左手の薬指を欠いているのか――。

マリアの過去、そして紫紋が東京で巻き込まれた事件の顚末も含めて、謎がゆっくりと全貌をあらわしていくさまは、とてもスリリングで緊張感に満ちている。地元の漁師の克夫や、紫紋と同じように訳アリかつ瀕死の状態で尽果にやってきた若者の丸弧など、ほかの登場人物たちが持つバックボーンもていねいに描かれている。「入ってごしなれ」や「だらす」など、女将や克夫が繰り出す土地の方言もまた魅力的で、私たち読者も、この尽果の地にしばし逗留しているような心持ちを味わえるのだ。

しかし本書の、もうひとりの隠された主人公とは、マリアや紫紋がつくりだす、料理そのものだろう。

たとえば、紫紋がはじめて女将と呼ばれる謎めいた女性に挨拶に行き、採用試験がわりにその場でつくってみせた献立は、こんなふうに描かれる。

〈小鍋に煮干しを入れ、湯を沸かす。フライパンを火にかける。大根四分の一を桂剝きし、おろし金で大根おろしを作る。温まったフライパンに油を引き、鮭のブロックを載せ、油を全体に回して焼き色がつくまで焼く。そのあいだ、沸騰した鍋にかぶと葉を入れる。鮭を返しながら、鍋の火を弱め、味噌を溶かす。焼き色のついた鮭をフライパンから上げる。ボウルに張った水に氷を入れて、その中に鮭を入れて冷ます。小口ねぎを刻み、ビニール袋からきゅうりを取り出して汁気を絞る。

鮭を水から上げ、ふきんで水気を取ってサイコロ状に切る。ボウルの中で水気を切った大根おろしとあえ、皿に盛り、小口ねぎを散らす。きゅうりの浅漬けを小皿に、味噌汁を椀に

よそって、小鉢にポン酢を入れる。〉

　高級食材も、調理の超絶技巧も、ここには描かれない。だが、料亭で修業をつんできた紫紋の、素材も時間もまったく無駄にしない、間断なき洗練された動作が、目に見えるようだ。冷蔵庫に眠っていたありふれた食材が、ひとの手を経て、料理／惣菜へとかたちをかえる、その小さな魔法。ささやかなことながら、鮭を小さく切って老齢の女将に供する気遣いが、紫紋の心根の優しさを示している。

　あるいは、梅雨明けのころのマリアの誕生日に、克夫が持ってきたアカアマダイは、紫紋の手によってこのように活け造りふうに仕立てられる。

〈木桶に粒状に砕いた氷を敷いて、クマザサの葉をあしらい、プレゼントにもらった野花の花束からキツネノボタンの黄色い花を抜き出し、飾り付けた。

「わっ、すごくきれいな盛り付け。食べるのがもったいないないな」〉

　ほかにも、お手製の凍み大根や、くし形に切った硬めの柿に、甘酢につけた大根おろしをまぶした「初霜」など、文字で読むだけでも思わず舌なめずりをしてしまいそうな、お総菜がたくさん登場する。

　どれもそれほど特別なものでなく、日本人の味覚によくなじんだ一品ばかり。獲れたての魚、土から抜いたばかりの野菜が、ときにどんな高級食材を使うよりも「ぜいたく」となりえることを、本書のそこここで描かれる惣菜は教えてくれるのだ。

いつ訪れても美味しいものにありつけそうな食堂まぐだら屋は、しかしおそらく「食べログ」（一般ユーザーが飲食店を評価するグルメサイト）などで高評価の点数を得る店ではないだろう。うら寂しい土地で、日々七百円の昼定食を出す、無名の店――。

マリアがなぜここでこうした店を営業し、疎まれながらも女将の世話に気を配っているのかは、まぐだら屋という不思議な屋号や、マリア自身の来し方に深く関係があるようなのだ。そう、連想させるは「マグダラのマリア」。

とりわけ西洋ではとくべつな女性と考えられているマグダラのマリアとは、イエス・キリストの磔刑と埋葬、そこからの復活を見届けた証人として「使徒のなかの使徒」と呼ばれるいっぽうで、それより以前には娼婦であった過去を持ち、悪霊祓いと悔悛を経て、キリストをそばで支える存在となったのだった。

だれしもが見とれる美しさと貞節の裏側に、忌み嫌われる官能的で激しい気質を隠した、マグダラのマリア。娼婦であり、聖女でもあるという、針が振り切れるような両極端の性質を持つ人物であるがゆえに、これまで多くの絵画や彫刻などの芸術作品で、彼女はさまざまなイメージを与えられ、古びることのないモチーフとなってきた。

とうぜん、まぐだら屋を営むマリアのほうも、このイメージを帯びることになる。彼女にはかつて許されない恋に身をやつした時代があり、それはある悲劇を生み、女将に「悪魔」と呼ばれるまでに至り、その結果として贖罪(しょくざい)の念は日々の暮らしと切り離せないものとなった。

彼女が過去とどう向き合い、どう折り合いをつけ、どう超克していくのかは、物語の肝心かなめなので、これ以上ここでふれるわけにはいかない。過去はとつぜん嵐のようにマリアを襲い、凪(な)いでいた現在(いま)をむちゃくちゃにしてしまう。私たち読者も、紫紋と同じように、マリアの隠されていた激しい一面に、ただ翻弄(ほんろう)されることになる。

どこか寓話(ぐうわ)的、でもひりりとしたリアル感も備えている、この烈烈たる物語。しかし、最後の最後まで読んだとき、自身も傷もつ者は、他者の痛みに対して優しくなれるのだなあと、心がじんわりとあたたまることだけは、強調しておきたい。「同じ釜の飯を食う」ということばがあるが、血のつながりがあってもなくても、同じ料理、同じ出汁、同じ土地の恵みを食べて明日を生きる活力にしてきたひとたちのあいだには、強い連帯の力が生まれる。紫紋はくしくもこう考える。

〈ひと口食べれば、心あたたまる料理を。

家族も頼れる人もおらず、流浪の果てにこの地へやってきた人がいるならば、その人の家

族になり代わって、味わい深い料理を。〉

和食、そして日本の食文化が、ユネスコによって「無形文化遺産」に登録されたというニュースはまだ記憶に新しい。和食が、四季の移ろいや、地理的な多様性をさまざまに表現する点、またその見た目の美しさも、高い評価のポイントとなったようなのだが、と同時に、和食は長らく共同体の連帯にもひと役買ってきた。土地のめぐみを共有し、その地方ごとの味を大切にすることで、ひとは他人を仲間とみなして助け合えたのだ。

ひとが再生していくかたわらには、つねに料理と、それをつくるひとの手と、食べることによる笑顔がある、と繰り返しメッセージする本書も、そうやって生まれる連帯を、まちがいなくテーマにしている。「ふるさと」とは、たんに生まれ故郷だけを意味するのではなく、この連帯を実感できたかけがえのない場所のことを指すのだろう。だからマリアにとっても、紫紋にとっても、尽果はたしかなる心のふるさととなったのだ。

食べることとは、なんと奥深いことなのか。私たちは、マリアと紫紋の数奇な運命を描いたこの物語を通して、あらためてその意味の大きさを知ることになる。

それにしてもまぐだら屋、近所にあったなら、きっと毎日通うのに！

——書評家

この作品は二〇一一年七月小社より刊行されたものです。

幻冬舎文庫

●最新刊
やわらかな棘
朝比奈あすか

強がったり、見栄をはったり、嘘をついたり……。幸せそうに見えるあの人も、誰にも言えない秘密を抱えてる。女同士は面倒くさい。生きることは面倒くさい。でも、だから、みんな一生懸命。

●最新刊
だれかの木琴
井上荒野

自分でも理解できない感情に突き動かされ、平凡な主婦・小夜子は若い美容師に執着する。やがて彼女のグロテスクな行為は家族も巻き込んでいく……。息苦しいまでに痛切な長篇小説。

●最新刊
魔女と金魚
中島桃果子

無色透明のビー玉の囁きを聞き、占いをして暮らしている魔女・繭子。たいていのことは解決できるが、なぜか自分の恋だけはうまくいかない。仕事は発展途上、恋人は彼氏未満の繭子の成長小説。

●最新刊
密やかな口づけ
吉川トリコ　朝比奈あすか　南　綾子
中島桃果子　遠野りりこ　宮木あや子

娼館に売り飛ばされ調教された少女。SMの世界に足を踏み入れてしまった地味なOL。生徒と関係を持ってしまうピアノ講師。様々な形の愛が描かれた気鋭女性作家による官能アンソロジー。

●最新刊
オンナ
L・i・L・y

30歳になってもまだ処女だということに焦る女、婚約者が他の女とセックスしている瞬間を見てしまった女……。女友達にも気軽に話せない、痛すぎる女の自意識とプライドを描いた12の物語。

まぐだら屋のマリア

原田マハ

平成26年2月10日　初版発行
平成26年3月10日　2版発行

発行人――石原正康
編集人――永島賞二
発行所――株式会社幻冬舎
〒151-0051東京都渋谷区千駄ヶ谷4-9-7
電話　03(5411)6222(営業)
　　　03(5411)6211(編集)
振替00120-8-767643

印刷・製本―図書印刷株式会社
装丁者――高橋雅之

幻冬舎文庫

ISBN978-4-344-42157-8　C0193　は-25-1